中国现代
长篇小说
典藏丛书

腐蚀

茅盾——著

图书在版编目(CIP)数据

腐蚀/茅盾著. —2版. —北京：人民文学出版社，2022
（中国现代长篇小说典藏丛书）
ISBN 978-7-02-017042-5

Ⅰ.①腐… Ⅱ.①茅… Ⅲ.①长篇小说—中国—现代 Ⅳ.①I246.5

中国版本图书馆CIP数据核字(2021)第039290号

责任编辑　杜　丽
装帧设计　李思安
责任印制　任　祎

出版发行　人民文学出版社
社　　址　北京市朝内大街166号
邮政编码　100705

印　　刷　三河中晟雅豪印务有限公司
经　　销　全国新华书店等

字　　数　193千字
开　　本　880毫米×1230毫米　1/32
印　　张　7.25　插页3
印　　数　1—5000
版　　次　1954年9月北京第1版
　　　　　1989年4月北京第2版
印　　次　2022年1月第1次印刷

书　　号　978-7-02-017042-5
定　　价　32.00元

如有印装质量问题，请与本社图书销售中心调换。电话：010-65233595

这一束断续不全的日记,发现于陪都①某公共防空洞;日记的主人不知为谁氏,存亡亦未卜。该防空洞最深处岩壁上,有一纵深尺许的小洞,日记即藏在这里。是特意藏在那里的呢,抑或偶然被遗忘,——再不然,就是日记的主人已经遭遇不幸;这都无从究明了。日记本中,且夹有两张照片,一男一女,都是青年;男的是否即为日记中常常提到的K,女的是否即为日记主人所欲"得而甘心"且为K之女友之所谓"萍妹",这也是无法究明的了。不过,从日记本纸张之精美,且以印花洋布包面,且还夹有玫瑰花瓣等等而观,可知主人是很宝爱她这一片段的生活记录的。

所记,大都缀有月日,人名都用简写或暗记,字迹有时工整,有时潦草,并无涂抹之处,惟有三数页行间常有空白,不知何意。又有一处,墨痕溽化,若为泪水所渍,点点斑驳,文义遂不能联贯,然大意尚可推求,现在移写,一仍其旧。

呜呼! 尘海茫茫,狐鬼满路,青年男女为环境所迫,既未能不淫不屈,遂招致莫大的精神痛苦,然大都默然饮恨,无可伸诉。我现在斗胆披露这一束不知谁氏的日记,无非想借此告诉关心青年幸福的社会人士,今天的青年们在生活压迫与知识饥荒之外,还有如此这般

---

① 陪都 指重庆。一九三七年七月抗日战争爆发后,南京国民党政府于十一月间宣布迁都重庆,其后先迁武汉,武汉沦陷前陆续迁往重庆。一九四〇年九月定重庆为陪都。

的难言之痛,请大家再多加注意罢了。

  这些日记的主人如果尚在人世,请恕我的冒昧;如果不幸而已亡故,那么,我祝福她的灵魂得到安息。整抄既毕,将付手民,因题"腐蚀"二字,聊以概括日记主人之遭遇云尔。

         一九四一年夏,茅盾记于香港。

九月十五日

近来感觉到最大的痛苦,是没地方可以说话。我心里的话太多了,可是找不到一个人可以让我痛痛快快对他说一场。

近来使我十二万分痛苦的,便是我还有记忆,不能把过去的事,完全忘记。这些"回忆"的毒蛇,吮吸我的血液,把我弄成神经衰弱。

近来我更加看不起我自己,因为我还有所谓"希望"。有时我甚至于有梦想。我做了不少的白日梦:我又有知心的朋友了,又可以心口如一,真心的笑了,而且,天翻地覆一个大变动,把过去的我深深埋葬,一个新生的我在光天化日之下有说有笑,——并且也有适宜于我的工作。

我万分不解,为什么我还敢有这样非分之想,还敢有这样不怕羞的想望。难道我还能打破重重魔障,挽救自己么?

今天当真是九月十五么?天气这样好,也没有警报。早上我去应卯,在办公厅外边的走廊里碰见G和小蓉手挽手走来,小蓉打扮得活像只花蝴蝶。人家爱怎样打扮,和我不相干,而且她和G的鬼鬼祟祟,我也懒得管;可是她在我面前冷笑,还说俏皮话,那我就没有那么好惹。

我当时就反攻道:"丑人多作怪,可是我才不放在眼里呢!交春的母狗似的,不怕人家见了作呕,也该自己拿镜子照一照呀!"

这一下,可把那"母狗"激疯了。她跳过来,竟想拧我的头发,我一掌将她打开,可是我的旗袍的大襟给撕破了一道。她乱跳乱嚷,说要报告主任。哼,悉听尊便,我姓赵的,什么事儿没经过?但叫我当真生气的,是G的态度。他没事人儿似的,站在一旁笑。我与他之间如何,他心里自然雪亮,可是小蓉天天失心狂似的追着他,今儿还挨了打,他却光着眼在旁边瞧,还笑,这可像一个人么?我倒觉得小蓉太可怜了。

我转身跑到科长那里,就请了一天假。

人家以为我的请假是为了刚才那一闹。那真笑话。我才不呢!我瞥见了办公厅里那一个大日历,这才知道今天原来是九月十五,这才想起我今天应当请一天假,——让我安静地过这一天,为我自己的这一天。

但是今天当真是九月十五么?天气这样好。

我憎恨今天的天气有这样好,我生活中的九月十五却是阴暗而可怕的。

二十四年前的今天,从我母亲的肉身中分出一个小小的生命,从这小生命有记忆的那时起,她没看见母亲有过一次愉快的笑。跟小蓉差不多一样可憎的姨娘,还有,比G也好不了多少的父亲,就是母亲生命中的恶煞。而我自己呢,从有知识那时起,甜酸苦辣也都尝过,直到今天的不辨甜酸苦辣,——灵魂的麻痹。

一年前的今天,从我自己的肉身中也分出了一个小小的可怜的生命。这小小的生命,现在还在世上不?我不知道。

而且我也没法知道。因为我在那次悲痛而忍心的"断然行动"以后,就不曾设法去探询,也许今后也不作如是想。我就是探听到了结果,又将怎样?让它隐藏在我心的深处,成为绝对的秘密,让它在寂寞中啃啮我的破碎的心罢!

每一回想当时的情形,我全身的细胞里,就都充满了憎恨。复仇之火,在我血管中燃烧。他是走进我生活里的第一个卑鄙无耻的家伙,也是我和小昭分手以后所遇到的第一个懦夫,伪善者!记得那是"七七"纪念以后第三天,他装出一副无可奈何的嘴脸,诉说他的"不得已"的"苦衷"和"困难"。那时他的主意早已打定,暗中筹备了好多天,已经一切就绪了,可是他还假惺惺,说"偶然想到这么一个办法",和我"从长计较"。他当我是一个十足的傻子,当我是一个女人似的女人哩！我本待三言两语,揭破了他的全部鬼计,但是转念一想,趁这当儿各走各的路,也好;听完了他那一套鬼话以后,我只淡淡答道:"何必商量!你瞧着是怎样方便些,就怎样办。商量来商量去,还不是一个样?况且,你也犯不着为了我而埋没了自己,——是么?我近来是身心交疲,万事不感兴趣。祝你前程远大,可是我不能奉陪了。"

他怔怔地望住我,半天答不上来。蠢虫!我知道他捉摸不着我的真意,他有点惶惑,然而我又知道他见我那样"柔顺",那样轻易"被欺",他的心里正高兴的不得了呢!许久许久,他这才似笑非笑地喃喃地说:"我就是不放心你,在这里,人地生疏,连一个朋友也没有,而且你又快要生孩子。你虽然叫我安心自去,可是我总觉得有点不大放得下心呢!而且,而且,……"

"得了,得了!你一百个放心!"我再没有耐心听他那一套了,他这种虚伪而且浅薄的做作,叫我作呕。他当真把我当作傻子么,真好笑。

"好,那么,我到了长沙,弄到了钱,就寄给你。"他居然把口气说得很认真,我不作声。难道要我向他表示谢意?

"等到你产后满月,我在那边的事也该有个着落了,那时我再派人来接你。"——声音也像是在说真心话,可是傻子这才信你!

然而到他走后不上一小时,我又发现他这小子不但虚伪,浅薄,而且卑鄙无耻;他竟把所有的钱都带了走,而且还把我的金戒指,我的几件略好的衣服都偷了走!好一个"为民前锋"的政工人员!向一个女子使出卷逃的行为!我那时知道火车还没开,我很可以到车站上去揭他的皮,可是一转念,算了罢,何必做戏给人家看,谁来同情我?知道一点我的过去历史的人们,也许还要冷言冷语,说我自作自受呢!我不能做一个女人似的女人,让人家当作谈话的资料。过去那一节鬼迷似的生活,我不反悔,我还有魄力整个儿承受;当前这惨毒的遭遇,我也不落胆,我还有勇气来一声不响吞下去!我——

我不是一个女人似的女人!

当时我本可以"争取外援"。衡阳有一个旧同学在那里教书,贵阳也有一二个"朋友",然而我都不;我受不住人家的所谓"同情",我另有主意。

我进医院的时候,就已经下了"断然行动"的决心。

但是,在临产的前夕,医院左近的教堂传来一阵阵的赞美歌声,半明的电灯光温柔地压在我眼帘上,那时我的心里起了一层波动,我又有了这样的意思:"我总该保有这未来的生命。如果是男的呢,我将教会他如何尊重女性;如果是女的,我将教她如何憎恨男子,用最冷酷的不动心,去对付不成材的臭男人!"我那时又成为"理想主义者"了。

然而我的感情激动到几乎不能自持的境界,是在产后第二天看护妇抱了婴儿来,放在我怀里的时候。虽然因为是一个男孩子,使我微感不洽意,但我那时紧紧抱住他,惟恐失去。那时我觉得人间世其他一切都不存在,只有我与他;我在人间已失去了一切,今乃惟有他耳!我的眼泪落在他的小脸上,他似乎感觉到有点痒,伸起小手来擦着,可是又擦错了地方;我把乳头塞在他的小嘴里,我闭了眼睛,沉醉在最甜蜜的境界。

但是一个恶毒的嘲讽似乎在慢慢地来,终于使我毛骨耸然了。"这孩子的父亲是他!"——最卑劣无耻,我无论如何不能饶恕的他!

我不能否认这一事实。而且我每一感到孩子的存在,这残酷的事实便以加倍的力量向我攻击,使我的种种回忆,电化了似的活跃!我何尝不以最宽恕的态度试要找出他的一点点——仅仅一点点的可取之处,可是我得到了什么?首先是我与他的最初的结合就是非常的不自然。那时他需要于我的是什么,我知道;而我这一边呢,为了什么,天啊,我不打谎,——但这,难道就成为此后直到现在加于我的责罚?

是责罚也就算了,我决无后悔,也不馁怯!

我分明记得,孩子出生以后的两周间,我的心境老是这样矛盾,我仿佛听得我的心在两极端之间摇摆,——的答,的答;到了第三星期,事情是无可再拖,我毅然按照预定计划行动。当看护妇循例来量体温的时候,我就对她说:"打算出去找一个朋友,得三个钟头,您看不要紧么?孩子呢,拜托您照看一下。我先喂饱了他奶,回头要是哭,您给他点米汤就行了。"

这是我最后一次给孩子喂奶。似乎这小东西也有预感,发狠地吮着;几次我想够了,要放开他,刚一松手,他就哭,于是再喂他。我的心里像倒翻了五味瓶,可是我的决定依然不动摇。忽然从久远的尘封中,跳出一句话:"纵使我有千日的不是,也该有一日的好处,这次我们分手,便是永诀,我希望你将来在幸福的生活中,有时也记起曾经有我这么一个人在你身上有过一日的好处。"——谁说过这句话呢,我这时才辨到它的味儿。我凝神静思,这才记起这是小昭说的,然而我那时听了却大生反感,鄙薄他没有丈夫气呢!我惘然看着怀中的小脸儿,我最后一次轻轻将他放在床上,我低下头去,轻轻吻着他的脸儿,我慢慢伸直了腰,我的手按住了心口,突然,我想起,我还没给这孩子取个名儿呢!"小昭,我就叫他小昭!"——我喃喃自语,不自禁地一声长吁。

为什么不呢,我将以这孩子来纪念我生活中的一页。正如小昭所说,我们结合的一年多中间,纵有千般苦味,也该有一日的甜蜜。而且也正像这一日的甜蜜不可复得,我也将永久不能再见这孩子。

我最后看了一眼我的"小昭",就拿起早已打点好的小包,走出了房门,在院子里碰到了那个看护妇,我只向她点一点头,又用手指一下我的房,就飘然而去。从此我就失去了我的孩子!

这一切,今天我想起来,还像是昨天的事。我欠了那医院两百几十块,我给了他们一个二十多天的婴儿,可是我的"小昭"难道只值了这一点?医院里将怎样骂我:下作的女人?忍心的母亲?哦,下作,我?一万个不是!忍心么?我有权利这样自责,人家却没有理由这样骂我。

我不是一个女人似的女人,然而我自知,我是一个母亲似的母亲!

也许我在那时还有更合于"世俗口味"的办法,例如,写一封动人哀怜的长信,缚在孩子的身上。创造一个故事,说自己是千里流亡,家人分散,不知下落,现在一块肉既已离身,便当万里寻夫,只是关山阻隔,携此乳儿,困难转多,"不得已"乃留在院中,敬求暂代抚养,少则三个月,多则半年,决当备款前来领认:如此云云,也未始不能搪塞一时,兼开后路。可是我为什么既做了悲剧的主角还要自愿串这一出喜剧?我凭什么去兑现我的预约?而且,欠了人家的钱,还要哄他们代我抚养孩子,还想博取人们的好评,——哼,这自然更会做人,可是我自知我还不至于如此下作!

万一有什么善良的人收养了我的"小昭",而且又保留了那封假定的长信,而且"小昭"长大时又相信他的母亲是这样圣洁而纯良,那不是太滑稽么?我既然忍心将他抛弃,而我又打算在他那天真的心灵中窃取一个有利的位置,——这是世上有些"英雄们"的做法,但我还不配,我还不至于如此无耻呢!

事实摆在那里明明白白:我即使有力"赎"他回来,我也没有法子抚育他。我有把握摆脱我这环境么?我不能让我的孩子看见我一方面极端憎恶自己的环境而一方面又一天天鬼混着。特别重要的,我还有仇未报;我需要单枪匹马,毫无牵累地,向我所憎恨的,所鄙夷的,给以无情的报复!我已经认明了仇人的所在地。

九月十九日

昨天纪念日,一早就奉到命令,派我在E区,以某种姿态出现,从事工作。给我的特别任务三点:注意最活跃的人物,注意他们中间的关系,择定一个目标作为猎取的对象。

派在同一区工作的,还有小蓉。这本来不会让我事先知道,可是这蠢东西得意忘形,示威似的瞥了我一眼,又冷冷地微笑。我立刻试探她一句道:"小蓉,我们公私分明,今天可不能闹意气。"小蓉怔了一下,未及回答,我早又接口道:"再说,就是私的一面,我本来无所谓,那天还是你自己不好。"小蓉的脸色立刻变了,但又佯笑道:"你说什么,我不明白。"她慌忙躲到办公室去了。哈哈,这就证实了我的猜度,然而,这中间一定还有文章。小蓉那示威的眼光,不会毫无缘故。

这小鬼头存了什么心呢?是否因了那天的一闹,她想乘机报复?还是G在我身上编造一些什么当作米汤灌昏了她?

不管怎的,我得警戒。在这个地方,人人是笑里藏刀,揎人上屋拔了梯子,做就圈套诱你自己往里钻,——全套的法门,还不是当作功课来讨论?你要是浑身的神经松弛了一条,保准就落了不是。

莫看轻小蓉这人有点蠢。蠢东西背后有人指拨呢!虽然我还不知是谁,可是我准知道有。

我这疑团,到了开始工作以后,就打破了。我发觉小蓉老是有意无意地在我周围,保持了一定的距离。哼,这是监视我!怪不得她要用眼光向我示威。哦,今天小蓉的特别任务,原来是对我监视。好!

我并不奇怪他们对我派监视。这是规章,不独对于我。然而为什么偏偏派了小蓉?利用小蓉跟我不对么?哼,可是小蓉是一个蠢家伙！她时时拿眼睛来瞟我,时时耸起了耳朵在听我,她还以为我睡在鼓里呢,可是,你像一个卫兵似的不离方丈之路,难道人家就和你一样的蠢么？

本来我对于给我的任务只打算应个景儿,敷敷衍衍打了一份报告书。但是当我发觉了小蓉在监视我以后,我就变了主意。我一面只当全然不觉得,行所无事,一面我却故意布了一些疑阵。我并没有忘记我的特别任务之一是"择定一个目标作为猎取的对象",为什么我不就在这上面发挥,引小蓉来入钩？我料到小蓉虽然奉有监视我的使命,却未必知道他们给我的什么"特别任务"。嘿嘿,小蓉,我的蠢丫头,我给你制造些材料,让你的报告不空洞。刚好有一个青年愿意和我接近。好罢,随手拈来,算是"对象"。

此人大约二十多岁,北方口音,走到我面前,刚要说话,脸就红。他问我在哪里做事。我把我名义上的职业告诉了他,却并不反问。我们只说些不相干的话,可是我故意把声音放低,吸引小蓉的注意。这可怜的蠢东西果然着急了,装作看天,却把身子慢慢挨近来。我却故意引那青年挪远些,同时用了压低的然而准可以让小蓉听清的声音说道："唉,工作的障碍太多了！有时真会消沉起来呢！"

"哦,你——"那青年睁大了眼睛朝我发怔,似乎不懂我为什么忽然说出这样没头没脑的话。"你——说什么——工作？"

我笑了一笑,不回答；却斜过眼去看了小蓉一下。

那青年似乎也有所悟,可是这时小蓉又从另一角度移近过来了。我急忙拉了那青年的衣角一下,就快步跑出了一二步。当我站住了的时候,回过脸去,果然那青年已在我肩旁,我靠近他的耳朵小声说："看见么,那女的？"

青年的眼皮轻轻的一跳,但立即镇定了神色,凝眸望住我。

我用手指在手心里划了一个字给他看,把嘴一努,轻声说："她是这个。"

"呵！"青年有点吃惊(我那时实在辨别不出他这吃惊是为了小蓉呢,还是为了我),猛然转过身,直朝小蓉走去,有意无意地向她打量了几眼,从她身边走过,还回眸望了一下。我不防他会有这样的举动,真感得有点窘。如果小蓉够乖觉,那我算是毁了!

后来,转了几个圈子,我又接近那青年的时候,就轻轻抱怨他:"为什么你那样性急?这会被她察觉呵!"

青年只微微一笑,不说话。这一笑的内容,我一时捉摸不到。我知道对方也不弱。于是我拣了不相干的话和他鬼混起来,但终于我又试探了一句:"在什么地方可以看到你呢,我真想有一个人谈谈话。"

"我常在C—S协会① 看报。"是漫不经意的回答。

在回去的路上,我把那青年的举动谈话一一回味了一遍,我虚拟了他一个轮廓。似乎他的影子已经印在我心上,不大肯消逝,真怪!

我得作报告。两种倾向在我心里争持着:强调这青年呢,或不?但想到小蓉一定会加倍渲染她的所见,以表示她"不辱使命",我就在报告中把这青年强调了。不过我也故意加一点"歪曲"。为什么?我自己也不知道。有一种怪异的情绪在推动我不全盘如实以告。

但是报告上去了以后,我又有点后悔了。如果指定我去"猎取"他,那我怎么办?天啊,我不怕我自己"应付"的手段不高妙,我却怕我这空虚的心会被幻象所填满,——我竟自感到"作茧自缚"的危险了,怪不怪?

我预感着一种新的痛苦在我面前等待我陷落下去。

我畏缩么?不,决不!像我这样心灵破碎了的人,还有什么畏缩。

不过问题是还有一个别人,那当然不同了,但我又有什么办法。

---

① C—S协会 指中苏文化协会。C.S.是英语中、苏二字的第一个字母。

九月二十二日

小蓉大概做了一份很巧妙的报告罢？我虽然还没有探听确实，可是她究竟编造了些什九，也不难推测得什九。这班家伙陷害人的一贯作风，难道我还不知道么？

周围的空气是在一点一点严重起来，一个阴谋，一个攻势，正在对我展开。

小蓉背后，一定有军师。谁？是不是G？依常情而言，他不应该这样和我为难。但这种人，是难以常情衡量的。我曾经拒绝了他的最后要求，但并没给他以难堪；况且我那时对他说的一番话，不是又坦白又委婉么？我说："我如果依了你，那么，B这泼辣货即使我不怕她，至少也惹得你麻烦；而且陈大胖子久已对我虎视眈眈，我这面也有不少困难。时机没有成熟，我们且缓一缓。"那时候他听了只是涎着脸笑，眼光一雾一雾的，显然不怀好意。可是当我又暗示说我还有隐疾，医治尚未痊可，我解脱他的双臂，低声说，"你不怕受累，可是我不愿意叫你受累呀！"——他忽然疯了似的连声狞笑，猛可的将我摔在沙发上，咬我的肩，拧我的……咄，真不是人，十足一匹疯狗！

不过以后似乎并没对我怎样怀恨，我们之间的微妙关系，简直是做戏似的；而且接着又是小蓉来把他的色情狂吸引住了。

他为什么要陷害我呢？不可解。但这种人是难以常情衡量的！

除非他是怕我对他先有所不利。这才是笑话呢！我能拿他怎样？我哪有这样闲心情？我相信我还不至于如此无聊！

但是，且慢，他这鬼心思亦未必全然没有理由。当初他在诱我上钩的时候，无意中不是被我窥见了他的一二秘密么？虽然我那时装傻,可是他未必能放心。他这种人,心计是深的,手段是毒的,疑心是多的。在他看来,人人就跟他一样坏,不是被咬,就得咬人;他大概确定我将对他先有所不利。

真有点胆寒。光一个小蓉,是不怕的;可是——

我怎样应付这一个难关?

哼,咱们瞧罢!不咬人的狗,被追紧了时,也会咬人的。咱们瞧罢!

我得先发制人,一刻也不容缓。我这一局棋幸而还有几着"伏子",胜负正未可知,事在人为。略略筹划了一下,我就决定了步骤。

打扮好以后,对镜自照。有人说我含颦不语的时候,最能动人。也许。但我微笑的姿势难道就不美么?这至少并不讨厌。记得——记得小昭说我最善于曼声低语,娓娓而谈,他说,这种情况简直叫人醉。我同意他这意见。而今我又多了经验,我这一种技术该更圆熟了罢?……我侧身回脸,看我的身段;我上前一步,正面对着镜子,嗳哟,额上的皱纹似乎多了几道了!才只二十四岁呢,浑身饱溢着青春的浓郁的色香味,然而额前的皱纹来的这样快么?怪谁呢?自己近年来的生活,心情,——哎,想它干么!

正待出去,忽然听得一声:"有客。"谁呀?竟找到了我的私寓。

房东太太的臃肿身体闪开了的当儿,一张瘦削的浓装艳抹的脸儿就叫我一怔。呀,是她么,她几时到了这里的?她来找我干么?

几年不见,舜英竟还是那样儿。四五年的时光,对她似乎不生影响,——肉体的和精神的。她开口第一句话就证实了我这感想。

"啊哟,你现在是得意了,——地位也高了,朋友也多了,贵人多忘事,怪不得你记不起我这老同学,老朋友。可是,我和松生,哪一天不惦记你,真是……"

"想不到你也来了,"我剪断了她的滔滔不绝的客套。"几时到的?住在哪里?怎么我一点也不知道呢!"

"啊哟,你瞧,真是贵人多忘事,我不怪你,我呢,……"

"可是,舜英姊,实在我一点也不知道你们来了。"

13

"哦哦,老同学,老朋友,你也事忙,我不怪你……"她挪近些,似乎早已准备好一车子的话,再不让她倾泻就会闷憋了气似的。我这次再不打断她的了,我静听着,可是我的心里却一阵一阵的翻滚起四五年前的旧事。

据她说,上个月她和她的丈夫就到了这里,曾经到部里找我,——那当然是不会找到的;听她的口气,他们正在谋事,还没有头绪。

"你这几年来,真是飞黄腾达,一帆风顺,"她用了最爱娇的姿态抓住了我的手说,"虽说是时来运来,可也全仗你自己能干,工作又积极。"

我只微微一笑,想起了当年她刚做上省党部委员太太时的臭风头。

"你还记得希强么?"她再挪近些,声音放低。

我陡地打了个寒噤,——嘿,她提起他干么?没眼色的蠢东西!我懒懒地抬了一下眼皮,暗示她,这话题我不感兴趣。

但是这位"前委员太太"竟木然不觉,更挪近些郑重地说:"他这人,有见识,有手段,又够朋友,——你是最清楚的。"

我几乎变了脸色。这是什么用意呢?不要脸的猢狲,当面打趣我么?还是当真那么蠢?我正想给她一点小小的没趣,陡一转念,觉得何苦来呢,我难道还嫌身边的敌人太少么,得饶人处且饶人,我佯笑道:"舜英,怎么你今天老是给我灌米汤呢! 如果我也了解一点希强之为人,还不是全仗你这老师?我哪里及得到你呢!"

"嗳,话不是这样说的。虽然我认识他在先,而松生又和他相知有素,可是你不同——你到底和他有过一时间的特别关系。"

"嗨嗨——"我除了干笑还有什么可说?"特别关系"?——好太太,你是在揭人家的痛创呢,还是丑表功?"嗨嗨——"我再笑了一笑,轻轻讽示道:"如果讲到这一点,我先得多谢你,——多谢你好意作合,哈哈!"

"哪里,哪里,——我哪里敢居功!"她的语气真是十二分诚恳而且谦逊。"他也好,你也好,两好成功一双,哈哈!"

我的忍耐实在已经到了限度。有这样没眼色的不要脸的人!如果我再不拿话堵住她,谁料得到她还会放些什么屁?可是我还没开口,她又咂唇弄舌地说道:"希强这人,真够朋友!告诉你,我们这次来,全亏他帮了忙呢!你想,轮船,飞机,三四个人的票价,该多少?松生是没有什么积蓄的,几个钱津贴,够到哪里去?希强还再三要我们致意你,——他关心你;他说,你缺什么,他能为力的时候一定尽力。你瞧,他多么念旧!"

"哦!谢谢他,……"我随口应着。我还看重这样的"念旧"么?那才是笑话。他从前害的我还不够么?但是听舜英的口气,似乎他近来很有"办法"。倒也意外。突然我联想到一件事,我的警觉性提高了。我抓住了舜英的手,亲切地问道:"希强近来的光景很不差罢?"

"岂止是不差!"舜英眉飞色舞了,但马上一顿,改了口气说,"瞧光景是——还有点办法。"

哼,这笨虫也想在我跟前弄玄虚么?内中一定有把戏,我非挖它出来不可。就用了反激法:

"我听说,中央——给了他相当重要的任务,难道你不知道么?"

"啊,中央——啊哟,那我可不知道。"

"新近还拨给他五万块钱呢!"我随口编造起来了。

"哦,五万!啊哟,原来他也跟中央……"她忽然顿住,脸色有点变了,似乎曾经受了骗,幸而无意中发觉。

我却紧抓住她这一个"也"字,立刻逼紧一步:"当然他也接受中央给他的任务罗!"

"可是,你知不知道,他——"舜英把两眼一瞪,仿佛用力将"他"字以下的字眼咽了下去,随即抽出手帕来,在粉脸上轻轻按了几下。

"他——他什么?"我装出漫不注意的口气,可是这位"前委员太太"只管忙着用手帕按她的粉脸,半晌,这才支吾答道:"他这人,办事真漂亮。"

15

我见她掩饰的太拙劣,忍不住笑了一笑。事情是已经十分明白了,我也没有多大的工夫和她再兜圈子,单刀直入,我就用话冒她一冒:

"舜英,你不用再瞒我,我们是好朋友,亲姊妹似的。再说,我对于希强的感想也还是不坏——不过,如果你当真不知道,那么,我今天对你说的话,你可不要告诉别人。希强——他和日汪方面① 也有来往!"

"啊哟,哦——哦,他和那边有来往。可是你怎么会知道?"显然那惊讶是装出来的,但也许有几分真,因为她哪里会想到我是随口编造来试探她。

"当然罗,我能知道。"我故意再逗她一下。"你也不用再瞒我了。"

她立刻很着急似的分辩道:"啊哟,天理良心,我要是故意瞒了你,不得好报。我们虽则同在上海,我和松生都是闲居着,许多事全不大明白。当然也零零碎碎风闻得一两句,可是我就和松生说,希强这么一个人,未必罢?你想,没有一点凭据,这句话怎么好意思随便往人家头上套?"

我立刻再冒她一冒:"那倒也无所谓。两边都沾着点儿的人,也有的是呀!有办法的,什么都行;没办法的,什么都糟!"

"哎!"她模棱两可地应了这一声,两手将那手帕绞了又绞,显然是在搜索枯肠,准备再试一试她的"聪明"。我却没有耐心静候,就又问道:"你们这次是接了命令这才同来的罢?"

不知为何,她听了我这句话,忽然全身一跳,慌张地反问道,"什么命令?这不是一句玩话!"但随即她悟到我这句话的意义了,掩饰地一笑说:"哦,你是指中央的命令么,没有。不过也见过了秘书长了,正在等候分配工作。"

我点头,笑了一笑。舜英刚才那慌张也该有点"缘故"的罢?

---

① 日汪方面　指日本帝国主义及在它扶植操纵下的汪精卫伪政权。

16

沉吟了一下,她又说:"这里——东西又贵又不好,生活真是凄惨。喝一杯咖啡,要两块钱,可是那算什么咖啡呢?红糖水罢了!一切的一切,都不及上海又便宜又舒服。你要是到上海去,够多么好!希强……哦,你为什么不想个法儿要求调上海去工作?上海也有工作,而且工作也方便些。哦,刚刚我想起了一句话,希强,——你想他——他和那边来往大概就是他的特别任务罢?——我不过这样猜,你说,怎样?"

我笑了笑,不作声。难为她居然从我所编造的那一句话里做出堂而皇之的文章来了。但是她要劝我去上海呢,这是有意呢无意?

这时候,突然警报响了。她一下子跳起来,到窗前望了望,连声叫道:"怎么,怎么,你这里望不见,挂了几个红球了?这太危险!"

"不相干。"我懒懒地站了起来。"你回去路远不远?要不,就进我们那个洞罢。"

她迟疑了一下,终于决定回去。可是她还有心情告诉我她的住址。

警报解除,在午后一时许。我躲在防空洞中,整整两小时左右。摇摇的烛光,照出一些流汗的人脸,昏眊的眼睛,信口开河的谈话。我坐在黑暗的一角,手捧住头,一会儿将那位"前委员太太"的访问一片段一片段地再加咀嚼,一会儿又猜详那正向自己包围了来的攻势,忖量自己的对策有无必胜的把握。觉得自己脸上发烧,额角上血管在突突地跳。

忽然从洞的前部传来一句话:高射炮响了!满洞的嘈音立时沉寂下去,只有呼吸的声音。有一缕悲凉的味儿,从心里慢慢透到鼻尖,我悯然自念道:"要是这时候一个炸弹下来,马上完蛋,倒也痛快!"

小时候常听母亲说:人生一世,好比做了一场戏。

中学时代及以后,常听得说:人生是不断的斗争。

我现在是斗争呢,是做戏?哦,又像斗争又像做戏!最伤脑筋的

17

是斗争中又有斗争,戏中又有戏。而且我到底为了什么?五六年前,我这人,不是比现在单纯得多么?那时我心安理得,走一个人所应该走的生活的路。然而这就妨碍了谁的利益了,种种的逼胁诱惑,都集中在我这不更事的少女身上,据说都是为了我的利益,——要我生活得舒服些。但现在,我真是"太舒服了"!

　　走进我生活中的第一个卑劣无耻的人,原来现在是——

　　多谢舜英带来这消息。想不到还有这一天,我能够亲眼见他现原形,而且,也许我还能亲手对他施行报复呢!报答他当日用尽卑劣无耻的手段将我"提拔"到今天的地步!

　　如果我现在尚觉活着还有意思,无非因为还有一些人,还有几个人,我要一一对他们报复!

　　从防空洞出来,九月的阳光和微风给我以力量。我略一筹思,就决定先到G那里探一探空气。像一个猎狼的人,我得胆大而机警;我想我还可以对付他,我还保留着一件可以制伏他的法宝。

　　然而不巧,G那里似乎有一位"神秘的客"。我瞧那当差的脸色不对,转身就走,可是刚到门外,背后又追着说"请"了。难道那"客"竟为我而"回避"么?我预感到G也是料着我会来的,今天将有一场"好戏"。

　　果然,刚一见面,G就恶意地笑道:"小姐,几天工夫就成了要人了,我正打算约几个人,捧一下场呢。"

　　哦,他一开头,就"以攻为守",那我要用"奇袭",才有希望。

　　我故意板起脸说:"我正要来和你算帐!请你吩咐当差,一小时内,谢绝来客。"

　　"嗨嗨,"他轻薄地笑了,"一小时?小姐,太长久罢,你受得住么?"

　　我装做不理会,一屁股坐下,拿起桌上的冷水瓶,倒了一杯,喝一口,这才说道:"你自己想一想,我哪些地方得罪了你,干么你倒在幕后发号施令,对我来一个攻势包围?我替你想想:我是什么人,我这样的人,好像犯不着你大才小用,这么费事!好罢,今天我上门来,听候你高抬贵手!"

他两臂交叉,站在那里只是笑。

我再继续攻势:"自己想一想,在这个圈子里也混了三四年之久,红眉毛绿眼睛的好汉也见过几个;甜酸苦辣,也算都尝了些;不过一向处世,也还有点主义:我没有妨害人家的企图,可是人家逼得我没路走的时候,我不能不自卫。我即使毁了也不怕,但未必一点影响也没有。"

他还是交叉着臂,站在那里,但已经不笑了,两眼闪闪地,正像一条狼在准备搏噬。忽然他目光一敛,冷冷地答道:"你这番话是对我说的么?嘿嘿,小姐,冷静一点,不要太兴头。"

"我不对你说对谁说?我正在后悔一向太冷静!"声音是提高了,我存心将他逼上火来。

"嗨嗨嗨——"他连声冷笑,恶狠狠地瞪视我;突然一转身,就朝门口走。这一下,颇出我意外,我正在筹划下一步的动作,可是他又站住了,回过身来,走近我面前,低声然而满涵威吓的意味说道,"你打算怎么办就怎么办罢,我倒要看看你的牙齿有多么尖利!"

我忍不住笑了。这还能够瞒过我么:隐在这样大言之后的,往往是虚怯。我终于在神经战上取得了主动的地位。我侧着脸,嫣然微笑,曼声说:"我的牙齿有多么尖利,你是永远看不见的。我向来少说话,不是还承你夸奖过么?但现在你既然吩咐我,要看看我的牙齿,那么,今后我在几个人面前,倒不必再做没嘴的葫芦。不过如此而已,没有什么尖利。"

他没等我说完,就大步走了几步,在我最后的一句上他站住了,两手紧握一下,把手指关节弄得必必地响,自言自语道:"该死!简直是恫吓!"

"不是!"我马上接口说,声音放重些。"今天不是恫吓,只不过来交换交换意见,看看我们之间有没有共通点。如此而已!"

他装作不理会,继续大步的走,忽然一个圈子绕到我背后,猛可的将两手向我腰部箍来;我吃了一惊,一面挣扎着站起来,一面却听

19

得他格格地狞笑道:"小姐,我们的共通点就在这里!"我明白他的意向了!这淫邪绝伦的恶鬼!我尽力一挣,厉声喝道,"你别装傻!"同时,我一瞥眼见他的武装带挂在一张椅背上,他那支手枪也在一起,我抢前一步,掣枪在手,退后一步,声音放和平了些说:"要不要我提醒你一句,我是在战地服务过来的。"

局面发展到如此,大出我的意料,但那时我有什么旁的办法呢?

他似乎也怔住了,两手交叉在胸前,歪着头,向我凝视。似乎也在踌躇。

这时候,门外来了轻轻的叩声,我把手枪丢在桌上,就去开门。当差的报告:东屋那位客人说要走了。

"你有公事,我们明天见罢。"我回头笑了一笑说,就轻盈缓步走了出去。到得街上时,才觉得心跳的不肯停住。

我不承认我已经失败。我对于 G 的估量,本来不高;希望他能够放"和平"些,那就比"骆驼穿过针孔"[①]还要难。我找他的目的,只是试探,——试出他是否在幕后指挥小蓉和我为难。这一点,现在已经弄明白了。

可是我也不敢自信前途已无困难。在这样的环境中,除非是极端卑鄙无耻阴险的人,谁也难于立足;我还不够卑鄙,不够无耻,不够阴险!我只不过尚留有一二毒牙,勉强能以自卫而已。

---

① "骆驼穿过针孔" 典出《新约·马可福音》第十章第二十五节:"骆驼穿过针的眼,比财主进上帝的国,还容易呢。"

十月一日

这几天内,周围的空气,似乎相当和缓。小蓉对我,忽然亲热起来;G这方面呢,自从那天一"闹"以后,他不理我,我也不再去找他。陈胖子告诉我,"没有什么大不了的事",都是我"神经过敏"。

哼,看他们各种不同的表现,尤其是陈胖,忽然以第三者的身份,"息事宁人"好好先生的姿态,插身露脸,这难道都很单纯?哦,承蒙指导,都是我自己神经过敏,奇绝,妙绝!

陈胖子在三天前装作偶然而来,并且好像无意中提到了那件事,轻描淡写地说小蓉"只不过是有点歇斯底里,心地倒直爽",而终于归结到"多一事不如少一事",——哈哈,这不活像是个"与世无争"的隐士的口吻?

我当时就刺他一下道:"我真想不到陈秘书把红尘看破,是一位快要披发入山的高士了!幸而我前几天没有找你帮忙,不然,倒使你为难!"

"那也不尽然!"他俨然正容说,"排解纠纷,跟我的处世哲学原也是并行而不悖。"

我未及作答,他把他那油亮晶晶的圆脸凑近一些,几乎碰到我的蓬松的卷发,用了恳切的声调接着说:"飞短流长,在这里是家常便饭。其实没有什么大不了,你何必神经过敏。都是为了太闲。他们的作风,我很了解。可是我也了解你,你比他们深刻。小小的误会也许就出在这上头了,无所谓!"

他那身体上特有的膻臭夹杂了浓烈的香水味,熏的我有点受不住了,我侧身略略回避,笑了笑答道:"领教,领教。既然是我神经过敏,倒又不必烦劳你来排解了。但愿当真是我的神经过敏!"

后来我就失悔我当时对付陈胖子的方法,有一点错误。我没有正确地看清他的来意而将计就计。我早就知道他是怎样的一个伪君子,而我还把他这次的"访问"轻轻看过,这真是我的大意。

陈和G,和小蓉他们,是不是一伙?没有理由可说他们一定不是。

既然是的,陈为什么又来"访问"我?为什么又表示没有什么大不了,而且装出那么淡泊无求的神气?难道真是我的"反攻"奏了效,他们竟知难而退?否,否!我不能自信我有那么厉害,尤其不能相信他们会那么"善良",会轻易把祸心收藏起!

然则陈的"访问",小蓉的忽而跟我亲善,是不是一种试探呢?

看起来,小蓉是来试探,但陈胖子却不是。

我很怀疑陈胖子虽与他们同谋,却自有目的。姑且这样假定:陈希冀由于他们对我那么一逼,我急了,自然向他求教;但是等候了几天,见我这边毫无动静,那倒是他有点急了,这才有这一次装腔作势的"访问"。所以"访问"的用意不在试探我怎样应付,而在开一条路逗引我投到他的怀抱里,而要达此目的,他是取了欲擒故纵的手段的。

可是我太大意了,"辜负"了他这片"苦心"。

我应付的虽然漂亮,却不免于平庸。

他虽然一无所得而去,而我也一无所得白白放了他去!

猜想起来,这几天的"和缓",正是G他们重新布置,发动新的攻势以前的沉静;而我却无端放弃了一个机会。我并不幻想陈大胖子真会解救我的困难。落井下石,看风使舵,以别人的痛苦为笑乐,——是他们这班人的全部主义;何况对于我,他早就存了"彼可取而玩之"的野心?但是环境既已如此,如果一心盼望半空中会跑出个好人来,而不尽可能利用狐群中的狗党,那我只有束手待毙。

我不是女人似的女人,为什么我不敢,——哼,我凭什么还想顾惜我这身体!我得好好运用我这唯一的资本。

世上还有许多好人,我确信。但是他们能相信我也是个好人么?我没有资格使他们置信。我的手上沾过纯洁无辜者的血。虽然我也是被牺牲者,我不愿借此宽恕自己;我欲以罪恶者的黑血洗涤我手上的血迹;也许我能,也许我不能,不过我相信有一线之可能。

十月二日

  我的猜测,并没完全落空。
  也许是想乘机摸点好处罢,素来和我泛泛的 F 忽然在我面前表示了他的"莫大的关心"。我也不给他"失望",甜蜜地对他一笑,说,"他们是故意和我开玩笑,我知道。要是我急了,那他们更得劲,这玩笑也就越来越大了,可不是么?所以我想还是不理会的好。"
  "不过,同志,大意不得呢!——"他四顾无人,方始轻声说,"我见过一两个人也是不把来当一回事,结果弄得非常狼狈——演了悲剧!"
  "哦,当真么?"我还是半真半假地,但 F 的声音和态度却给了我与众不同的印象;我凝神看定了他的脸,心里觉得有点抱歉。我又随口问道,"F 同志,你听到些什么,——关于我。可不可以告诉我?"
  "找一个适当的地方,我可以告诉你。"
  这一句平常的话,到我耳内却立刻像是生了芒刺,我恶意地笑了笑说道:"对啦,须得一个适当的地方。等有机会,我来约你罢。"
  我望着他踽踽远去的背影,忽然又觉得不应该这样对待他。凭什么我可以断定他居心不良?然而凭什么我又敢相信他真真坦白?怎么能够保证他那诚恳无他的态度不是一种伪装?在这圈子里即使是血性而正直的人,也会销磨成了自私而狡猾。
  我自己承认,我早已变成冷酷,但 F 这小小的插曲却使我好半天心情不安,直到另一件事分散了我的注意。
  R 召我去谈话!
  半小时后,我已经坐在一间小小的客厅里等候传见。这里我来过五六次,每次都捏着一把汗,这次的心绪尤其坏。在我面前迸跳着一些问号,而且我听得室外有人走过,有低声谈话,——呀,难道是 G 么?口音像他。

"好,好!人到了绝处,反正是完蛋,有什么可怕?"我一边擦脸上的汗,一边心里这样想;我自觉得满脸是一层冷笑。

传见后第一句话:"听说你工作很努力,很好!"

鬼才知道这句话背后的真意!我只抿嘴笑了一笑。

一张有点褪色的照片,放在我面前了,问道:"你认识这人么?"

我把那照片刚拿到手里,心上就是别的一跳!嗳,这不是小昭的相么?我仔细再认一下,——不是他还有哪个?怎么会在这里出现,真怪!

我把那照片放回桌上,偷眼对 R 看了一下。我猜想他正在观察我的脸色。我听得他的声音又问道:"认识么?"

"认识!"——我自己感到心有点跳。

"最近和他通过信么?"

"没有。"

"从前你和他是什么关系?"

我抬眼看了 R 一眼,心里想道:"你们自然早已知道了,还问我干么?"——可是我却不这么说,只回答了两个字:"同——居。"

"怎样开始和他同居的?"

我脸红了一下:"还不是那么一回事!"

"后来为什么你们又分开了?"

"意见不合!"我加重了音调,"感情不融洽!"

"你们分开的时候,谁是主动?"

我沉吟了一下回答:"这可说不上来了。两边都觉得再也搞不下去,就各走各的路,反正我们没有儿女。"

"那时你们都是做什么的?"

"都是教书的,——他教初中,我教高小。"

好像预定的问题都已经问完了,R 从桌子上拿起那照片来看了一眼,就夹进一叠文件内,两眼朝上一挺,然后又问道:"你知道他现在干什么,在什么地方?你没有听到他的消息么?"

"没有。一点也不知道。"

"哦——"他似笑非笑地说,眼光落在我的脸上,"可是我这里倒有一点材料,——我给你瞧。"他从一叠文件中检出一张纸来,瞥了一眼,就递给我。

只有寥寥几行字,我一面看着,一面心里想道:"今天这一套做法,好难猜详。不过无论如何,不会是没有作用的。"急切间我决不定应该作怎样的表示,——我只冷笑了一声,就把那纸放回桌上。

"现在我派你一件工作,"R看定了我的脸说,"你去找他,和他恢复旧关系,注意他的行动。"

我完全怔住了。论理,我只有服从,然而我不能不要求一下:"报告处长,这一件工作,恐怕于我不大相宜,恐怕反而把事情弄糟——"

"为什么?"R不耐烦地打断了我的话。"怎么你倒不合宜?"

"不是我违抗命令,实在中间有些困难。从前我和他感情弄得太坏,现在去找他不会有结果,这是一。再则,恐怕——恐怕我现在担任的是什么工作,他已经知道,这就更不好办了。我是以工作为重,所以请求再考虑。"

"嘿——"R的脸色有点变了;手摸着下巴,瞪眼朝我看了一会儿,这才说道:"你还是要接受命令。困难之处,你设法去克服。"说着,他就伸手去按电铃。我知道我再说也无用,心一横,便告辞而退。

我所陈述的理由是完全充足的,可是竟不被采纳,这真是岂有此理!那不是存心和我开玩笑!我疑心这就是G他们的阴谋的一部分,我在等候传见时听到的声音一定是他。不过,小昭为什么又在这里出现了?而且是在干那种工作?五六年不见,他已经变为另一个人么?而我却成了现在这样子,我哪来的勇气再和他接近,而且"恢复旧时的关系"?

也许关于小昭的什么材料,压根儿就是G他们的鬼戏;这种人还有什么干不出来,无中生有就是他们的混饭之道!

要是果真如此,那我的困难也就多着;他们哪里肯承认自己的情报不确,一定要说我"怠工",不会努力去找,甚至于会说我和小昭到底有旧情,私下透露消息,叫他躲起来了。

我看见我前面有一个万丈深渊,我明明看见,然而无法不往里边跳!

昨天以前,我还自以为应付他们这班人我不至于一无办法,凭我的眼明手快,未必就输到哪里去;现在我知道我错了,眼明手快中什么用?需要阴险,需要卑鄙,——一句话,愈不像人,愈有办法。

然而,人要是横了心,就未见得容易摆布。只要你们的情报是真的,只要小昭真在这里,咱们瞧罢,那时你们别骂我;原是你们自己想出来的妙计,"赔了夫人又折兵"啊!

这多年来,我的心板上早已没有了小昭的痕迹;但是今天他又出现了。我把过去和他的短促的生活,一一都回忆起来了,我的心里乱得很,不辨是甜是苦是酸是辣。我巴不得立刻就看见他。天哪,我怕我快要疯了!

晚上,我正打算吃安眠药片,忽然舜英又来了。我带着几分不快请她进房来,同时就盘算着怎样早早打发她走。

这位"前委员太太"一坐下来,就咒骂这里的天气不好,路不好,轿夫也欺人,二房东尤其可恶,商人心太"黑",小偷和老鼠一样猖獗,而且连橘子也不甜,电灯也不亮,——结论是:"什么都不及上海好!"

她伸出两只手来给我看道:"才来了不多几天,我的皮肤就变粗糙了,真倒楣呵!这里又没有好的化妆品。哦,有倒是有的,可是那价钱,只有黑了心的人,才说得出口!这不是做买卖,简直是敲诈,是抢!"

她看见衣架上我那件半新的呢大衣,就用手去撮了一把,侧过头来问道:"是在这里制的罢?怎么通行这等鬼样子!"

"去年从战地回来,什么都弄得精光。"我叹了口气回答。"这还是买的旧货。式样是老式了一点,马马虎虎对付着就是了。"

"可是你还怕没钱使么?现在藏法币的,是傻子!"

我只冷笑,不回答。我犯不着向她诉苦,我有牢骚也何必向她发。

我看着自己的鞋尖,便又想起前星期在某百货公司看中了一双新式的两色镶,至今还没钱买;谁不喜欢新奇的玩意,从前我在衣饰上头原也不大肯马虎,近年来却不堪问了,可是人家还以为我不怕没钱使,是在积蓄法币呢!这样的冤枉,只有天知道。

"怎么你还不够用么?"看见我沉默,舜英似乎十分关心地问了。

"怎么我就够用呢?发国难财的有的是,可轮不到我们!再说,同事中间东捞西抓,不怕没钱使的,也就有的是,但人家是人家,我是我!舜英,你知道我的脾气,我不配作圣人,但也不肯低三下四向狗也不如的人们手里讨一点残羹冷饭。我做好人嫌太坏,做坏人嫌太好,我知道我这脾气已经害了我半世,但脾气是脾气,我有什么法子?"

大概我那时真有点头昏了,不知不觉说了那么一堆话。但既已说了,我亦不后悔。不过我觉得舜英已经坐得太久了,我不乘早打发她走,难道要等她自己兴尽而退?我站起来伸一个懒腰,正待用话暗示她,不料她也站起来,拉住了我的手,恳切地说道:"我以为你不如到上海去!你要是有这意思,一应手续,我还可以从中帮忙。只是你先得——"

我一听这话中有话,心中一动,把疲倦也忘了;可是我又性急了些,突然问道:"是不是先得答允一些条件呢?"

她也支吾其词了:"那——那倒也不一定需要。不过,不过,——嗳,我想我们是老同学、老朋友,而且你和希强又有旧关系,这一点,你和别人是不同的。"

哦,又是什么希强,又是这个卑劣无耻的家伙。不用她再多说,其中隐秘我已猜得了十之八九。但是我还故意问道:"去干什么呢?未必我干得了罢?那时进退两难,又怎么办呢?"

"这你是多虑!"她郑重地说,"你一定干得很好。反正有希强在那里,你还怕没人提携么?哎,你不用三心两意了!"

这位没眼色的"前委员太太"居然认为我已上了钩。我虽不够做一个十足的好人，但还不至于无耻到汉奸手下去讨生活。但也难怪舜英。干我们这项工作的人，有几个是有耻的？谁有钱，谁就是主子，——这是他们的共同信仰。但是我在人家眼中竟也是这样的一流么？而且舜英胆敢向我直说，似乎断定我一定会"欣然允诺"的？这不能不叫我生气。我一时不暇多想一想，就盛气答道："多谢你的好意！可是我简直没有想到过这样的事！"

"哦——"舜英愕然向我注视，好像还没辨明我的意思。

我也猛省到我这作风不合于"工作的原则"，我应该将计就计，多套出她一些隐秘，但已经不大容易转口，我只好将目标略略转移，故意忿忿地说："舜英，我这话对你说是不要紧的；我在希强面前发过誓，无论在什么地方，有了他，就没有我！我和他，合不到一块来！舜英，我这话，本来不想对你说，现在是不说也不行了，可是你要代我守秘密！"

她似信不信地看了我好一会儿，这才说道："想不到你和他的关系弄得这样坏，——可是，他实在最肯帮忙朋友，他不是再三要我们致意你么？我可以担保，他对于你毫无问题，他这一面是没有问题的！"

我只微笑摇头，不回答。

"而且现在时势不同了。从前有些死对头，现在又走在一处，从前的好朋友，现在也有变做死对头的；过去的事，大家都不用再提，你又何必这样固执！"她一边说，一边走近到我跟前，轻轻拉住了我的手。

"可是，你不知道，我恨他！"我当真生了气了，"我恨他入骨！"

"哦！这就怪了，我当真不知道。"

"可不是。你只知道他从前曾经帮过我的忙，待我不坏，可是这些全是表面！说出来，谁也不会相信，他这人——哎，害人也不是那样害的！"

"呀！原来——不过当初你们结合的时候，他虽然用了点强迫，

29

后来他待你,好像也不坏,你何必再记在心上呢!"

"不光是这一点。"我自己觉得我的声音都变了。"我所以恨他,就因为他是使我弄到现在这步田地的第一个坏蛋。"

我那时的脸色一定也很难看,因为舜英那拉住我的手突然放了,而且吃惊地倒退一步。我定了定神,上前一步,挽住她的肩膀笑了笑道:"舜英,你不要误会,我可没有怪你的意思。介绍我和他相识的,虽然是你,但我明白你是一番好意,——可不是么?你自然只看到他一个表面。我还没见过第二个像他那样的人——把女人当一件东西来作践!"

"哎!——"舜英轻轻叹了口气,似乎放弃了游说我的意思了。

"算了罢!过去的事不再多说,我们谈些别的罢。"我一边说,一边颓然倒在床上,就东拉西扯地问她逛过什么地方,有哪几个人常往来。但是她好像也忽然"聪明"起来,也存了几分戒心,不肯多说。

送走了她以后,我只觉得脑壳上像戴着一个箍,两颊喷红,口里发腻;我连忙吞了安眠药片,和衣就倒下了。

十月四日

陈胖子约我去看电影,这是最近几天内他第二次向我作的一种姿态。捣什么鬼呢?我摸不明白。但是我何必不去乐一下。

在电影院中,我用了最大的努力去躲避这胖家伙的那种混和着香水味的特有的膻臭。我装作专心在银幕上,只用微笑或佯嗔以回答他的剌剌不休的丑话。他不提起关于 G 他们对付我的阴谋,我自然也不说。

电影映毕之前十分钟光景,他又约我上馆子去;我略一沉吟也就答应了。我何必不去乐一下呢?我准备好了守势,看他如何施展。

然而出奇的是,陈胖子忽然"君子风"起来,除了要和我拚酒,别的都是规规矩矩。我本来很能喝几杯,也就不怕他。我故意开他的玩笑道:"陈秘书,你南岸有一个公馆,北碚又有一个,这是公开的,但不知你在城里还有几个?"他只格格地笑,不回答。

过一会儿,他忽然自言自语道:"他妈的!姓钱的那个大囤户,肥虽肥,怕也经不住那一群蝗虫一齐都上去,——哦,你知道这件事怎样分配了罢?"

"怎么不知道。已经是公开的秘密。所以我说你应该在城里多来一个公馆。"

"哪里!"他灌下了一口酒,把眼瞪得大大的。"我么?人家乱说。嗨嗨,按理不应该没有我的一份,可是他们简直不够朋友,昨天我还和他们闹了一场!"

"这是太岂有此理了!"我给他斟满了杯中的酒,"是谁作的主?"

"还不是 G 吗!这小子,别太神气!他不想一想,从前他当马弁的时候,呲痈舐痔,十足的兔儿爷,差不多伙夫头也可以和他来一手的!"他猛地将拳头在桌上捶了一下,拿起酒杯,却又不喝,乜着眼说道,"我那老勤务就曾经……"他一面笑,一面不怕污了口,尽情的说起来。

"可不是,陈秘书,"我实在听得不好意思了,而且也怕他说上了火,会转移目标向我撒起野来,"我倒忘了,前两天,我无意中得知了一件事。有两个人新近从上海来,背景很可怀疑,两人中那女的,是我中学时代的同学,还找过我,打算向我进行他们的工作呢……"

"哦,是什么背景?"陈胖子随口问着,把口凑在酒杯上喝了一大口。

"是和日汪有关系。"

"哦,原来是和那一边!你不理他们不就算了。"

"可是我打算报告上去呢!"

"那又何必!"他侧着头,闭了一只眼,"可是你已经报告了么?"

"就因为昨天忙着别的事,还没有。"

陈胖子把眼睛大了,抓住了我的手,似乎很诚恳地说道:"你何必多管这些闲事!我是真心对你说知心的话,这既然不在你的职务范围之内,你就干脆只当不晓得。你要是多管了,说不定日后倒有麻烦。在这年头,谁又保得住今天是这样,明天不那样?……"

"但是——"我打断了他的议论,他这样正正经经"劝告"我,简直使我大为惊骇,"为什么这是闲事呢——"

"哈哈,"他恶意地笑了,但蓦地又把脸一板,把嘴靠在我的耳朵边低声说,"小姐,怎么你这聪明人,这一点倒没看明白?哈哈!"

他所谓"这一点",我也有些了然了,我不禁毛骨耸然。我知道再说下去,就会发生不便。这胖子今天虽然有了几分酒,谁敢担保他明天不又换一副嘴脸,把人家的霉气作为自己的幸福。我默然举起了酒杯。

然而他又说出了一句使我心跳的话:"而且,你知道他们对你有了怀疑么?"

我除了瞠目以外,一时竟答不上来。

"有什么可疑的,一定是 G 捣的鬼!"等候他半天没有下文,我忿然说。

他把双眼眯得细细的,笑了笑道,"倒也不尽然。你从前的事,他们知道。"看见我淡淡一笑,他又接着说,"不过也不要紧,我自然替你解释。"

哼,这家伙的一张嘴开始甜上来了!把我当作没有经验的小姑娘么?真可笑。把什么都从脑海里撇开,我聚精会神应付他的已经开始的"和平攻势"。不过说一句良心话,陈胖子到底是文职出身,还能顾全体面。我和他鬼混到相当时候,就"客客气气"分手了。

我真倦极了。归途中脑子里虽然老有刚才陈胖子说的那几句话成了问题在那里旋转,可是我简直毫无思索的能力。

像一个练拳术的人,我是站在沙包的围攻中,只要一个失手,我就完蛋。怎样才能一一应付过去呢?一向倒还有自信心,现在却有点不敢了。

但是我还不甘以死为遁逃薮!

十月九日

　　昨晚又是那样的又甜又酸的乱梦,将我颠倒了一夜。

　　在梦中,我又回到了过去的生活,许多久已在我记忆中褪了色的人儿又一一鲜明活泼地出现,可是也怪,最近几天我所遇到的那两位(舜英和萍),偏偏梦中没有;足见梦总是梦而已,现实总是现实。

　　我记得我在梦中是快心快意地笑了的。然而醒来时,我分明觉得两眼潮润,痒痒地;我怔了一会儿,手指摸着眼睛,可不是两滴眼泪就掉了下来。那时我心里的味儿——我说不明白,我只得作一比喻,就像我还不过十岁那年,大姊出阁,当大姊上了花轿,宾客都散尽,我独自望着满堂灯采,看仆人们匆匆收拾酒具和桌围椅披,我满心的不如意,只想找人吵架,当姑母唤我而且挽住了我的手的时候,我就突然哭了。

　　那时他们说我是舍不得大姊"到人家去",然而我心里知道不是为此。

　　昨晚醒来时我这同样的心情,也不是为了"舍不得"梦中所见的那一班旧伴,——绝不是!我让他们时时到我记忆中来,于我又有什么好处呢?我但愿我丧失了记忆力。

　　我受不住那样又甜又酸地摆弄了我一夜!

　　我不甘愿已经死灭的"过去"又在梦中尽情揶揄我一番!

　　可是尤有一可异之点:前天晚上的乱梦还是"过去"和"现在"杂凑在一处的,而昨晚的却是清一色的"过去",半个"现在"的人都没有,真怪!

　　难道因为这几天来我接二连三意外地遇到"过去"的旧伙伴,以

34

至夜有所梦么？但无论如何,甜的也罢,酸的也罢,苦的也罢,既已"过去",再出现在梦中,又有什么意思呢？徒然叫人心里难受罢了。

昨晚那一梦以后,我就再也睡不着了。纸窗上泛出朦胧的苍白,不知是曙光呢,还是月色？电线被上次的轰炸震坏了,还没有修复,半枝洋烛又被老鼠衔走,我用手电筒照手表,不知在什么时候表也停了,……在这样境况下,你如果能够知道那是什么时候了,倒也是一点安慰。

幸而,同院那位军官的三夫人从照例的夜游回家,高跟皮鞋打在石板上,阁阁地,好生清脆！……我好像有"夜眼",而且有"透视术",我入幻似的见这位三夫人袅袅婷婷走上那十多步石级,那乔其绒的旗袍下摆,轻轻飘拂。于是我又想到那天舜英忽然说要送我一件衣料,……而且我又想到我的皮鞋太旧了。而且——我从那位三夫人的皮鞋声中,听出了那时大概是三点多钟;因为她照例是这时回来。

后来我又朦胧入睡。忽然远处 pia——一声,将我惊醒,接连又是两下。哦,这哪来的枪声呢？于是,三天前秘密处死的两个人的面孔又浮现在我眼前。不知为什么,近来我听得枪声就有点心悸,我受不住那血腥气。

当真得了神经衰弱病么？我为什么不像从前的我呢？

同 日 的 晚 上

好容易偷得一夕闲,我应该谢谢 F 给我圆谎。

F 对我的态度,使我不安。因为他太真挚了,又太腼腆了。

对于我这样"不祥"的人,F 而如果当真那么关切下去,于他决不会有什么好处的。我已经有预感！

他几次三番想找机会把几天前他预约着要告诉我的话,很忠实的告诉我;可是我都借故躲避。不知道他那边是怎样个看法,但在我这边,我的"借故躲避"的确不是对于他所视为于我颇有不利的 G 他们的鬼计,不感兴趣,更不是不信任他的好意,(我怎么会昧良如此呢！)我——无非为了不敢和他太亲近。和他太亲近,对他不会有什么好处的!

要是他因此恨我,骂我呢,——那倒好,虽然我太受冤屈。

要是他也领悟了我这一番心,那可不妙了,他决不会就此而止,他一定要愈陷愈深,——他这人还有孩子的天真,他这人,心痴!

而我呢,早已早已过了痴心的时期!

十月十日

照例的过节,不必细表。照例的,我们这班人都得"动员"到某些场所去"照看照看",那也无可记述。

但是我又遇见了萍了。这是第三次。

第一次,是在我去"回拜"舜英时,在舜英那里看到的。那时我想不到是她。只面貌依稀尚如旧日,身段却高了不少,也俊俏得多了。舜英先喊了她的名字,我这才认出来。她说我也和从前在学校时完全不同了,要是在路上遇见,决不认识。唔,原来我竟"面目全非"了么?我当时就苦笑了一下。她只和我说了几句客套,就先走了。

"你怎么找到了萍的?"我问舜英,心里感到这中间不会没有缘故。

可是她只淡然答道:"路上偶然碰见她,就邀她来家坐坐。"

"哦,原来你们今天也是初次会面。"口虽这么说,我心里却不能相信,两人的神气不像初次会面,这可瞒不过我的眼睛。中间一定有文章,不然,舜英何必掩饰。我装作不在意,随便谈了几句,却又问道:"大概我们的旧同学在这里的,想必不少罢?比如萍,我就不知道她也在。她在哪里做事?我有工夫也想去看看她。"

"这个,我也没有问她。刚才只谈了不多句,你就来了,她也就走了!"

"哦,原来是这样的!可是,舜英,她刚才也提到我么?"

"提到了你么?"——舜英似乎感到我这一问太出意外。

我连忙"解释"道:"你知道我的脾气就是喜欢多心。你是知道的,我和她在学校的时候常常吵嘴。我猜想她也还记在心上呢!"

"没有,好像她压根儿不知道你在这里。"

我点头笑了笑,也就把这话搁开。

但是有一点我却不能忘怀:舜英是有"使命"的。她鬼鬼祟祟干些什么,我料也料到八九分了。不是她还向我"游说"么？现在还没弄明白的,就是萍所干何事？她和舜英是否真像舜英所说"偶然碰见"？

那天我在舜英口中探不出什么来,这位"前委员太太"居然大有"进步"了。

不料在三四天后,我又第二次遇到萍了。这倒真是"偶然"碰见。她和另一女子在"三六九"吃点心。我要不是约好了一个人,也不会到那边去,我一上楼就看见她了。因为她有同伴,而我也约得有人,只随便招呼了几句,我就下楼,改在楼下等那个人。那时我惘然自思自想道:真巧,怎么第一次见过后接连又看见了她？也许她刚来不久,不然,从前为什么老不会碰见？但也许是因为大家的容貌都不同于旧日,所以从前即使碰见也没有注意罢？可是关于我的一切,她到底知道不知道呢？……

我近来怕见旧人,而且怕旧人知道我近年来的生活。

今天下午我又遇见她。这是第三次了。

时间正是纪念庆祝会指定时间之前半小时,她去的方向也正是到会场去的那条路,我断定了她是赴会去的。我本来坐在人力车上,那时,我就弃车而步行,和她一路走。我渐渐把话头引到她身上,先问她的职业。

"说不上什么职业,"她苦笑了一下回答,"不过也总算有个固定的事了,还是上个月刚开始,在一家书店里当校对。"

"那么,你来这里也还不久罢？"

"哦——"她似乎想了一想,"也快半年了。先头是教几点钟书。"

"在书店里做事很有意思,"我一面说,一面留心她的神色。"可不是,看书就方便了,学问有长进。是哪一家书店呢？"

"是 N 书店。"

"哦,那是新书店,很出了些好书。"

"到底也还是没有时间读书。"她又笑了笑,"不过是经过我校对的那几本总算从头读到底,别的也只能大略翻翻罢了。"

"有什么新出的好书,介绍给我看看。"

"可是我又不知道你喜欢的是哪一类?"她又笑了笑。

"反正什么都行。只要内容富于刺激性。"

"那么,就给你介绍小说和剧本;可是我不大读文艺作品。"

"有刺激性的,也不一定是文学。譬如有些政治方面的书,也有刺激性。"我把"政治"二字故意用了重音,看她有没有什么反应。

然而她只淡淡一笑。摇了摇头说:"那我就没有东西可以介绍了。"

我也觉得我的"发问试探"已经饱和到了快要引起人家疑心的程度,现在应当给一个空隙,看她有什么问我。

但是她没有话。她微昂着头,若有所思,又若无所思,意态潇然走着。她似乎不及以前在学校时代那么丰腴了,然而正惟其略见清癯,所以娟秀之中带几分俊逸潇洒。忽然一股无名的妒意,袭上我心头了!我自谓风韵不俗,但是和她一比,我却比下来了。从前在学校的时候,我和她的龃龉,大半也由于我固好胜,而她也不肯示弱。

干么我又无缘无故跟她较短论长呢?我自己也无以解答。

这时候,一小队的青年学生,大概也是赴会去的,正在我们身边走过。

萍目送他们在路那边转了弯,忽然侧过脸来望着我,——她的眼光是那样明澈而富于吸力。她对着我说道:"还记得那年上海大中学生救国运动,上京请愿,[①] 雪夜里他们自己开车,天明时到了城外车站,我们同学整队出城去慰劳他们一番事么?刚才我看了过去的那一队,就想起当年我们自己来了。算来也不多几年,同学们都各奔

[①] 上京请愿　指一九三五年一二九运动中,由上海复旦大学学生组成"赴京请愿讨逆团",全市学生群起响应,同去南京请愿一事。

前程,阔绰的阔绰,蹩脚的蹩脚,堕落的也就堕落了!就是有没有牺牲掉的,现在还没知道。"

我不由的脸红了一下。她这番话是有意呢,无意?莫非她已经知道我的底蕴了?但是我也无暇仔细推敲,我从她的话中生发道,"可不是,萍,你知道我们旧同学还有谁也在这里呀?"

"我就知道有你。"她笑了笑回答。这笑,似乎有刺。"还有,你也知道,就是舜英了。——几年工夫,大家都分散了,而且也不同了。不过,你倒还跟从前差不了多少。"

"哦——"自己觉得眼皮跳了一下,"可是我也老了不少了罢?"

"我不是说容貌的老或不老。"萍又有意无意地笑了笑,"我是说你那一种派头——你那谈吐举止的神气,还同从前一样。"

"那原是不容易变样的。"我随口应着。

"你还记得我们发动了择师运动,急得老校长团团地转么?从那一次以后,学校方面就很注意了你——"

我只笑了一笑,不答腔;但在心里我却自问道,"她提这些旧话干什么?"

她又接下去道:"后来校方勾通了你家里来压迫你,断绝你的经济供给,不是那一年暑假以后你就不得不依照你父亲的意思换了学校么?"

"咳,那些事,都像一个梦,再提它干么!"我开始表示了不感兴趣。

"你还记得我们去封闭教员预备室么?你也是其中的一个。为了这件事,我们中间还发生了不同的意见,而你是主张激烈的!"

除了苦笑,我还有什么可说。我自己觉得我的脸色也有点变了,但是我还竭力克制。她没有半句话问到我的现在,可是翻来覆去老提那些旧事,这明明是她早已知道我现在干的是什么,却将过去的我拉出来作为讽刺!要是她从正面骂我一顿,那倒无所谓,但这样毒辣的讽刺,谁要是受得了,那他就算是没有灵魂!

"算了,算了,萍!"我捺住火性说,"我们不谈过去,只说现在,——我问你一句:你怎样会碰到了舜英的?"

"无非是偶然罢了,"她不感兴趣地回答,"也跟今天偶然碰到你一样。"

我笑了一笑,感到局势转变,现在是轮到我向她进攻了。

"但是那天她说,是她来找到了你的?"我又故意冒她一下。

"哦,她这么说?那也随她罢!"

"不过,萍,你知道舜英从哪里来么?"

"她自己说是从上海来。"

"你知道她是来干什么的罢?"

"那倒不大明白。"萍似乎怔了一怔,我却笑了。我不相信萍这样聪明的人,既然和舜英谈过,竟会看不出来;我又不相信舜英找到萍竟只是老同学叙旧,而不一试她的"游说"?我知道我那一笑有点恶意。

"当真不明白吗?"我胜利地又反击一下。

"不明白。"萍的眼光在我脸上一瞥,似乎等待我自己说出来。

"哦——"微笑以后,我就改变了主意,"那么,你慢慢自会明白。"

于是两边都不再开口,在戒备状态中保持着沉默。

一会儿,也就到了会场。萍始终不离我左右,好像在这大堆的人群中,除了我,别无其他相识者。她也不大开口,就同影子似的,老跟住了我。最初,我尚不以为意;但后来,我就觉得老大不自在。我和她走来走去,人家见了,一定以为我们是一起的,——甚至,我还看见有人窃顾我们而低语,鬼知道他们议论我们些什么,但我们的神情一定有惹人注目之处。

并且我又觉到萍在留意每一个和我招呼的人儿。

并且,当偶然一次我转脸和一人刚说了半句话,我眼角上就捎到萍在远远地跟什么人作眉眼呢!可见她不是没有相识的。

"萍!那边有人招呼你!"我立即用正面点破的方法试验她的反应。

不料她却夷然答道:"我也看到有人在远远地打招呼,可是不大

41

认识他,也许是你的朋友罢?过去看一看,如何?"

我笑了笑,挽住了萍的臂膊说:"既然不是招呼你,不理他就算了,咱们走咱们的!"

萍是个厉害的敌手!我倒要多多注意。

可是渐渐地我又感到萍这样寸步不离我左右的作用,不但是消极的,而且是积极的;她以她自身为一标记,好让她的朋友(那无疑是有的,而且不少呢)认识了我的面孔。这简直是将我"示众",使我以后减少了以"某种姿态"活动的可能!一时大意,我竟中了计!

我是完全处于劣势地位了,挽救既不可能,只有逃走。

"到 N 书店可以找到你么?萍!"分手的时候,我这样说。

"可以。"她笑了笑回答。我不明白她这笑是好意呢还是恶意。

我承认萍是一个十分厉害的敌手!

"败阵"下来以后,信步只往人多处走。经过 N 书店,下意识地进去转了个圈子,在排列着"新刊"的书架前站了一会。听得身后有人小声私语,我心中忽然一动;可惜那当我面前的橱窗没有玻璃,不然,我便可以窥见他们的面貌。但是窃窃私语之中,夹着清脆的笑声来了,我立即断定这笑的声音是萍。我作这样的断定,原是颇为合理的,我蓦地转过身去,然而,还没和那两位打个照面,我就赶快往斜刺里走。两个都是女的,却没有一个是萍!自己觉得脸上一阵热辣,幸而没有人注意。

"今天不吉利,"我在心里对自己说,"险些儿又做一次冒失鬼。"

在书店门口,一个二十多岁的男子和我交臂而过。这人好生面熟,——我脚下慢了,转脸回顾,却见那人也在那里望着我。哦——当真见过。我不由的笑了一笑,对方也以点头回答。但当另一行路人横过来隔断了我们的视线时,我也自顾走了。

慢慢地我一点一点记起来,那人是"九一八"那天我在某处见过的,而且跟他谈了不少的话,我还布了"疑阵",……

第×平民粥厂门外挤住了好大一堆人。这是天天如此的。我正待绕道而过,却看见那囚首垢面的人堆的中心,有一位打扮得十分妖艳的女子,在那里指手划脚,破口大骂。一个警察,躬着腰,满脸陪笑,大概是在调解。那女子转过脸来了。虽然隔了那么多人头,我看得清清楚楚是小蓉。

一种幸灾乐祸的心理,使我要看个究竟,但又不愿意露脸,我只站在人堆的边缘,用心听取四周的纷纷议论。

原来是小蓉从这里走过,不防粥厂里冲出一个三分像人七分像鬼的小子来,手里还捧着一瓦盆泥浆似的东西,却正和小蓉撞个满怀,一瓦盆的"泥浆"就泼了小蓉一身。凑巧那小子又是粥厂里的杂役,所以小蓉便咬定要粥厂"负责任"。我这才看清小蓉今天穿的,是水红色璧如绸的夹旗袍,杏黄色绸的里子,也许还是初次上身,这一下可就完了。

我知道小蓉这身衣服的价值,料想那所谓"责任问题"一时不得就了,便穿过马路,打算到C—S协会去"巡逻"一番。早就有命令要我们经常去那边多加"注意",因为据说这个地方近来左一个会,右一个会,"简直不成话"。

楼下游廊里那几排藤椅子已经"上座"八成,我也就拣了一个背向院子的座位,俨然坐下。这时候,天色已经黑下来了,电灯还没亮,我仰后靠在椅背上,闭了眼睛,惝然惘然,耳无所闻,心也无所思,——真有些倦了。

但是在我闭着的眼前,却有些水红色和杏黄色的圈子,一个套一个的,忽而收小,忽而又放大!这是小蓉那件新旗袍在那里作怪。"两种颜色倒鲜艳,可是,放在小蓉身上,白糟蹋!"这样的意思,轻烟似的浮过我的脑膜,"可是,她偏有这些钱,……今儿可倒楣了,活该!粥厂当然不负这个责任,怎么能负责?"我感到一点快意,但仍然老大不平。

我让自己浮沉在莫名其妙的情绪中,让思绪忽东忽西乱跑。

猛然睁开眼来,这才发现游廊里差不多空了。

我没精打采地伸个懒腰,正待起身,却又恹恹地合上了眼。一个

43

脚步声移近我跟前,我再睁眼,凝神看去,刚好和瞥过来的目光,对射了一下。

"啊,——怎么我不曾看见有你?"我微笑着说。

"我才来了一会儿。"听口气就知道刚才在 N 书店门口他确已看见我,而且认出是我。

"买了什么好书了?"我随口问。

"没有买到什么。"他一面说,一面朝我身旁那空椅子看了看,似乎想坐,又不想坐。我看出了他这神情,就说道,"没有事么? 坐下谈谈。——前次是'九一八',今天是'双十',可巧又碰到了。"

"对啦,今天是双十节。"他慢慢坐下,背往后一靠,两腿伸直。

我见他口齿很老实,不禁笑了一笑。可是一时间我竟想不起他的名字,我又笑了笑说:"我忘记了你的名字了,可以不可以再告诉我?"

"不过我还记得你姓——"他将头略侧,似乎在思索。

我又笑了,却又忍不住提醒他道:"《百家姓》上第一个字。——上次不也是这样告诉你的么? 可是,你呢,第几个字?"

他有点惶惑,望住我笑。我又故意开玩笑,按着《百家姓》,一句一句背出来,问"有没有你",……渐渐地他的那种在一个不大熟的女子面前的拘束态度,被我的爽利谈吐所消解,话也就多起来了。

我听出了他是属于所谓"北平流亡学生",也跑过若干战地,家呢,早已音讯不通。我告诉他,我也干过战地工作,但刚一出口,我就在心里自责道,"不这么说,不也还有别的话么?"……当真我很想毫无戒备地和他谈话,似乎他有一股什么力量使我不愿意太"外交"。

我觉得他说话的腔调,字音的抑扬,钻进耳朵去怪受用似的,有时我竟只听得声音,却不辨他说什么话。

"你可不可以告诉我:你有没有最要好最知心的朋友?"我忽然轻声问了这样一句话,——我自己也不明白为什么想到这样一句话,我忍不住笑了一笑。用手去摸脸,脸有点发烧。

乍听得我这一问,他也似乎呆了一下,但随即慨然说:"也不能说没有。任何人都有一二知心的朋友,不过要说到有始有终,那就难言了。"

"那么,K,"我掩住了口微笑,"你的是男的呢,还是女的?"

"是男朋友。"他沉吟地,眼光望住空中。"自然,思想相同,脾气也合得来的朋友,不会只有一二个,可是我此刻感到特别亲切的一位,因为曾有一个时期,我和他患难相共!"

"哦!"我沉重地松了一口气,凝眸望住他;我的情绪起了波动。

他的脸色严肃起来了,又接着说:"他和我是无话不谈的。他曾经浑浑沌沌,什么都不闻不问,也曾经苦闷彷徨,……他有过一个时期的恋爱生活,然而当他发觉他所爱的那个女子将要陷入可怖的环境时,他们的所谓恋爱生活也就告终了;他曾经尽心想要挽救那女的,倒不是因为她是他的爱人之故,而是因为他认定那女的是个有希望的人才,缺点和优点相比,还是优点多,只可惜聪明反误了她!……"

"啊!可是他——"感情的激动使我说话期期艾艾了,"他——哦,你那朋友为什么没法挽救他的爱人?"

"那恐怕为的是他那时自己也有点浑浑沌沌,——也还脆弱!他那时在中学教书,而那个女的,则担任小学,他们的……"

"哦!"我叫了一声,禁不住心跳。这个"他",——怎么他也认识"他"!但是我立刻掩饰了内心的激动,勉强笑了笑问道,"他叫什么?"

这时候,游廊里的电灯突然亮了,我看见 K 的目光炯炯地射在我脸上,他的神色,严肃之中带一点悲痛。

而且,我又"发见",不知在什么时候我的一只手按在他的臂上。

我抽回了手,又问道:"他此刻在什么地方?"

"近在咫尺,远在天涯,"他微微一笑,对我瞥了一眼,"在这时代,谁知道谁在什么地方!"

"唉!"我不自觉地吁了一口气。我俯垂了头,我很想对他说,——"照你所说,你那朋友我也认识,而且我就是那……"但是我没有勇气。

　　而且,也许又是我的神经过敏。怎么就能断定他就是"他"呢?

　　我近来有点神经衰弱,这是不能讳饰的。

　　离开了C—S协会以后,我觉得我的心分裂为两半。可又作怪,K的声音老在我耳内作响,我的左手,曾经不自觉地按住了K的臂膊的,还时时像有物在握。

十月二十三日

　　疟疾大概已被奎宁针制伏了,昨天平安无事,此刻已到照例发作的时间,但也毫无动静。身体是软绵绵的,口涩舌腻,不过腾云驾雾似的状态已经没有了。

　　那一天热度最高的时候,幻象万千,真把我颠弄得太苦。现在还不能忘记的,就是许多人面忽然变成了髑髅:好像是在旷野,但又好像依旧在这间囚笼似的小房,一些人面,认识的和不认识的,老鼠一样从四面八方钻出来,飘飘荡荡,向我包围来了,我也被他们挤小了,气闷非凡,可又不能喘口气;然后,那些人面似乎满足了,不再进逼,却都张开了大嘴,突突地跳,愈跳愈快,终于不辨为人面,简直是些皮球了,这当儿,我又回复到原来那样大,在这些"皮球"的当中找路走;我努力搬动两脚,拨开那些滚上来的"皮球",——卡拉拉,卡拉拉,声音响得奇怪,突然,我发见原来又不是"皮球"而是白森森的髑髅,深陷的眼眶,无底洞似的,一个个都向上,……我恨恨地踢着拨着走,想从这髑髅的"沙滩"上辟一条路,卡拉拉,卡拉拉。——后来,我的眼睛被那白森森的反光弄得昏眩了,我尽力一睁,这才看见我仍然躺在自己的床上,一张痴肥的大面孔挂在我眼前,一对猪眼睛瞪得那么大。——哎,原来是房东太太!

　　现在想起来还有余怖。但那时并不怕,只是恨,只是怒。

　　现在回忆那时房东太太那种目瞪口呆的神情,我猜想我在昏迷之中一定还胡说八道,——而且声音一定很高,不然,房东太太来干么?……真糟糕!自己一点也不知道那时乱说了些什么!

　　记得母亲临死以前,整整半天是谵语连篇;都是平日藏在心里的

47

话,都是最秘密的想念和欲望,——例如,(她那时说,)有一次她准备了两碗毒药,打算一碗给她自己,一碗给那妖狐(姨娘),……这只是病人的谵语,可是姨娘就抓住这话柄,挑拨父亲对我的感情,以致终于不堪设想。

真是万分必要,让我自己也知道那时我说的是些什么话!

我问过房东太太。这肥猪不肯说。但是她的狡猾的笑影就已暗示我,她确已听了个痛快,而且我的谵语中大概颇有些"不堪入耳"的话,……秽亵,……色狂,……人家曾以此加于我身,怎怨得我病中要喊出来?如果只是这些,倒也无所谓,就怕还有别的话,比方像母亲说的——

侥幸者,那些宝贝"同志们"没有来望过病,——据房东太太的回答。

疟疾是在一天一天好起来,但是我的精神上的疟疾毫无治愈的希望。也许还是精神上的疟疾引起生理的疟疾。

可是有没有精神的奎宁针呢?我不知道。

看上次的日记,还是双十节的日子,中间隔了十多天,但好像是十多年。疟疾发作以前的七八天,现在我回想起来,确是沉重的精神疟疾磨折得我不敢自信还居然是个人了。

我相信还并没有记错:先是 R 在电话中问我,怎么他命令我的那件事还没有报告。光听声音,我就知道有人在 R 旁边说我坏话!……狗!

后来是 G 自称奉命"检查工作"。他居然露脸了,这倒还较为光明正大。他又居然摆出"办公事"的嘴脸来,真叫人作呕!把我磨做粉,我还永远记得他最初对我邪心不死时的各种丑态,……那时我为避免纠缠,和他提起"公事",是谁把脸一歪说,"屁事!你答应了我,就是顶大的公事!"——可是他现在居然摆出"公事"脸来了。但尽管是"公事脸",我看透他的心,他的邪心何尝死!他的"公事脸",正为的他心里的那桩"公事"!他算是发老爷脾气了,既然从前软哄我不到手,现在他要我忍泪伴笑,把自己呈献上去,……这狗肺肝,我一眼就瞧透!

那时我明明知道一切申说都无用,但不说又怎么办呢?

他一面听我说,一面眼光霍霍地像毒蛇吐信,打算选中了一个要害所在,就一口咬我死。他几次用了这样的问句探索我的弱点:"那么,照你的推测,他未必在这里?"不过我也始终没给肯定的答复,我只说:"希望再多给我些材料,总可以找到的。"

当我申说完毕,而且最后一次表示了"材料再多些就不会没有办法"的意思,他突然冷笑道:"装什么佯呢?你根本就不曾好好儿去办!"

我的脸色立刻变了。这是无端侮辱,哪怕到 R 跟前,我也同样要提出抗议的。然而他粗暴地禁止我开口,接着说他的:"你开头就推三挨四,不肯接受命令,现在又说材料不够,亏你说得出口来!你是干什么的?材料要你自己去找的呀!哼哼,你在别的方面,倒满有经验!"

我实在耐不住了,我从没挨过这样的话,何况今儿在我跟前扮脸的,又是狗也不如的东西,我负气答道:"那么,请干脆改派别人,我干不了!"

"现在再换手,已经迟了一点。"他不怀好意笑了笑。"你说你找不到他,叫别人还有什么办法?本来不难办的事,经过你这么一个周折,可就复杂了。"于是突然放下脸,十足打起官腔道:"上头给十天的期限,该怎么回话,你自己放明白。"

我负气不再和他多说,只点了点头。为什么我要在他面前示弱?犯不着向他乞怜呵!但是他临走时忽又狞笑着说:"照你看来,他未必在这里罢?哈哈!"

我不回答。——那时我当真还没辨出这句话的味道。

此后足有二三十分钟,我的脑筋像已经僵化。分析和判断的能力都忽然没有了,只有一些"记忆"在反复起伏。我早就疑心那天 K 所说他的"好友"就是小昭,可是以后接连有好几次我又见到 K,我特

49

意弯弯曲曲把话头引到他那"好友",希望再得些"启示";我用反激,用诱导,然而K咬定牙根不肯再多说半句话,他只瞧着我微笑。有一次他似乎急了,眼睛定定的,露出怖惧的神色,我心中不忍,只好搁开。

从这些回忆中,我又得了不少的问号,却没有半点帮助。

K的"好友"到底是不是小昭呢?说像就像,说不像也就不像。

他知不知道我是……而且和小昭过去的关系呢?也可以有两方面的推测。

干么他后来绝不肯再说了?干么又怕?……

不明白,不明白!我真给闹昏了!皇天在上,我不是不曾用尽方法去找!

但是G的几次——特别是末了一次,试探似的问"他未必在这里",那神情,那言外之意,都有点蹊跷。莫非当真如我最初所猜度,他们所谓"情报",压根儿就是G的鬼计,目的只在坑害我,逼我投入他的怀抱?果真如此,哼,我还不是那样容易对付的呢!

不然,就是G在利用我的还没找到,在尽量散布空气,说我"怠工",或者甚至说我念旧,私下放走了他。嗨嗨,很好,那我自然也有最后一着。可是最糟的,现在我的确还没得到一点线索,我连小昭的踪迹也没有看到!

把G的话,前后再想一遍,觉得我的第二个猜度至少有八成可靠。我已经弄到这步田地,想不到今天我的"命运"又联系到小昭身上,造化小儿作弄人,怎地这样恶毒呵!

十月二十四日

早上就听得房东太太怪声怪气骂她的老妈子。原来是几件衣服刚晒出去,一转眼就给偷了。近来小偷之猖獗,也算开了新纪录。陈胖也被偷过,他大骂警察只会吃饭拉屎,殊不知陈胖左近那个派出所自身也难保,小偷去光顾了两次之多!米价那么飞涨,迟早会连警察也变成了偷儿。

既然是个好天,就得防警报。今天我连两腿都有力了,不怕。但是想到 G 所说的"十天的期限",我又心烦起来了。倒不是为了什么"期限",反正不过是那么一回事,凭我这一点点手腕,还不至于毫无办法;使我委决不下的,倒是问题中的小昭,找他呢还是不找好?

今天似乎我有预感,一定可以找到他。昨天我还不是这样的,也有点怪。

如果我的疟疾老不肯好,那倒自然而然把这问题解决了;可是偏偏那一针奎宁太灵,非要我去正面解决那问题不可。

好罢,要来的终于要来,就由它来罢,反正我心中已有个底稿。

有两个人是我初步工作的对象。一个仍旧是 K,另一个便是那位形迹可疑的"前委员太太"。我相信 K 的心里一定有不少东西,从前还得怪我勾探的方法不曾到家;我又不相信舜英会那么"安分",就只找到了萍和我——两个旧同学,她那里也一定还有些"材料"可供我的参考。

正待照计行事,不料 F 来了;我只好"欢迎"他坐下。

看见 F 的面色有点不对,我就笑着说:"同志,谁给你气受了呢?在姊姊面前,你不妨说一说。"近来 F 一见我,总有几句牢骚,记不清是从什么时候起,我用了这样一句关心之中带点调侃的话,后来就变成了亲昵的开场白。可是今天不知为何我自己也觉得说这句话时声音颇不自然。

尤其因为 F 只用淡淡一笑来回答,使得我们中间的空气更觉滞重起来。

我那时的心情,也并不开朗,我有我自己的烦恼;但要在人面前逞强,已成我的习性,所以即使我的半真半假的态度已经引起 F 的误会,我也不愿加以解释。我凝眸看着 F,希望以温柔的眼波来补救我口吻俏皮给他的损伤。

"我想我们以后很少见面的机会了!"F 低声说,脸色更加颓唐了。

这样没头没脑的一句,确使我的心一跳,但不自觉地又抿着嘴笑。

"我调了工作了,命令——是昨天下来的。"

"哦——"我松了一口气,"调到哪里呢?离这里多远?"

"不远。是××区,公共汽车也只消个把钟头。表面上看来,工作是差不多的,但是我感觉到内中有阴谋。"

"你感觉到内中有阴谋?"我有点吃惊。

"我知道有。原因之一,恐怕是——"他朝我看,但又避开了我的目光,"恐怕是为的近来我和你太——接近!"

我忍不住笑了笑说,"这就怪了!"但是看见 F 那样恳切而严重的神色,我又乘势改口道:"干他们屁事! 难道我……爱跟谁接近些,是我的自由,谁也管不了!"

"可是,"F 的眼光移到我脸上,眼光里分明有感激的意思,"就为的管不了你,所以在我身上出气了。"

真不料 F 有那样"老实",我只好报之以苦笑。同时,他这人的爱唠叨而又缺乏刚强的气质,尤其是他那种常常把"自己是无可奈何"作为前提,从而只可发发牢骚的脾气,使我对他虽有同情,却不能尊敬,虽有怜悯,却又感到一点可笑。我懒得开口,只用若即若离的一盼,去安慰他。我又抑制下渐渐高起来的不耐烦的情绪,把态度更加弄得温和些。

"还有一个原因,那尤其岂有此理!"F的声音提高了,似乎不胜忿慨,可又顿住了话头,向我反问道,"大概你早已知道了罢?"

我摇了摇头说:"生了几天病,消息隔膜得很。"

"哎哎,我忘了那几天你正在病中——其实也不算什么大不了的事,"F的神色又像"无可奈何",又像达观,总之是气平了些了。"还不是为了钱,为了分赃!上次那个姓钱的大囤户的事,你是知道的;可是最近这几天,大大小小各项物品的囤户陆续查到了七八个,一律如法炮制,瞒上不瞒下,交易而退,各得其所。这笔款子,确数不知,但总在十万左右,这都是他们几个人一口吞了,我们下边广大同志连碗边儿也舐不到,你想,这就太不像个话了,是不是?然而,气人的事,还在后边呢……"F顿了一下,然后把嗓子压紧些,加速了语调,"那七八位中间,有这么两个,神通广大,什么都有办法,他们和这边居然对上了劲,打伙合作,他们是有钱出钱,这边是有力出力,事业的范围也扩大了,不单是囤积,还带走私,仇货进来,土产出去,两面都做。嘿,事情倒也不是咱们这里的新发明,前年我在××早就看见得多了,可是××的作风总还算公道,同志们大家都出了点力,不论多少分到些,总也是大家都有份了。我不过是举个例子的意思,把这话对常在一块的同志们一说,这可就坏了事了!……"

F搓着手,满脸是委屈的表情,眼光定定地望住了我。

"难道他们公然给你个处分么?"我接口问。

"那还不至于,事情是——第二天小蓉一见我,就说恭喜我要发财了,我当时心上就一怔。这话中不会无因。再过一天,就是昨天,命令下来,我调了工作。你说,这中间蛛丝马迹,难道不够显明?我担心事情还没有了呢,他们一定还要找我的岔子……"

"也许不会的,"我只好安慰他,可是他那种慌张失措的神气只有增加了我的鄙夷之心。"况且你的新工作也不比旧的坏些。"

"哪里,哪里!"他叫屈似的喊了出来。"不然!你知道××区是……"

"是学校区,我是知道的。可又有什么不好呢?"我自己感觉到我的不耐烦已经情见乎辞,但是也无心加以掩饰了。

"问题就在这里。"F叹了一口无可奈何的气。"我最怕在学生中间做工作,我也做过一个时期的学生工作——很糟!"

"成绩不好呢,还是太好?"我忍不住笑了。

"问题还不在这里。难处是:报告不容易作。如果你严格,那么,除了党员和团员,几乎每个学生都有点像异党份子,甚至党员团员之中,除了少数拿津贴有任务者而外,大多数也都像有点形迹可疑。如果你放宽了去看,那就没有一个学生是成问题的,他们全是纯洁的,不过血太热了一点罢了。可是上头要你作报告,你总不能说全是,也不能说全不是呵!这取舍之间,我简直的毫无办法!"

他苦着脸摇头,叹一口气,然后两脚一伸,身体往后靠在椅子上,眼光定定的,盯住了我的脸,似乎乞求我的原谅。

我微微颔首,心里想起了自己在学校时代身受的经验,同时却又觉得F这人虽然很猥琐而且懦怯得叫人生气,但也还有几分可爱之处——人性尚未完全失掉。我很同情地问他道:"那么,这一次你打算怎样?根据你过去的经验——"

"根据我过去的经验,"他抢口回答道,"也只有往多处报呵!"

"哦!"我忍不住惊叫起来,像见了毒蛇似的有一种又恐怖又憎恶的感觉,我还不自觉地将身子往后缩了一下。

可是F苦笑着接下去说道:"这也是无可奈何。要保全饭碗——不,简直是保全生命,你不这么办又怎样?"他迟疑地伸出两手,看了一眼,又合掌搓了一下,嘴角上浮起了又像自嘲又像苦痛的冷笑。我的眼光跟着他的手的动作,我仿佛看见这一双手染有无穷血污,我的心跳了,我忍不住也看一下自己的手,突然意识到我自己的手也不是干净的,……而且我还不如他肯坦白承认为了要吃饭,为了要性命!我霍地站起来,恨声叫道,"这简直不是人住的世界!我们比鬼都不如!"

"不过有时候我也退一步想,"F也慢慢站了起来,"反正我不干,想干的人还怕没有么?他们还不是也往多处报?……"

"哦!嗨嗨!"我听着自己的笑声不禁毛骨耸然,"得了,得了!F,你这倒是心安理得的好方法!哈哈!"我故意抿着嘴笑。

"但是也不能尽然。从前我那样干的时候,晚上老是做恶梦,而且白天老觉得背后有人瞪眼切齿冷不防就会打我。现在我不是心理有点变态么?常常疑神疑鬼,医生说是怔忡之症。这就是那时种的根。我猜想他们一定知道我有这个病,所以把我派到××区去,就是存心要送我的命!可是,你代我想一想,除了接受命令,我又有什么别的办法?"

他喃喃地一边说着,一边就往门口走。我的心像被什么东西箍紧了似的,一边看着他,勉强安慰道,"何至于此!太悲观也不必要!"

他站住了,望我一眼,指着自己的胸口说:"你不曾看见这个心……希望也是空的。恐怕从此以后,我们不能再见了。"

我抢前一步,伸出手给他,可是我说不出话来。他抓住了我的手,轻轻握着,却又一点一点加重。我觉得他的手跟冰一样冷。

他轻轻放了我的手,说不出是什么味道的笑了一笑,就走了。

我懒懒地走到床前,一扑身就倒在床上。我觉得我的疟疾又在发作了,然而并不是;不过心里像有一团火,要先把自己烧掉,然后再烧掉这世界!

十一月三日

我们都奉到命令："工作"加紧。我们内部的情形，就好比是粪坑里忽然多了几条蛔虫，弄得那些"金头苍蝇"终天嗡嗡的，没头没脑乱撞。谁也不明白那几条"蛔虫"心里存的是什么谱，甚至连它们的嘴脸也还不大摸得清。不过，从"金头苍蝇"们的交头接耳中，知道这批宝贝就是人家称之为"叛徒"的家伙……出卖人头，……将来还不是兔尽狗烹，可不是我早就见过？同事中间口齿刻薄的，背后就管它们叫"叛徒"……

有一种骇人听闻的阴谋[①]，正在策动，……这结果会影响到……

而我们的奉命"加紧工作"，就是为了要使后方和前线配合起来，……真他妈的，怪不得陈胖那天听我讲到舜英的行动可疑，就叫我"莫管闲事"！而且怪不得每逢提到她丈夫何所事事，舜英总是吞吞吐吐。

风闻最近这几天，各处都在大规模"检举"，光是×市，一下就是两百多！昨天听说我们这里也"请来"了几位，"优待"在……

雾季算是开始了罢？昨天我在某街一数，新开张的，赶紧装修正待开张，房屋尚未完工但已经贴出大张布告，说某日准可开张的商店，单这条街上，就有十余家之多！嗨，市面繁荣，天下太平！

一位带点远亲的同乡，花了二三千法币挖得一个铺面，又花了千把法币装修，开间之狭，见所未见，可倒还深，就像个竹筒，房租每月

[①] 骇人听闻的阴谋　指一九四〇年七八月间国民党顽固派酝酿并正在掀起的第二次反共高潮。

得七八百。前天偶然走过,进去瞧了瞧,嘿,就好像一竹筒的蜜蜂!我买了几样小东西,一算,五六十块,谁知道那位同乡老板却看见我了,便不肯收钱,满口谦恭道:"一点小意思,您合用就尽管拿去用!"

我虽然有点不好意思,因为他到底是同乡而且带着点儿亲,但一想,他的钱也来得容易,干么要我替他省?

那天在街上又碰到舜英,打扮得真漂亮。

她近来的神气跟刚到找我的时候,大不同了,一定是工作顺利……

哈哈,我把这几天里冷眼看到的,无心听到的,合起来一想,忍不住就狞笑。看见人家现出原形来,我就乐,自己也不明白是什么缘故。

雾季开始了,敌机不会来了,但是血腥气倒又在"太平景象"下一点一点浓重起来。也许是忙于"大事"罢,我个人的事倒被他们暂时忘怀了,"十天期限"已过,我托陈胖代请宽限,居然照准。

十一月四日

　　早上十时,刚到了轮渡码头,就听得放警报。我一看,满天愁云,就料到敌机不会来市空,——据他们说,就是天气好也不会来的。

　　但是我不能断定 K 的想法是否跟我一样。也许不呢,那我要不要过江?

　　我在乱哄哄的人堆里找他。没有。

　　在迟疑不决的心情中,上了趸船,前前后后挤了一通,也不见他的影踪!

　　可是倒又拉了紧急警报了。怎么办?回去呢,过江?

　　也许他倒先过江去了呢?反正我好久不洗温泉浴了,要是他不来,我就逛半天也好;不过今天这警报真真不巧。

　　果然 K 上了这警报的当。直到午后三时我正待回去,他却到了;他目不旁瞬,下了车,就直奔弓桥。我远远地跟住他,忍不住暗笑。到了桥上,他站住了,装出悠闲的态度,东张西望,却始终没有看见我。后来他朝桥头那点心铺看了一会,似乎打算进去坐守,但终于沿着那小小石路,到所谓"公园"去了。……当我悄悄掩到他背后,伸手轻轻按上他肩头的时候,他那突然一扭身转脸向我的神气,倒把我吓了一跳。

　　虽然已经看明白是我,他那脸上的筋肉仍旧不曾松弛。

　　我那只手顺势从他的肩头往下溜,直到我的和他的两手相合,我轻轻挽住了他的。我不说话,只抿着嘴笑。

　　我们是在一所房子的旁边,一丛竹子隔开了我们和那房子,前面一片草地,有几个孩子在那里玩耍。地点倒很幽静,——但可惜太幽静了一点,容易惹人注目。

"你几时来的?"K微笑着,"警报误人,我以为你不来了。"

我故意不回答,又抿嘴笑了一笑。

K的眼光落在我和他相挽的手上,凝神瞧着我手腕上的表,自言自语道:"哦,已经三点多了。一忽儿天就要黑下来了。"

我忍不住格勒一笑。他抬眼惘然望住我,那神气就像一个小孩子受了大人的没头没脑的一喝。"天黑下来怕什么?"我轻声地问,同时我那挽住他的手略为用劲地握了一下,"难道不好在这里过夜么?"

我看见他脸上的肉跳了一跳。他很快地瞥了我一眼,就别转脸去,望着草地上那群孩子说:"看他们无忧无虑,多幸福。"

"咱们也玩儿去罢。"我一面说,一面就放开了他的手,走向草地那边去。

到了弓桥边,我回头对K笑了笑,就跳上一条渡船。

他坐在我对面,眼睛定定的,似乎有什么心事。

云罅间透出来的阳光,斜斜地落在岸旁那崖壁上,把一些常青的灌木烘成闪闪的金碧色;渡船顺流而下,桨声轻缓,仿佛要催人入睡。我们都不说话,可是有意无意地我们的眼光时常碰在一处,这眼光似乎都表示了这样的意思:啊,怎么你不开口呢?这样默然相对,怪不好意思的!

我故意逗他,只抿着嘴笑,却不开口。

终于他憋输了,迟疑地问道:"你有事没有?"

"呵,"我笑了笑,"没有。"

"可是那天你约我的时候,好像说过有什么事要和我谈谈呢。"

"哦,这个么?"我故意吃惊似的说,"要有,就有,要没有,就没有。反正是随你的欢喜,——你爱有呢,爱没有?"

他看住我一个字一个字说出来,似乎我的每个字他都在掂斤两;末了,他微微一笑就噘起嘴唇,轻轻吹一支歌曲。他这一微笑,使我有点怅惘,我猜不准他把我那几句话下个怎样的解释,我还得再逗他一下。

59

可是口哨声在不该停止的地方戛然而止，他把头凑近我这边，轻声然而很认真地说："有一点事情，请你帮忙，可不知道你肯不肯……"

我微笑点头，等候他再说下去。这时候，渡船正到了一块突出的岩壁的左近，而前面一箭之远，却有另一渡船，满载着七八个人，嘈杂地有说有笑。他突然指那岩壁说，"这下边停一会儿，好不好？"可又不等我回答，就吩咐船家把船靠到岩壁之下，岩下倒挂的常春藤拂到我们脸上。我移坐在他身旁，也轻声说："什么事呢？倒不是我肯不肯的问题。"

"有一个朋友，不知道弄到哪里去了，想请你打听一下他的下落。"

真不料是这么一件事，我倒怔住了。而且，他居然把这样的事来托我，这算什么？但是也没有理由怀疑他的诚恳和坦白。我不自觉地又点头微笑。他顿了一顿，这才又说到："此人是H省的口音，年纪有二十七八，身材中等，方脸，眼睛不大不小……"

"可是他姓什么，叫什么？"

"姓张，"K的眼光总没离开过我的面孔，"不过我也并不认识他。"

"哦，"我忍不住抿嘴笑了笑，故意打趣他道，"想来是通通信就做了朋友的罢？"

"倒也不是。另外一个朋友和他很熟。我是受人转托。是这么间接又间接的，所以——"

这分明是鬼话了，我不由的笑了笑。K的话头也立刻缩住，神色有点不安。我看定了他的脸，很想对他说："你又何必这样吞吞吐吐？难道你还看不出我对你的一番意思？"我感到空虚。但一转念，我也就对他谅解。他有他的理由不能太莽撞。我轻轻叹了口气，挨近他的身子笑着说：

"怎么你就想到要我帮忙？怎么你就想到我——对于这样的事，能够帮你的忙？要是我不帮，你又怎样？"

K也笑了,却不开口,只把眼光罩住我,又轻轻伸手,盖在我的手背上。这一切,比说话都有力量,而且,比说话尤其巧妙。

我抿着嘴对他笑。可是我忽然想起了一件事,又问道:"你那朋友——就是认识那个人的,大概就是上次你说曾经共过患难,最知己的那一位罢?"

"不是!"口气是很爽利,毫无问题的。

但是他的眼神有点不大对,这可瞒不了我。大概他自己也觉得了,赶快又接口道:"那是一个女的。"

不论他这话是真是假,他这一申说却刺痛了我的心。如果他说是一个男的,那也许我的反应会不同些。那时我的脸色一定有点变了,所以他又说:"这女的,就是那男的爱人。我是在一个朋友那里见过这女的一两次。"

我觉得好笑,皱了眉头。这时我当真有点生气了。难道我竟是坏透了顶的,只配给人利用,却值不得告诉半句真话?我自己知道我还不是这样的贱骨头,谁是真心,谁是假意,我还懂得一点呢!我越想越气,却冷冷地说道:"K,不跟你多说废话,这一件事,我没法帮忙你!"

这意外的变局,可就将他怔住了。他瞪大了眼睛,直望住我。

要是他也跟我呕气,那倒也罢了,但这么一副嘴脸却叫人难受。我苦笑了一下,抓住他的手,转换了口气说道:"你想,这样没头没脑的,叫我怎样打听去?连人是几时弄走的,你还没告诉我呢!"

就同没有听到一样,K的脸部表情没有变动;然而他那瞪得大大的眼睛,冷光逼人,使我感到局促。忽而这眼光收敛了,K很自然地说道:"事情发生在大前天晚上。那位朋友在他自己的屋子里写信,听得有人叩门,那门本来就不曾上闩。他刚问得一声'谁呀?'就有三个人推开门进来了,一人在前,二人在后。第一个进来的只问了句'你是不是姓张',后面的两个就露出手枪指定了张,喝道,'不许动!'他们先搜查张的身上,什么都没有。第一个进来的,又在房内各处搜查。房内只有一床,一板桌,两个凳子;一口竹箱里有几件破衣服。

桌上的几本书都是市上公开发卖的。他们拿起那封写了一半的信，看了一会儿，又撩下。末后，把书和信统统拿了，带手枪的两个就喝道'走！'这时候，张这才问道，'你们搜查，逮捕，有公事没有？'回答是'不用多废话！'张又问：'罪状是什么？'第一个进来的那个就咆哮道：'你怕没有罪状么？乖乖儿走罢！'他们三个就把张带走。从此不知下落。"

　　K说话时候的神色，始终是那么冷静，那么坦白。我没有理由再跟他呕气，然而也不能就此饶他。当下我就似嗔非嗔地说道："啊哟，刚才还说是间接又间接呢，可是逼急了你说起来，就同你当场目睹一样！"说完，我又抿着嘴笑。

　　"哎，你真是——太那个！"K忽然脸红了，"事情发生的时候，还有一个女的在场。我是从她那里听来的。"

　　"嘻嘻，又是一个女的！"我忍不住笑出声来了。同时，我把那只被我抓住的手重重一握，却又猛然撒开，低声问道："K，你——这样，支支吾吾的，却又何苦；你叫人家办事，却又不尊重人家的……"

　　我咽住了话尾，把脸别开；可是我觉得我两只手都被K抓住了，K的手是热辣辣的。我再回过脸来，恰好看见K两眼发光，声音带着激情对我说："谁要是哄你，就不得好死。原来只有一个女的。当场目睹的，就是那位朋友的爱人。"

　　"可是她没有事么？"我知道我脸上的神色一定还没有恢复常态。

　　"没有。她那时要求同去，他们不答应。他们还冷笑讥讽道，'不用性急，你的机会在后头！'她跟在他们后边，走过了半条街，到得十字路口，看见另外有三四个人，在那里守候。好像都是带了手枪的。两边合在一起，他们就雇人力车。内中一人举枪拟着那朋友的爱人，厉声喝道，'滚开，妈的，'她只好退后。人力车转入横街。过一会儿，她偷偷地再跟上去看时，已经跑得无影无踪了。"

　　我不出一声，只是静听。我感觉得他已经放开了我的手。

　　倒挂的常春藤枝在微风中轻轻招拂。桨声响处，有一条渡船缓缓驶过。我折了一段绿条，无意识地拗弄了一会儿，就投在水中。

"走罢,往堤坎去!"我招呼那打瞌睡的船家。

我和K还是并肩坐着,很自然的靠得相当紧。K的眼光似乎常在我身上溜转,可是当我注意搜索那眼光的动向时,却又觉得不然了。他的眼睛像两个深黑的小洞,深不见底,但洞口有柔和可爱的清波。

K谈起他童年时代的一些故事。

干么他要提那些陈年旧话?我好几次设法引开去,我喜欢谈"现在"。而且我还有一件心事未了……我微微感到烦躁。

"你那知心的朋友,现在有了消息了罢?"在极短的沉默时间,我蓦地这样问了一句。

K好像一时想不起来我问的是谁,他狐疑地看了我几眼,然后恍然一笑,但又立刻堆上满脸的浓霜,长吁一声道:"你问的是他么?现在,当真应了那一句话,近在咫尺,远在天涯了!"

"嗳,你自己听听,你的口气就像个失恋的人儿似的。"

K只是苦笑,不理会我的揶揄。

"可是我倒已经知道他是谁,而且,在哪里。"我开始设法用话哄他开口。然而他摇了摇头,只回答了三个字:"不见得。"

"当真不骗你。前几天遇到一个旧同学,随便谈谈,就谈到了你那知心的朋友,……"

K的眉毛突然一耸,眼睛也睁大了;但随即笑了笑,在我手掌上轻轻拍一下道:"全部是鬼话!他就没有女朋友,除了那个——"

"那个从前的爱人,是不是?"我紧跟着逼进去。"然而你要知道,我那旧同学就是他从前的爱人的同学呢!"

"哦,那个,——那我自然不会知道的。"

"所以,关心他的,也就不止你一个;你有什么消息,也该告诉别人……"

"没有,"K摇头说。沉吟了一会儿,又说,"当真没有。"

沉默了一些工夫,我又转换话头:"K,报馆里的工作是几点钟开始的?有没有时间去看一场电影呢?"

"时间是冲突的,不过要去看,也未始不可以。"

"我有一个同乡,定了你们的报。他又不看,可是提到报纸,他总翘起一个大拇指说,到底是财神爷办的报,不错。"

"他又不看,怎么知道好歹呢?"K淡淡一笑。

"可不是,妙就妙在这里!"我抿着嘴笑了。"不过他所中意的,是你们的纸张;他定了你们的报,专门拿来包东西,哈嗨!"

K也出声笑了。"骂得痛快!"他一边笑,一边说,"可见我们的工作,不值一个屁!说来是够伤心的。"

"啊哟,怎么倒又惹起你的牢骚来了?"我表示抱歉。"今日之下办报的困难,我也晓得一点。忌讳真是太多了。谁也怪不了你们呵。"

这时候,渡船已经到了埠头,K站了起来,朝我看了一眼。

我笑了笑说道:"当然回去!"

后来,K又几次提到那桩"无头公案",一定要我代为打听。

"看你那么着急!"我取笑他道,"倒好像是你的爱人?"

K急忙分辩:"受人之托,不得不热心。"

"啐!谁说你不是受人之托?"我真想打他一下,"可是我呢?"

K楞然有顷,这才慌忙地认真说道:"你也是受人之托,所以也不得不热心。如果你有什么事要我出点力,我当然也热心。"

"当真么?"

"好像我在你眼里还不是什么油腔滑调的人。"

"哦!"我瞅了他半晌,决不定主意,但终于也说了一句,"那么,我也要托你代为——打听一个人!"

K微笑望了我一眼,慢慢答道:"我知道你要打听的是什么人。可是你将来一定能够明白,我没有在你面前撒过谎。"

我们四目对射,忽然同时都哑然失笑。

K还要去制造"包东西的纸"呢,所以我们也就分手了。我望着他一步一步走远去,忽然有一个强烈的冲动,逼我叫他回来。我高声叫唤他,几乎引起了路人的注意。当他跑回到跟前时,我只有抿着嘴笑,我想不起为什么要急巴巴地叫他回来了。K 却冷静地站在那里,等候我说话。

突然我得了一句话,不暇考虑,就说出来了:"K,我给你介绍一个爱人,好不好?"这话刚一出口,我这才像清醒过来,不觉脸上一阵热辣。

但是,K 的反应却又把我的忸怩消除掉。他以十分自然的口吻答道:"好!不过这问题,今天是没有时间细谈了。"

"那么你,有没有爱人呢?"我爽性再进一步。

这时候他却笑了,他说:"我自己也不大弄得明白:远在天涯,近在咫尺罢!"他抓住我的手握了一把,就转身走了。

我记得这是第三次我听到他说这八个字。这该不是毫无意义的罢?但是我猜不出其中的奥妙。K 这人是有几分"神秘"的,不过我还是喜欢他,——不,简直是多见一次便增加了一分痴心……为什么?都是因为太寂寞,都是因为天天接触的全是太卑鄙,太恶劣。

于是我又想到 K 托我的那件事了。事情太平常,当真去打听,也还不难得个下落。只是——为什么中间又夹一个女的!K 的话如果全部真实,——不,关于那个女的一部分,我就不能无条件相信。

我越想越不高兴,我倒要见见那女的是怎样一等脚色!

浑身烦躁,头也有点痛了,但是我不能驱走那些不愉快的思想。

什么在另一朋友的地方见过一二次,——我才不相信呢!

我要当真去管这样的"无头公案",那真是傻子!对你半真半假的,你去出死力干?

我相信我能够赤忱对待别人,但是要看他是否对我有半点昧心,——半点的半点也不行!

65

十一月六日

舜英夫妇新搬了家,昨天她来邀我去玩,并吃"便饭"。

嘿,舜英真真阔起来了。昨晚那样的酒席,她还称之为"便饭";而且,她这新公馆也的确大有可"玩"。我总算开了"眼界"。

要不是她带我去,光找门牌,也许得好半天;新公馆是缩在一条巷子里的,巷口几间七歪八倒的破房子,大概还是去年大轰炸后的孑遗,不过居然也有人家住在里边。通过那小巷的时候,舜英谦逊似的说:"进路太那个了,真不雅观!"——可是,她的眼睛里却闪着得意之色。当时我也不大注意,甚至看到了那也是"剥了皮"的公馆本身时,我还没怎样注意,然而,一进门,蓦地就眼前一亮;嗨嗨,舜英当真大阔而特阔了!

在客厅门口,就看见了松生;他比从前苍老了些,一团和气跟我打招呼,倒也不脱旧日本色,但那一身功架,却大有进步,宛然具有要人的风度了。那时候,我忙中失检,竟没看见客厅门口就有衣帽架,一边和松生握手,一边迈步进去,臂上还挂着我那件"古色古香"的薄呢大衣。舜英却在我身后叫道:"张妈,给赵小姐挂大衣哟!"我这才不自然地站住了,站的地位却又在门框中,加倍显得不自然。

客厅里朝外的丝绒沙发上,早有两位男客。其中一位同字脸,留着一撮牙刷须的,哈哈笑着站了起来,远远地对我伸了伸手,又哈哈笑着,那神气就有几分——不大那个。

此人我认识。

"我来介绍,"舜英抢前一步,把手一伸,"这位是××部的……"

"哈哈,我们会过,"这人接口说,"我和赵小姐也算是老朋友了。"

"何参议是会过的,"我只好敷衍着,笑了笑,和他握手。

松生给我介绍那另一位男客,——周总经理。此人四十开外,圆圆的脸,皮宽肉浮,一听口音就知道是我的老乡。

照例的应酬话,在这大客厅中响亮起来,几乎每句话都带个笑的尾巴,然而非常公式。我冷眼看客厅中的陈设,又注意到三分钟之内,进来倒茶的当差,就换过两个,其中之一还是个下江佬呢。

电灯光射在家具的一些返光部分上,熠熠生辉。特别是那两幅丝织闪花的茶色窗幔,轻扬宛拂,似乎有万道霞光,飘飘而来。

松生正和那位周总经理谈论米价。何参议叼着枝雪茄,闭了眼,不时点一下头。我瞧那窗幔,问舜英道:"这是带来的么?"

"啊,什么?——哦,这一副窗幔么?"舜英骄傲地一笑,"是这里一个朋友送的。你瞧那料子,是法国闪光缎,可是我不大喜欢这颜色。"

"哈哈哈,陆太太,"何参议在那边偏偏听得了,"我知道你喜欢的是绿色。这才跟这一堂沙发的颜色衬的起来。"

"对啦,何参议真是行家……"下半句被笑声所淹没。

我无意中走到火炉架前瞧舜英他们拍的一张合家欢,瞥眼看见松生旁边的茶几上有一封电报,展开了一半,电码满满的。

当我再回原位的时候,却见舜英正从松生旁边走开,脸色有点不大自然;我再望那茶几,那封电报已经不见。

"咱们到里边去坐坐罢,"舜英轻声对我说,"我还有点东西给你瞧呢。"

我笑了笑,心下明白我在这里大概有些不便。

到了舜英的卧室,这才知道这房子还是靠着江边的。对江山上高高低低的灯火,躺在舜英的床上也可以望见。舜英一把拉我在窗前坐下,指手划脚地说道:"你瞧,那倒真有几分像香港呢!哦,你没有到过香港罢?那真是太可惜啦。……"猛可地她又跳起来,望卧室后身那套间走去,一面招手道:"来来,刚说过有点东西给你瞧瞧,可又忘了。"

我进了那套间,一瞧,原来是浴室什么改装成的衣物室,一根横木上,挂着他们夫妇俩的各色衣服。舜英一面在那衣服阵中翻检,一面嘴里呶呶抱怨道:"这里的老鼠,真是无法可想。它不怕猫,猫反怕它!我这小间,还是特别用水泥把四壁都封得结结实实的,可是一天我不来检查一次,我就不能放心!"一边说,一边拿出一件红白条细方格的呢大衣,像估衣铺的伙计似的把衣展开,在我眼前翻个身,于是,突然将大衣往我身上一披,吃吃地笑道:"好极了,好极了,这娇艳的花色就配你的白皮肤呀!"

她着魔似的又把我拉到前房,推我在衣镜前,忙着给我穿了袖子,扣钮扣,在镜子里对我笑道:"再合式也没有了,就像是量了你的身材制的!"我照着镜子里的自己,也觉得大小长短都称身,——除了出手略短一点。我装作不懂舜英这套戏法是什么意思,只微笑着,不开口。

当我将这大衣脱下来的时候,舜英说:"要是你中意,你就拿去穿罢。反正我还有呢!"

"哦,"我笑了笑,"还是你留着自己用罢。我是当公务员的,衣服什么的,也都随随便便。"

"哎,你简直就不用客气,妹妹,"舜英靠近我耳边很亲热地轻声说,"你不知道,我有了喜了,三个月。这一件大衣身材最小,白搁着我也不能穿。你和我客气什么!"不由分说,她就把大衣撩在一边,又喊张妈包起来。

我猜想舜英送我这件衣服不是没来由的,乐得受下,且看她有什么话说。可是她东拉西扯的,只谈些不相干的话。渐渐又谈到衣服上,她侧着头道:"哦,你瞧,我这记性,我还有点小意思在这里,你可不要见笑。"接着她又唤"张妈"。

这当儿,可巧我要小解了,于是张妈先引我到厕所去。

正在洗手的时候,突然一阵笑声从外边送来。我心中一动,走出厕所,一看没人,就悄悄趸到客厅后边,侧耳一听,原来又不在客厅里,而在接连客厅的另一耳房内。那耳房的后身有一对窗,都糊了浅蓝色的洋纱,我刚挨近窗边,就有浓郁的鸦片烟香,扑鼻而来。

分明是何参议的声音:"——松生,你那一路的朋友,像那位城北公,花钱就有点冤。昨天我和陈胖子谈过,他也跟我一样意见。据他说 G 的那一份材料,至多值两万,然而你们那位城北公却给了三万五呢!嘿!松生,咱们是十年旧雨,你的事就是我的事。而况照最近趋势看来,快则半年,分久必合,咱们又可以泛舟秦淮,痛饮一番!……哈哈哈!"

在笑声中又有人说话,那是松生:"最需要的材料,是近月到的轻重家伙有多少,西北来的或是西南来的?都藏在哪里?城北糊涂,那边也知道,不然,兄弟也不来了。只是一切全仗大力……"

猛然拍的一下掌声,将我骇了一跳,险些撞在窗上,闹出乱子。但接着就是何参议的哈哈长笑,夹笑夹说道:"那——那还用说!——你要什么有什么——倘有不尽不实,你就找我——"又是拍的一下掌声,大概是拍胸膛罢,"我姓何的。咱们是十年旧雨了,你的事就是我的事!"

嘿,原来是这样的买卖,怪不得舜英那样手面阔绰。

我想再偷听几句,但是又不敢再呆下去;要是给撞见了,发觉了,那我这条性命……我屏住气倒退几步,然后一转身,轻步往舜英的卧室走去。还没到,却见张妈已经迎面来了。我的心跳得厉害,我弯身摸着我的小腿,故意"哦"了一声。

"来了,来了,赵小姐,"张妈叫着,"太太怕你拐错了弯呢。"

"没有。"我伸直了身体,就轻盈缓步进了舜英的卧室。

舜英斜欹在沙发上,膝前铺着一块玫瑰色的衣料,望着我笑道:"上次跟你说过的,——就是这一块。跟刚才那件大衣,颜色倒也相配。"说着,就把料子递到我手里。

我故意把料子抖开,往身上一裹,站到衣镜前看了又看,然后笑盈盈地跑到舜英面前,拉住了她的手叫道:"舜英姊,谢谢你;料子是再好也没有了,这里有了钱也买不出来。不过,我可没有什么好东西回答你,老一老脸皮收下来,怪不好意思的。"

"哪里,哪里,瞧你还说客气话呢!咱们是老同学,亲姊妹似的。"舜英口里虽然谦逊,脸上却有德色。我瞧着觉得好笑,又好气,一想,俗语说,"哄死了人,不偿命",何况她的又是"不义之财",取之亦不伤廉,于是故意把两宗礼物拾在手里,比了又比,啧啧称赞道:"上好的料子,再艳丽也没有的颜色,穿在我这粗人的身上,倒觉得不好意思出去见人似的!再说,舜英姊,我们家乡有一句土话:拾了根袜带,配穷了人家。今儿你送我这么两件漂亮的衣服,我不谢你,倒反怪你呢!你这一下,可把我坑的横又不好,竖又不行了呵!你瞧,我浑身上上下下,哪一些是配得过你这两件的?少不得明儿我还要跑几家百货公司,勉强配上几样,打扮得浑身也相称一点。"说完,我抿着嘴笑,心里却又想着前面耳房里鸦片烟榻上那两位的"买卖"不知做得怎样了。

舜英高兴得满脸都是笑纹,突然她把双手一拍,"哦"了一声道,"差一点我又忘了!"接着就叫:"张妈,张妈,前天我新买的那双皮鞋,你搁到哪里去了!"她来不及等张妈,就弯腰朝床底下看,又急急忙忙抽开了停火几下的抽斗,在一些旧鞋子旧袜子堆里乱翻,然后,砰的一声又关上了,便直奔房后那衣物室。

这当儿,张妈进来了,一边慢吞吞说,"前几天买来那一双么?"一边就去开左壁上的一扇小门,伸手进去掏摸。

"张妈!"舜英高声叫喝,口音有点慌张。可是张妈已经把小门再开大一点,放灯光进去,一边却自言自语道,"这不是么!"随手拿出一个小小的纸匣来;她把那小门再关上时,舜英已经赶到跟前,满面怒容,恶狠狠地瞪了她一眼,一手便抢过了那纸匣。

在这一刹那之间,斜着身子靠在窗前的我,却已瞥见那小门之内原来是一间小小的复室,那倒本来是挂衣服用的,这复室内似乎有几口小木箱。干么舜英那样慌张?我微微转脸望着对江的满山灯火,只当什么也没理会得。

"前天刚买,"舜英手里托着一双两色镶的高跟鞋,走到我身边说,"回家来穿了半天,到底嫌紧一点。妹妹,也许你穿了倒合式。"

70

我瞧着那皮鞋,只是抿着嘴笑。这,正是我看中了没钱买的那一路式样。舜英连声催我快试一试。我挽着她的臂膀笑着曼声说:"不用试了。你嫌紧的,我就合式。舜英姊,你不记得在学校的时候,我们就试过的。可是,想来好笑,今天我从头到脚全穿了你的!"

她也笑了,却又十分诚恳地说道:"这也不值什么。你还缺什么,我替你找。本来希强——"她突然缩住了。可是看见我微笑不语,就又接下去道:"他叮嘱我和松生,看你需要帮忙的地方就瞧着办。这一点小意思,算什么!……"

我们同坐在窗口的沙发上,有一搭没一搭的闲谈。我看着床上那条雪白的三色印花床单,心里想道:"他们干这样的事,……怪道堂而皇之打公馆,原来何参议也……只是那姓周的什么总经理又是什么路数呢?……而且那复室里的木箱……"有两个念头在我心里拉扯:一个是管他妈的,跟他们混罢,混到哪里是哪里;另一个却是畏怯,觉得还是不沾手为妙,这样的事,迟早——而且我又不曾见过大阵仗。

有一个娇脆的笑声,将我从胡思乱想中拉出。我忙抬眼,还没见人,先就闻到一股香气。舜英却已经站起来,笑着对我说:"一定是密司D。你不认识她么?你倒可以跟她比一比,……她算是顶刮刮,——其实也不过善于修饰罢了。"

长身玉立的一个人儿像一阵风似的到了眼前,劈头就是带笑带嚷:"啊哟,老同学,多么亲热,连客人也不招呼了,给冷在外边!"

我看见过这位女英雄两三次,我不喜欢她。

她好像也认识我,对我笑了笑,就一手拉住了我,一手拉住了舜英,吃吃地笑着说:"去,去,客人全到齐了。又不是恋人,你们谈心也该谈够了!去罢!"

"当真全到齐了么?我不信。"舜英一边说,一边要挽密司D坐下。

我看不惯密司D那种作风,巴不得出去,就从旁怂恿道:"舜英,你是主人,咱们到外边去罢。"我心里却另有个打算:让她们先走一步,我得偷看一下那复室里的木箱到底是些什么。

可是密司D偏偏缠住了我,说长说短,……

客厅上果然多了三个客:两男一女,而且当中大圆桌上杯筷之类也已经摆开。

松生与何参议站在火炉架前说话。松生手里有一卷纸,似乎就是那份电报。新来的一男一女坐在右首的沙发上调情卖俏。

密司D像一只蝴蝶似的扑到一个矮胖子跟前,尖声叫着"处长",却又把声音放低放软,引得那矮胖子"处长"只是格格地笑。

舜英给我介绍那沙发上的一男一女。

那叫"怜怜"或是"莲莲"的女子,不过二十左右,看去倒还顺眼;她亲热地和我寒暄,我一面应酬她,一面却瞧那姓刘的男子,觉得好生面善。他那大剌剌的派头中带点儿土头土脑,叫人见过了就不大会忘记。

但是那位周总经理却慢慢踱了过来,随便和姓刘的谈了几句,就转向我和"怜怜"这边。"怜怜"忽然"呀"了一声,一摔手扔掉手里的半枝香烟,却又举起手来瞧着,微微一笑,似乎是对我,又像是对周总经理说道,"哪来的蚊子,真怪!"她伶俐地转过身去,走到姓刘跟前的茶几上再拿一枝烟,就又和姓刘的同坐在沙发上了。

"赵小姐,"周总经理堆下了满面的笑容,着实蔼然可亲,"刚才听松翁说,才知道您就是茂老的女公子。嗨,我和尊大人是多年的交情了,他在内政部服务的时候,我们是同寅。哈哈……"

"呵,原来是老世伯,……我从小儿不大在家里,竟不曾拜见过。"我微笑应答着,心里却感得一点窘。

可是周总经理却十分关心,问起我父亲的近况;一连串的问话都是我不能回答的。似乎这个"老世伯"并没有知道我早和父亲闹翻,一年也难得通一回信。我正在没法支吾,可巧当差的报道:"客来!"这才把周总经理的视线转移了过去。

其实不用何参议介绍,松生也一定能猜到那来客就是陈秘书——陈胖子。一阵寒暄以后,主人就请宾客入席,显然是专等陈胖一人。

　　陈胖见席面上有我,异样地把一双眼睛眯成一条缝,嘻开嘴对我笑。他这是转的什么鬼念头,我不明白,可是我却在心里笑道:"莫装佯罢!你跟何参议打算挖G的墙脚,我已经知道;你们鬼打鬼,我在旁边瞧热闹,这就是今天我在这席面上出现的姿态和立场。"

　　我的座位被定在舜英与周总经理之间。首席竟是那位三分土气七分官架的刘大老官。而所谓"怜怜"与密司D,则分列于左右两旁。除去这两个"花瓶"不算,以下的席次便是那个什么"处长",陈胖,而后是周总经理了。舜英请我入席的时候,抱歉一笑,而松生也远远地拱了拱手,——这为的是屈我于末席之故罢?然而我倒要谢谢他们这样的安排。后来就明白。

　　上过燕菜以后,就有些不堪入目的动作,逐一表演出来了。狂风暴雨的漩涡,就在那刘大老官的左右,那种恶劣,那种粗野,……密司D经验丰富,一点也不在乎。但所谓"怜怜"者,似乎着了慌了……"怜怜"正在左躲右闪毫无办法之际,突然,我看见密司D悄悄离座。我冷眼看住她,我以为她是见机而作,找个遁逃数,谁知她飘然走到电灯开关之前,一伸手,拍,"五星聚魁"的大珠灯就灭了,只靠左边耳房来的一线之光,使大家不至于伸手不辨五指。接着就是从没见过的活剧。最初的一刹那,人们还以为电灯坏了,来一个哑场,可是随即恍然大悟。这是"黄金机会"。历乱的黑影,七嘴八舌的嚷闹,色情狂的笑,中间有可怜的气急吁吁的告饶,……我隐约看见"怜怜"逃到火炉架前,……我再不能忍,不顾密司D还在监视,就去把电灯开了。

　　我这一下的多管闲事,可惹了祸了。首先是D的暗示,接着就是所谓"处长"者打冲锋,……那位"老世伯"虽然给我掩护,但寡不敌众。于我有利的形势是,我和他们阵地不连接,我一边是舜英,一边是"老世伯",而且我又能喝几杯。我所必须谨防者,乃是他们离座而来和我"拚酒",然后D之类又可将电门拍的一下,来一个"混水摸鱼"。果然,正如我的预料,各人都敬一杯以后,何参议左手持杯,右手执壶,离座而来"就"我了。我一瞧那是喝汽水用的玻璃杯,就知道他的"战术"了。他的条款是"各尽一杯"。好!公平之至。然而又要请我"先干"。哈哈,我是料到的。此时局势,须要快刀斩麻,不能拖泥带水。我立刻无条件答应,然而一口气喝了半杯之后,故意一个逆呃,脖子一伸,将一满口的酒喷在何的身上,我一面道歉,一面装醉,舜英唤当差的拿热毛巾,……乘这时候,我就一溜烟跑了。

在舜英的卧室中坐定,喝了几口浓茶,舜英也就跟着来了。她要我出去,我说头晕心跳。略歇一歇。外边却正闹得凶,哗笑之声,如在隔房。我装作醉了,对舜英说:"密司D这人,我瞧她有点下作。女人应该对女人同情,可是她帮着他们男的,作弄莲莲。我亲眼看见,是她关了电灯。"

舜英听了只是笑,但又敛了笑容,凑过头来,悄悄地说道:"你不要小看她呢,此人神通广大!"

"哦,"我故意装傻,"什么神通,不过仗着脸皮厚,下作!"

"可是她的手段高妙。别人弄不到的东西,她有本事弄到。人家说她本人就是整整一副情报网。"舜英略为一顿,于是含意颇深地看看我,又悄悄说道:"我们刚初见到她,就觉得她有点像你:身条儿,面相,尤其是机警,煞辣。你要是也来那么一手,她一定比下去了;事实上,你现在……"

蓦地房门口有人扑嗤一笑,把我们都吓了一跳。站在那里离我们不过丈把远的,正是密司D,后边是张妈。D并不开口,只是笑,不由分说,拉了舜英便走。我怔了一会,见张妈还没有走,便问道:"刚才D小姐来,你怎么不叫太太一声?"

"我刚想叫,她就笑出声来了——她站的工夫儿也不大。"张妈说那后面一句时,还做了个眉眼。这家伙,也是个"人精"呢!舜英特地从上海带了她来,不会没有意思。看见我没话了,她又献殷勤道:"赵小姐,您再喝一杯浓茶?太太有上好的普洱茶,我去泡一杯来罢。"她将我当作舜英的心腹!

张妈转身以后,我爽性躺在沙发上,眼光无意中移到左壁复室那一扇小门,一个念头突然提醒了我。翻身起来,先在房门口张一眼,我立即移步到复室前,一下拉开了门;看那木箱,箱盖是虚掩的,轻轻揭起箱盖,——哦,一切全明白了!

这箱里是一套无线电收发报机,嘿!

关上了复室的小门,我迟疑了片刻,就走出卧房。

客厅上,席面快要散了。但我之出现,又引起了小小波动。我立刻自认罚酒三钟,总算小事化为无事。

陈胖乘间告诉我:最近将有人事上的异动,我的工作也要调呢,不过还没十分决定,他也不大清楚。

我听了一怔,正想追问,他又怪样地一笑,轻声问道:"看样子,你和今天的主人家交情不坏罢?今天不便,过一天我们再详细谈一下,"我会意地笑了一笑,可又想起K说的那件"无头公案",便约略向陈胖探听。他侧着头沉思一下:"大概是有的,不过我也记不清了。"

松生他们早已盘据在那边耳房里,一片声唤"陈秘书"。

我也回到舜英的卧房去喝张妈特为我准备下的浓浓的普洱茶。

舜英坐在梳妆台前,重匀脂粉。我也当真有点醉了,躺在沙发上赏玩对江的夜景。我想:今晚我所见所闻的一切,说给谁也不会相信罢?但何参议之类倘在什么周上作报告,还不是咬牙切齿,义愤填膺,像煞只有他是爱国,负责,埋头苦干,正经人!真是做戏!但还有些"傻子"当真相信他们。还有些"傻子"连命也不要……K的形象忽又在我眼前出现了。可惜今晚上的一切,他没机会看到。

而且还有"无头公案"中那位先生……而且他们还要限期命令我去找到小昭!我忽然生了奇想,以为舜英他们或者知道些这种消息。我转脸看她,她却正忙于对付她那一头可贵的烫发。

笑了一笑,我翻身起来,帮她一手忙。在大镜子中我看着她的脸,找出话来,逐步探索。我先从几个从前和我最熟的同学身上,远远地发问;如果有了眉目,那我就可以转到小昭。我相信舜英也知道我有过一个小昭。

75

都没有结果。最后我就提到了萍。哪知舜英撅起嘴唇,哼了一声道:"不用再说萍了。这人古怪。前两天,我好意介绍她一个事情,比她现在的那个事,多挣了十来倍呢,谁知她倒不乐意。不乐意也罢了,却又惹出一番话,说一个人到了那种地方,就是堕落,没有灵魂!真是笑话。"

"现在这世界,要有灵魂就不容易存身。"我叹了口气说。

舜英化妆既毕,还得到前面去张罗,我也就告辞。

耳房里烟幕渺漫,客厅上竹战正酣。陈胖一见了我,就要我代打几副。我一瞧,是五千元的"底",陈胖一底将乾。——"要我代么?你准备再输一底如何?"我笑着说,就要走了,可是松生也劝我暂代几副,他和陈胖有点事情要商量。

哼,我知道这是什么事。既有这事,陈胖就输这么三四底,大概也不在乎,于是我就代了。我干么不借他人的酒杯浇自己的块垒?我尽量做大牌。谁知陈胖今天狗运亨通,不到半小时,一副大牌,居然成功……陈胖是双重的财喜临门!

那晚就睡在舜英家里,不过我实在不能安枕。我不知道在这个"奇怪"地方,半夜里会发生什么事情。

但另有一原因使我兴奋不寐,那便是偶然给我知道了这些人和事,将来不会对于我没有"用处"。G要是再敢无礼,我的"毒牙"又多了一颗,除非像何参议所说,当真"分久必合";但这,难道真真可能?

76

十一月十日

听说在"苏北",发生了一件非同小可的事情。① 各种各样的"传闻",从人们的口里传来传去,弄到后来,大家索性自己发明。

不过大致是这样的:消灭"异党"的武力,这次已经下了决心,而且军事部署,十分周密,胜利一定有把握。

在这空气之下,"金头苍蝇"中兴高采烈者,自不乏人,但大多数的关心程度,远不及昨夜赌局的胜负,或者某某"肥猪"的油水究可榨出几多。……偶然也有一二人,——例如刚巧回来一次的F,目瞪口呆这么几分钟,但谁敢吐露心头半个字?谁能担保对面的人不把你的脑袋换取八圈麻将的赌本?F居然敢在我面前吞吞吐吐说了这么半句:"就怕的是渔翁得利,徒为仇者所快……"可是我想起那天F的"往多处报"的"理论",就没有理由相信他不会将我出卖。我怎敢有所表示呢?我只笑了一笑,便顾左右而言他。

口是心非的人,这里有的是。但像F那样的人,说他对我也"口是心非"呢,似乎冤枉了他(这一点,我是看准的),不过倘使为了自救,大概他虽则一面"良心痛苦",一面还是不免要跟我的脑袋开一次玩笑的。

而况每逢这样的"紧急关头",内部的试探和侦察也是同时"加强"的;凭经验,我就看出了这一个把戏已经在做了。

不过也不能"神经过敏",看见人们在喳喳私议,就远而避之;这

---

① 一件非同小可的事情 指一九四○年十月间国民党政府强令苏北的新四军自黄河以南北撤,而后多次借机进行突袭,并由此酿成一九四一年初的"皖南事变"。

会被他们认为"心虚",这就糟了。还得凑在中间扯淡,信口开河,不痛不痒的诌他妈这么几句,这才妙。然而事有凑巧,"扯淡"中间忽然提到了一个人,我越听越犯疑,几乎要脱口问"此人姓甚",……

也许他们不过是习惯的"胡诌",如果不是,则此人已经生了"尾巴",而且此人不是K还有谁?

说是他和一个女的常常有约会,女的身材苗条,……活见鬼!我就是身材苗条的!显然的,扯淡扯到这件事的两位,并没做过K的"尾巴",而我又不便直接打听那做"尾巴"的,到底是谁。我的怀疑也许是由于我有几分"心虚"。我和K在一处的那几次,分明是没有"尾巴"的,然而明明又说有一个"身材苗条的女子",那不是我又是谁?

我不能不提高警惕,我必须打破这个谜!

如果这一些"扯淡"不是信口开河,那么我的处境实在危险,……我就得先发制人!反正我曾受命"自动找对象,进行工作";反正在"九一八"那次就报告过,有K这么一个对象,"大堪研究";而且,即使立刻要创造若干材料,虚者实之,实者虚之,我也不至于手足无措呢!

但首先得和K见一面,探一探他究竟生了"尾巴"没有?

于是我冒险到他所服务的报馆去。

以下就是当时经过的大概情形:

那报馆的会客室不是怎样理想的谈话场所,声浪放低是必要的,但最可虑者,时间一长,难保不有第三者也来会客;因此,我也顾不了太多,不管K的感想如何,我就开门见山,直落本题。

"今天我冒险而来,和你谈一件相当严重的事情;你如果信任我的真心真意,你就什么也不要瞒我……"

K冷静地微笑,点一下头;鬼知道他这微笑是什么用意,可是我也无暇推敲了,我还是按照预定方针,说我的:

"这几天来,你到过什么地方去?是不是觉得有人跟住你?"

他还是冷淡地微笑,不开口,可是我却急了:"你相信我,就说;不相信,我就走!此地不是转弯抹角你我比赛口舌的场所!"

"哎,你何必性急?还不是从家到报馆,又从报馆回家去。有时也到C—S协会去坐坐。你是知道的,我常到的地方,不过这几处。"

"不曾见到什么形迹可疑的人?"

"这就难说了。C—S协会里,经常有几个不三不四的脚色……可是你所谓形迹可疑,有什么特别界说没有?"

"嗳哟,你还来咬文嚼字呢!干脆一句话:可注意到了没有,——有人跟住你啦!"

"好像还没有。"

我有点生气了。K的态度不够坦白。他这样躲躲闪闪,有什么必要呢?我又气又好笑,轻轻按住他的手说:"这几天,形势很严重,——难道你不知道么?我得到一点消息,你被注意了,行动谨慎些。"

K似乎很用心在听,但还是那样不介意地微笑道:"要是有人跟,也得看他的技巧如何……不过,注意到我,那是得不到什么的。"

我忍不住笑起来了,再问一句:"有没有朋友在一块儿呢?"

"有。可巧有几个同乡从外县刚到,聚过几次。"

"哦!可有没有女的?身条儿瘦长的?"

"这个——没有!"K注意地朝我看了一眼,又露出沉吟的神气。

我想我应该走了。可是K的眼光忽然一闪,手指在桌上划着,问道:"喂,上次——托你打听的那件事,有点头绪了么?"

"还没有。"我一面说,一面站起来要走了,"不过,我已经托了人……"

这当儿,会客室的门开了,一个茶房探进头来,却又立即回头对外边说:"喏,喏,在这里,在这里!"我立刻感到发生了意外了,朝K丢了个眼色,伸手指一下他,又指自己,摇摇手,转身便走。可是刚到门边,就和进来的一个女子撞个满怀,我还没有看清那女的,却早听得她叫着K的声音,我认识这是萍,——咦,我就站住。

猛然我想到他们所说常和K在一处的身材苗条的女子,不是萍还有谁呢？顿时气往上冲，失了自持。

"嗳嗨，萍！"我听得自己的笑声和口音都不自然。"真是太巧了，——可是，对不起，我要早走这么几分钟，够多么好呢！"

两个人都楞了一下，但是萍的脸色立刻变了；K和萍交换了个眼色，意思是叫她莫作声，却又落在我眼里。我冷笑。K上前一步，眼光望住了我，可是我不让他开口："K，不用你说，我全明白了；——我和萍原是老朋友，可不知道你和萍也是好朋友！哈哈，可是你刚才咬定牙根说没有，真是何苦呢！……喂，萍，我告诉你一个好消息：人家都在称赞你的身条儿真好，窈窕，婀娜，飘飘然的……"

"请你说话要有点分寸！"萍突然转身向我，脸儿板得紧紧的。"放明白些！人家来看朋友，是光明磊落的……"

"噢，噢，谁又说过不是光明磊落呢？既然是光明磊落，又何必自己表白呢？我倒看的雪亮——"我忍住气，抿嘴笑了笑，"可是，K，刚才我跟你说的那番话，你自己去考虑，——哦，不，你们俩去考虑。再见！"

我拨转身就走。我听得K在身后唤我，第一句是扬声的，第二句可就把声浪压低；我又听得脚步声，我不由的也把步子放慢了些，然而脚步声又没有了；我仿佛脑后有眼睛，看见了萍在横身阻止……我连声冷笑着，就飞快地走了。

等到心气平静下来，我达到了两个结论：第一，关于K的"尾巴"的消息是真的，那女人就是萍；第二，我受了欺骗，……

我的怨恨的方向，闪闪不定。我不能饶恕K，然而无论如何，要是放过了萍，我怎么能甘心？

心里在筹划，手里的一枝铅笔在一张纸上便乱写，……同院那位军官的三夫人，正约了些朋友在家里作乐，三夫人那副好嗓子唱《苏三起解》，一声声打在我心头。我烦躁起来了。手指一用力，卜的一响，铅笔头断了，丢下铅笔，无意中看那张纸，这才看见原来满纸画的都是一个K字！唉，我叹了口气，把纸团皱，心里自骂道："没出息的东西！——可是，无论如何不能放过萍！"

十一月十二日晚

今天我就像做了一场恶梦。不,恶梦还是开头呢,明天方才正式进入梦境。前途茫茫,一点把握也没有。

下午三点多钟,奉命去见 R。怪得很,怎么又突然找我。然而可怪之处还在后头。枯坐了三十多分钟,没有传见,忽然陈胖出来了,似笑非笑对我说:"今天不见了,公事忙得很。派你一件机密的差使。你跟我一同去!"

汽车飞快地穿过市区,我盘算这所谓"机密的差使"是什么玩意儿。已经悄悄问过陈胖,他不肯说。这家伙忽然目不邪视起来,料想这件事当真分量不轻。我换了好几种方式向他探询,他只笑着,——当然,司机旁边还有一个卫士呢,但我不相信仅仅为此。末了,汽车慢下来了,转进一所学校似的房子,陈胖这才说了一句道:"总之,是好差使!"

乘这句话,我揪住他的臂膊,还想问,可是汽车已经停止。

进了一间空空洞洞的房间,劈头看见的,却是 G,——我立即预感到不妙,倒抽了一口冷气。陈胖叫我坐下,就和 G 走进了另一间小房子。

那时我的心就像已经冻住。万千的思绪,同时奔凑,但结果也都冻住。只有一个意思在那里反复转动:"哼,难道你们联合起来杀我灭口么?咱们瞧罢!"……那时我认定了他们两个已经知道他们和松生的秘密关系落在我眼里,所以要联合起来对我下毒手。

不多几天以前,陈胖问起我和舜英他们从前的关系时,还是那么亲密的,……我还自以为"多了一副毒牙",有恃无恐呢!而今我明白了,这一切,都没有用处:人家并不把这一切当做犯法犯罪,……我正在这么想,那边小房的门开了,但出来的只有一个人——G。

"同志,来——跟我一块走。"G的态度很客气。

这是他们杀人以前的笑脸,我哪有什么不知道的。

"干么呢?"我倔强地问,我相信我的脸色一定是难看得很。

"去看一个人,"G还是很客气,"回头你就明白。"

哼,——我赌气不作声,低着头跟他走。穿过了一两个院子,又到一排三五间的平房跟前,门口有人站定了敬礼,G带我进去,开了左首套房一个门——"同志,"他让我先进那套房,"该怎么办,你自然明白。"

当时我断定这是特别监牢了,可是先有一个人在里头。他抬起头来的时候,我忍不住惊呼了一声,——呵,这是小昭,原来他在这里!

小昭皱着眉头望了我一眼,愕然片刻,然后夷然侧过了脸,看看小窗洞外的院子。我不知道应该怎样做,不得已,把眼睛望着G。

G狡猾地微笑,对小昭说道:"认识不认识这位女同志?"

小昭猛然转过脸来,冷峻地盯住了我的面孔看。我忍不住打了个寒噤。但小昭终于不说话,只苦笑了一下。

再回到外边那小屋里,陈胖还在,见面时第一句就是:"哈,你们久别重逢,怎么?不多说几句话?"

这时候,我已经明白他们给我的"新差使"是什么了,但仍旧问道:"陈秘书,请你明白指示,我的工作该怎样做?"

"哦,这个——这不是早就有过命令的么?"陈胖说时就把脸转向G这边,显然是不愿意做主拿大,以致引起G的不快。

G沉吟了一会儿,这才说:"上一次,处长要你去找到他的时候,是怎样吩咐了的,现在你还是怎样做。"

"可是现在有点不同了,"我竭力镇定了心神,"现在是,人已经到了这里了,似乎毋须我再——不过,既然有命令,我不能不请示。"

"你的意思是——"陈胖从旁问,但立刻打了个大呵欠。

"我请求指示:我的工作态度和工作范围。"

"哦,这容易解决。"G不怀好意地一笑。"你和他要弄得好好的,要劝他悔过,劝他自首。你——这是驾轻就熟……哈,……还有没有问题?"

对于G的轻薄态度,我全不理会,我板起脸又说道:"还有。我请求给我知道:他被捕以前干些什么?他怎样被捕的?是在哪一天,什么地方?这些都是工作上必要的材料。"

G和陈胖交换了眼色以后,就回答道:"这要请示处长的。陈秘书马上带你去!"

同日深夜二时

刚才见过R,我申述了不能不知道那些材料的理由;以后,就蒙照准。原来小昭去年在S省某县办"工合"①,被当地乡长向党部控告,说他是共党,一度被捕,坐牢六个月,后来由该县一个外国教士保释,这教士也是热心"工合"的,小昭旋于本年九月间到了这里。不知怎的,S省那个党部还是要追究。几个转手以后,他们查到了他的住址,而且尚无职业,更觉可疑,结果,——那是我已经亲眼看见了的。

他们办事并没有好的联系。一边已经将小昭弄到,一边还要我去找去。前天G去逼口供,才发见了这件事;又是他献策,派了我这份"新差使"。哼,真是好差使,不把人当人!

不知是他妈的做什么梦,他们认为"工合"之类的机关中,"不稳份子"一定不少;理由倒很干脆:要不是"异党份子",谁肯在那些穷地方干这些苦差使?他们把小昭视为奇货,打定主意要在他肚子里挖

---

① "工合" 中国工业合作协会的简称。由美国作家斯诺、新西兰作家路易·艾黎等进步人士发起组成的合作社性质的组织。旨在动员我国后方的人力物力,从事日用工业品和简单武器的生产,以支持抗日战争。自一九三八年八月成立以后,在抗日战争期间,在蒋管区和解放区都有广泛和蓬勃的发展,并作出了极大的贡献。

83

出一大张名单来呢!

　　鞭子一定已经用过了,无效,然后想到用女人。那自然我是最现成的一个了,——在他们看起来。

　　直到现在,我还是不明白,他们从何处知道我和小昭过去的关系。

　　我替小昭发愁,也为自己担忧!

　　今天下午匆匆一面以后,我真不敢再见他;但是明天我有什么法子可以不见他呢?我已经不是一个人,而是一条活的软索子;然而我到底是个人,有感想,也有回忆,我也渴想见他,……哼,咱们瞧罢,谁说是假戏?假戏要真做呢!

十一月十三日

今天九点钟醒来,就觉得满身像长了虱子似的,一无是处。睁大眼,惘然凝视屋角的鼠洞,努力追忆昨夜的颠倒迷梦,然而——已经渺无影踪。一会儿抱怨时钟走的太快,一会儿又恨它太慢,……唉,干么我的心情这样激动?我应该镇定下来,忖量一下和他见面时的措词——乃至态度。不知怎地,总摆脱不开这样的感觉:一个私奔的女人又回到丈夫怀里!

但在下午二时,预定时间快到的当儿,我的心情终于澄定了;最起码一点,我将尽我的力量使他了解我不会加害于他,……

自然是我一人进去,而且竭力减少能使他发生疑惑和惊惶的动作。

他躺在那里,仰面,伸直了四肢。我悄然走到他脚边,好像他还没觉着。我忽然心悸起来了,——他那硬直的姿势,那一头蓬松的乱发,太像一个僵尸。我走近他头部,这才看见他两眼睁得大大的,眼珠定而不动。

他何尝没有觉到有人进来,而且是我!忽然记起从前他和我呕气的时候也屡作此态,我惘然半晌,……哎,想它干么?

终于我们的眼光碰在一处了,但他的,是无表情的冷光。

不知是什么甜酸苦辣的情绪,逼成了我的嫣然一笑。

可是他先开口了,像要找人打架:"你来干么?你们这一套,三岁半的孩子也骗不了。你又——来干么?"

"来望望你呀,"我温柔地笑,靠近一些,"你有什么需要的话,我还能替你设法。——并且,想来你一定寂寞,咱们随便谈谈,不好么?"

这一下,炸了!他猛然坐了起来,他身下那竹榻吱吱地只管响,他大声喝道:"我有什么需要?我要自由,我要公道;公道,自由!……"

可就在这当儿,我瞥见那小小窗洞外闪过了一个黑影,我知道那是监视我和他的,——我举手放在唇上,对他作了个暗号,还在他腿上捏了一把。他立刻噤声,疑虑地望住我。"外边有人监视呢!"我小声说,接着便又大声笑着道:"哎,你何必这样暴躁!你安心好了。"

他楞了一下,但又立刻连声冷笑道:"好把戏!别丢你妈的脸了!我且问你:他们指使你来,到底要拿我来怎样?别兜圈子,别做戏!"

我真急了,狠命地拉了拉他的手,做一个眼色,然后佯笑大声说道:"什么?就是来瞧瞧你,解解你的寂寞。你想到哪儿去了?何苦?"

"狗屁!"他的两道浓眉刷的一挑,"装模做样!滚你的!"他提起了拳头,欲打未打,但那眼光十分可怕;我下了决心,即使冒一点险,也得使他对我了解,我挨近一步,正待开口,不料他像见了毒蛇似的纵身跳了起来,同时狞笑着喝道:"不要脸的,滚罢!"

我只觉得一缕酸流灌满了从鼻尖到心口,双腿像没有了似的,一沉身就坐在那竹榻上,头埋在两手里,再也制不住那滔滔的热泪。然而我心下还明白,我挣扎着忍泪抬起头来。他却站在我面前,低头凝眸看着我。嗳,那样亲切的眼光,落到我身上,这是第一次!我不觉带泪笑了笑,但第二批的热泪又夺眶而出了。

"你这——是真呢是假?"他轻声对我说,慌忙地瞥那小窗。

我的胸口,喉咙,都像塞满了什么东西似的,我不能说话,——半响,这才挣出几个字来:"真,假,你瞧罢,你这——没良心的!"可是我又扑嗤地笑了。

过了一会儿,他又轻声说:"可是他们派你来,到底打算怎样?"

"你先不用管这个,好么?"我抓住了他的手,"反正——哦,要是你相信我即使坏透了也还不至于来害你,那么,我有机会来陪你解个闷儿,你自去想去,好呢不好？你刚才那样子,你把我的心都撕碎了！且不说你和我从前……还恋爱过呢,就是一个不相干的女人,你那样对待她,也太残酷了些！你们不懂得我们的痛苦才多而又多呢！别的不用提,要说几句心里的话,就没有个对象。"

他不作声,只点了下头;显然他对于我的话还有不少保留。

可是也不再闹了,也有说有话了。我像哄孩子似的百般顺着他的脾气,他呢,像个倔强的孩子,爱理不理。我们都不敢提到我们从前同居的生活,可是分开以后的生活,他那边是咬定牙根不露一字,我这边的呢,他既不问,难道我还自己献丑？然而当我问到他"进来"以后的"待遇"时,他沉吟一下,就尽情地向我倾吐。

十来天内,他受过三次刑,也受过一两次的"开导";四天前,被倒吊在梁上,直到晕厥。执行那次刑讯的,是一个歪脸三角眼的家伙……我猜想来那就是 G。

他指着他的腰部说:"他们打这里！我怕我日后会成了残废！"看见我眼眶红了,他勉强地笑一笑,又说:"不过也许不至于。"

我时时分神注意那小窗外面的黑影,并且我知道房门外也不会没有人。在这样情形下,我所苦的,是找不到适当的话题;我几次想要问他有没有一个好朋友 K,可终于不敢出口。

烦扰而怔忡的情绪在我心上一点一点扩大起来了,我不自觉地抓起他的手来,贴在我脸上,然后,我自己也不明白为什么,猛可地我咬住了他的手掌,同时我的头却倒在他的怀里。

"哎！"他叫一声,但又立刻压低了口音,"你——干么呢？"

"我恨你！"把他那只手移到我胸口,"我恨你——你不知道我的心里多么难受！也许你永远不会知道的！"

他不作声,可是他的另一只手却托住我的下巴,慢慢地将我的头抬起:我看见他的眼光在沉思。然而他终于不说一句话。我觉得他又慢慢地抽回了他那被我按在心口的一只手。

"你讲一点从前办'工合'的情形给我解闷儿。"

他笑了笑,似乎不很愿意,但终于一点一点说起来了;可又不是

87

讲"工合",而是他和土豪劣绅如何斗争。

原来他之所以得罪那乡长,无非因为那乡长垄断土产,而"工合"一办了起来,可就影响到乡长的生财之道。

"凡是真心想把'工合'办起来的,"他愤愤然说,"十之七八要被乡长、联保主任,这一流的坏蛋诬为共党,——事实上,吃官司的,哪里止我一个呢!"

在他讲述的时候,我仿佛听见门外有脚步声,还像有人轻轻吁气。我看一下手表,觉得我该走了——我不能大意,如果为他,也为我自己。

我又一次挽住了他的手,默然有顷,这才轻轻放下,指窗外和门外,又指我的心,附耳对他说:"明白了罢?"然后故意扬声笑道:"你安心好了,——你细细考虑一下,明天我再来。"

到了门边,我再回头看时,他直挺挺站在房中央,也正在朝我这边看呢。我笑了笑,赶快走,经过外房,我留意看,没有别人,只有那看守的卫士,低了头似乎很有点儿心事。

十一月十四日

上午就去看小昭。先找到该管的值日官,把昨晚上我见 R 时所请准的各项,都对他说了,还问他有没有接到训示。这鬼,期期艾艾的,连说话也不大灵活,却背着脸偷偷地笑。当我问他:"要几样家具,光景都得了罢?"他竟做了个鬼脸,只说:"你回头不就瞧见了么?"

我真有点生气。光从这家伙的嘴脸,就可以猜到他们背地里在怎样议论我呢!

在那外房,我看见多了一个看守,穿的是便衣。他自己报告我:他们派他来,专为支应我有什么使唤的。哼,难为他们竟这样"周到"!

小昭的房门半掩着。我先偷瞧一下,两个凳子一张破桌子果然摆在那里了,小昭站在桌边,低头凝神沉思。他这神态,猛可地又勾引起我的回忆:从前我们终于分手的前几天,他也是常常这样低头独自寻思的。

我侧身悄悄地进去,却又转身,两手在后扶着那扇门,慢慢退后一步,背靠在门上,脸对着小昭,远远给他一个甜蜜的微笑。

小昭反倒坐下了,手支着颐,望住我,上上下下地瞧。今天我把舜英送给我的那一套新行头,如数穿上了,且又新烫了头发;——为什么我要这样做,我自己也说不上,总之是觉得这样更好。

"不认识了么?怎的这样光着眼尽瞧!"我轻盈走近去,抿着嘴笑。

小昭应景似的勉强一笑,却不作声。可是看见我一脸的高兴渐渐变为怅惘,他表示歉意道:"昨晚没有睡好。"我给他一个白眼,却在桌子底下握住了他的手,轻轻地抚摸着。小昭低声叹了口气,眼看着那小窗,喃喃说道:"说是梦罢?明明不是。说不是罢?却又比最糟糕的梦还要荒唐,还要恶毒!——刚才我到院子里站一会儿,看见满天的迷雾;哦,那么,应该说是雾中的梦了。"于是他凝眸看住我,颓然一笑。

"我不许你——说这样的话,"我半嗔半喜地瞅住他,"再说,我就不依了。你就当作一场梦,也好;反正我是清醒的,我守在你身边,有什么意外,我还不替你多留着点儿心么?……"我看见他低眉敛目,便又接着说,"我的昭,你就算是在这儿养病,我做看护,你要听我的话。想什么吃的,要什么玩的,尽管告诉我;不拘什么,我总给你想法,总叫你舒服。"

小昭慢慢抬起头来,真心地笑道:"那么,你给我弄几本书来,成么?"

"本来——"我忍不住要笑了,"病人呢,最好不要看什么书;不过既然你要了,也可以。你要什么书?"

这一下,倒把他问住了,他瞧着我笑。过一会儿,他这才说:"你替我挑几本罢,反正什么书都行。要是书有点为难,有一份报纸也好。"

我不明白小昭为什么又减低了他的要求,——这也许是信任我,但也许是对我还有怀疑;不过即使是怀疑,我也不怪他,我原是处于应当被怀疑的地位。昨晚上我已经把这一点想个彻透。我不性急,我相信慢慢地小昭会了解我的。当下我答应他,书报都有,就转换了话题。

因为已经报告过我的"工作步聚",而且 R 也已口头"批准",所以今天我不怕窗外监视者的偷听,我自由自在地谈起我和小昭分手以后的生活。但是我只选取了最光荣的一段:战地服务的经过。他凝神静听,还时时颔首,末了,他带点感慨的意味说:"抗战以后,我也跑过一些战地,和一些平津流亡学生,——不过,没有加入什么服务团之类;现在想起来,这也像是一场梦呢!"

我抓住了这机会就单刀直入地问道:"那时候,你是不是结交了一个好朋友叫做K的?"

"没有,"他毫不迟疑地回答,"当然也有些朋友,但没有叫做K的!"

我抿着嘴笑,用手指划脸羞他。

"不相信,也只好由你。"小昭似乎有点生气了,别过了脸儿。

我挽住了他的脖子,把他的脸转过来,凑在他耳朵边笑着低声说道:"我的昭,你别撒谎;这一点小聪明,我还有呢。你否认得那么快,毛病就出在这里。不过我也是随便问问,咱们就不再提了;——可是我还问你一句:这几年来,你有没有爱人?"

小昭愕然望了我一眼,我想那时我的脸大概升起了淡淡两朵红晕;他蓦地扑嗤一笑,顽皮地反问道:"如果有了,你又怎地?"

"我只想见见她罢哩!"我放开了小昭,幽幽地说。

"那么,当真没有。"

"其实骗我也没有意思,——这有什么意思呢?"

"哎,你一定不相信,也只好由你。"小昭焦躁地说。"恋爱,我总算有过一点经验,——可是,后来我也就明白,我是不会有人始终爱我的。"

"这你可错了!"我痴痴地望住了小昭,只说得这一句,却接不下去;我慢慢靠到他身上,藏过脸又说道:"现在还有人——爱你!"

这当儿,房门上忽然一声响,我和小昭都吃一惊,同时霍地站了起来。

一人探头进门,却就是那个自称专为听我使唤的家伙。

我没好声气地问道:"你有什么事?"

"是我听错了,当作是在唤我呢。"那家伙狡猾地笑着,就又缩回,故意把门拉上,弄出很大的响声。

我气得脸色都变了,——那小子,我非报告上去撤换他不可。R不是明明答应我"放手办理"么?到底是谁的主意,又派来了这样的家伙?

小昭望了我一眼,将嘴巴向房门一努,轻声说了两个字:"怎的?"

"说是来伺候你我的呢;贼头贼脑,一瞧就不是好东西。"

但是小昭似乎不能释然。他负着手踱了几步,忽然走到门边,开了门,就向那看守(卫士)说道:"喂,卫士同志,昨天看见您那副骨牌,还在不在?今天可巧多了一个人了,拿出来,咱们玩一玩。"

卫士不说有,也不说没有,只是嘻开了嘴巴笑。我懂得小昭的用意,也就不反对。卫士去拿牌,又带来一个穿便服的人,一进门就和小昭点头,好像是老相识。(过后我问小昭,才知道被捕的时候,即与此人相"识",而且后来又"蒙"此人"好意怜惜",曾经来"善言开导",要小昭"觉悟"云云。)

当然是推牌九。登时热闹起来。小昭居然兴致很好。我屡次有意地瞥了他几眼,他都不曾觉得。厌倦和烦躁之感,就跟苍蝇和蚊子似的,赶去了又来,一手机械地翻动着牌,有些牌上常常会幻化出人脸,揉一下眼睛,这才认清了那是什么牌,是几点。

我想着小昭否认有爱人,也否认有一个朋友叫 K……这才是太好玩呢!那天 K 在 C—S 协会第一次也是最后一次谈到他那好朋友时的一番话,我是始终记得的;在这里,小昭的影子难道还不够清晰?而且那"无头公案"中的人物,现在已经水落石出,就坐在我身边;"当场目击"的那女人,K 一口咬定是"公案"主角的爱人,难道是我听错了?可是小昭否认有爱人。……

我忍不住冷笑了一声。小昭这次却十分警觉,含意不浅地朝我看了一眼。人家却在推我做"庄"。也不大明白自己是输是赢,既然轮到要做,那就做罢。

然而捏着手里的一副牌,仿佛觉得一张是小昭,一张就是 K;两个之中,必有一个对我欺骗,……如果都不,那么 K 的罪名至少是不坦白。"嗨,K,你就直说你和被捕者是好友,难道我就害了你么?怎的看人这样没眼力!"——我心里这样想,手下就把两张牌一拍,翻了过来。

这是两张倒楣的牌,故意和我闹别扭,宛然就是 K 和小昭。

我赔了个通关……推牌而起的时候,瞥见门外有人影一闪,好像是个女的;当时心里就有点犯疑,可惜没有立即去看一看。

随后是午饭,开进房来。小昭瞧了瞧那四碗菜,眉毛微耸,但接着就微微一笑。我却在估计:值日官至少揩一半油,难道这一点也值五块么?

那位"老相识"有事走了,我们就邀那卫士一同吃。

"马同志,"我有意要和他攀个交情,"您老家是哪里?"

未曾开口回答,他先叹了口气,……可是他很健谈,跟我所见其他的东北人一样。小昭只是静听,有一两次我对马同志说的话稍稍带点作用,小昭还不住的拿眼看我,表示了惶惑。

"马同志,"末了,我冷眼觑着那"专来伺候的"端着残菜出去了,就用最诚恳的态度问他,"今儿你输了罢,多少?"

他脸上一红:"不多,他妈的,手气不行!"可是他到底说了个数目。

"呵,"——我故意屈着手指计算,然后笑了笑说:"马同志,您输出的,全在我这儿啦!咱们原是解个闷儿,打着玩的,——马同志,可是您别多心,我手头还有呢,这原是您的,您就留着,……"我很快地掏出一些票子,也没数,约莫跟他所输的数目也不相上下,就往他口袋里塞,"别客气,马同志,客气我就不喜欢!"

这是一下闪击。他几乎手足无措了。"这哪儿成,哪儿成!"他满脸通红推让。我不耐烦似的说道:"马同志,您也得给人家一个面子,"却又温柔地笑着轻声说,"况且,咱们在这里,也算是大同乡啦,何分彼此!"

我示意小昭,要他也在旁边帮腔。小昭却妙,他拍着马卫士的肩膀说:"同志,您就算是代我收了罢!明后天咱们俩赌点子,要是我输,就不用掏荷包了,不好么?"

于是在嘻笑声中,我们把马卫士"说服",大家随便闲谈。

但当只有我和小昭相对的时候,空气却又一点一点沉重起来。

小昭又在低头沉思了。一看表,早已两点,我还有些"手续"得去

93

请示,也还有一二句话,要叮嘱小昭;正在踌躇,却听得小昭自言自语道:"什么意思呢？不明白。可是未必就此算了罢,还在后边,……"

"昭,你又不听我的话了!"我走到他身边,一手按住他的前额,"何苦呢?"

小昭仰脸望住我,他的眼光是冷峻的:"不过,一个闷葫芦塞在心头——要是你做了我,怕也不能不——那个。"

"昭!"我低下头去,卷发盖住了他的两眼,"再用不到'要是',现在我已经做了你了,我就是你了!"

觉得小昭的身子微微一震,我却笑了:"傻子！还是不明白么？你说你的心里是一个闷葫芦,你难道以为我这边的,是一个亮葫芦么？我不心烦,干么先要你心烦？"看见他想分辩,我连忙用手掩住了他的口:"多说没有用。我只告诉你四个字就够了:事在人为!"

他还要纠缠,我却在他脸上冷不防吻一下,就笑着走了。

十一月十五日

无怪小昭要屡次追问我,"这是一个什么梦",今天连我自己也有这样的感觉了。难道我不比小昭更"闷"么:我这"葫芦"有阴阳两面,可是到现在,我自己还没弄清楚,——不,还拿不定主意,到底是"阳"对 R 他们,"阴"对小昭呢,或者恰恰相反?

不过我的"太极图"当然也有个中心,这便是我!而小昭是属于我的。

根据昨晚"请示"的结果,我收拾了一些必要的东西,带往小昭那里。

值日官先已接到命令,正在指挥夫役找寻一副铺板。见我到了,这家伙又扮出怪样子的鬼脸问道:"赵同志,您要是嫌这铺板不软和,那就到您家里搬您自己的……"

"别忙!"我打断他的唠叨,摆出庄严的脸色,"搁这儿罢,回头再说。"

临时我又顾虑到小昭的"情绪"了,我先得探一探。

果然我有先见之明,小昭见了我虽然笑,但这笑的内容不简单。

"哦,干么了?"我抓住了他的手,亲切地问。他这手是凉的。

他只淡淡一笑,不作声。于是我又说:"小昭,你又忘了我的嘱咐么?哎,你真要磨死我了!不知是哪一世的冤家对头……"我扑嗤地笑了。"现在我要执行看护的职权了。反正这房也还宽大,我搬进来,……免得你老是发闷,好么?"

他好像没有听懂,一声不出,直眼朝我发怔。

"虽说是上头有了命令,"我靠近他耳边轻声说,"一切优待;可

95

是,我搬来陪着你,不更好么?商量个什么的,也方便些。"

"这是你出的主意么?"光听声音,就知道他犯了疑了。

我马上给他一个明快的答复:"是他们的主意,可是对于我们是有利的。"

"哦,这个——干脆一句话,监视!"他的神气是冷冷的。

"小昭!"我心里像被扎了一针,没料到他的反感这样大,"你不应该对我怀疑……"

他立刻打断了我的话道:"算了,算了,随你的便。反正我是犯人,你是——"他忽然缩住了最后一个字,把头低下。

"我是什么?……"我冷笑,然而制不住声音已经发抖,"小昭!"

可是他又缓和了口气,而且挽住了我的肩头:"我的意思不过是,失了自由的人,万事只好听凭摆布。"

"那么,你的意思又以为——我是还有一些自由的?"

"唉!惠明,你何必生这么大的气。"

他忽然唤起我从前的名字来了,我几乎疑惑是我的耳朵出了毛病;但这一个名字,酸溜溜的,惹起了我更多的伤心。不过我还是喜欢听。我按住了他的手说:"小昭,你从前还叫我'明姐'呢,可不是?我比你年长一个月,你有时就叫我姐姐,……嗳,我要你再叫一声。"

他不肯叫,然而他是在笑,——笑得那样天真;而且他那双眼睛……

我把他的手更捏得紧些,情不自禁地说:"我从没忘记,我们最后那几天,你对我说的一段话语,——即使我们中间有过千般的苦味,也该有一天的甜蜜!让我们将来忘记了那些苦的,永远记住那甜的!小昭,这是你说的,你还记得不,我可是永远记得的!"

他没有回答,可是从他的眼睛里,我看出他的心也在愈跳愈快呢。

"谁又料得到我们又碰在一处。从前我们看过一本话剧叫《第二梦》,小昭,这是我们的'第二梦'不是?"

"还不能一定——哎,惠明,还不能一定说——是。"

"谁说不一定,干么还不能说一定?小昭,我要你说:一定。"

"要我说?"小昭苦笑了一下,"嗳,惠明,你忘记了我是在什么地方!"

"哪里会忘记!可是,昭,你还记得我昨天叮嘱你的四个字么?——事在人为!"

他异样地笑了笑,沉吟一下,他说:"可就是这四个字我想了半夜总想不明白。到底是什么'事'呢,又怎样'为'?你又不让我……"

"不让你怎的?嗨,你自己不明白你的脾气有多么古怪呢!"

小昭又苦笑了,挺起了两只眼睛,好像赌气不再开口了。

我想了一想,就婉婉地劝他道:"你既然知道你是在个什么地方,怎么你倒不想想,光是暴躁,使气,就有好处么?你到底也该相信人家这么几分,咱们好从长计较。你怪我不让你多问,可是你一开口就问我究竟怎样了局;你想,这叫人家拿什么话来回答?我要是心里有个数目,还不告诉你么?不过,我也还不是糊涂透顶了的,心里也还有个大概的打算;比方说,你且放宽了心,只当这里是我的家,你寂寞罢,有我整天陪着,你要个什么的,我给你设法。过一些时候,咱们见机而作。你我都还年青,只要咱们自己好好的,未必这一生就完了罢?小昭,这几天我的心为你使碎了,可是你还一阵冷,一阵热的,真不知哪一天才明白过来。你不应该对我这样残酷!"

小昭悄悄地拿起我的手来,放在他心口,我感觉到他的心跳得很快,我心里一阵软,但是他开口了:"明!要是真应了你的想法,那自然还好;不过——他们捕了人来,难道就是给他住,给他吃,而且,还加上一个你陪着他消磨寂寞?"

"那自然也想从你这里得到一点……"

"得到一点什么?"小昭又兴奋起来了。"明,我就是——我就怪你老是吞吞吐吐。是不是要我登报自首,写悔过书?"

"也许。"我顿了一下。"但这,恐怕倒还是不必要的。"

"那么,要我入党,要我也干你——嗯,他们那样的事?"

"这倒还未必。"我踌躇了一下,终于决定乘这时机说个明白,"他们要你一份报告，——一张名单；反正你知道的，就是那一套。"

"哦！"小昭倒笑了。"原来还是这一套！明，原来他们改用了软化手段，派了你来，仍旧是要什么名单，报告！他们用过刑，鞭打，老虎凳，倒吊；他们也用软哄，昨天来打牌的那家伙就满嘴巴蜜糖似的纠缠了我一半天。可是我有什么可以自首的？也无过可悔。要报告，我办'工合'的报告倒是有，他们可以到总办事处去查。明，我早就这样回答过了，现在也不能有另外的回答。"

"你瞧你自己又兴奋得什么似的了！"我扳住了小昭的肩膀轻声责备他，"这不是讲理的时候。实际问题是他们非要不可，咱们就得想个办法应付过去。"

这句话可又将他激恼了。他重重地推了我一把道："难道叫我撒谎诬告么？难道叫我平白陷害一些人么？"

这当儿，不知是哪里来的一股力量，我冷静得很，他要推开我，我却挨上去，捏住了他的手抿着嘴笑。

看见他静下去了，我这才坚持然而温柔地说："一定要想个办法，小昭。你别那么气虎虎，心放定了咱们来研究，不会没有办法。"

他闭了眼摇头，然后又睁开眼来苦笑道："你出主意我来写，好么？咱们张三李四随便瞎写一顿，这也行么？"

"那当然不行，"我还是用微笑来掩饰我内心的焦灼，"回头败露出来，也还是一个不得了。小昭，你再想一想。"

小昭皱着眉头，站了起来，忽又坐下；然后又怪样地对我干笑。

这笑的内容也不简单，可是我也无暇去推敲；我装作不理会，却针对着他那复杂的心理状态，庄容说道："小昭，你不是对你的一个好朋友说过这样的话么：当初我走错一步，而造成了我们不得不分手那局面的时候，你曾经使尽了心力，劝我救我。后来我们终于分手了，你并没恨我；隔了多年，你还是想起这件事来就难过，为的你那时没有能力劝醒我。小昭，你还没知道我们分手以后我的颠颠倒倒的生活给我的痛苦有多少。要是你能够知道十分之一二，那你也就明白，那天我听了你那好朋友的一番话以后，心里是多么难受呀！……"我

98

停顿一下,转过一口气来,这才接下去再说,我的声音也略为提高些了,"小昭,不过虽然难受,却异常痛快!小昭,你自然明白的:我为什么从来未有的满心痛快!"

我好像浑身力气都使完了似的,软软地斜靠在他肩上,制不住心跳。

小昭强壮的手臂稳重地扶住了我的腰部,凝眸瞧着我,——我知道他此时心中大概也是难受而又痛快。

后来他轻声唤我道:"明——姐!可是当真,刚才那问题,你有没有什么两全其美的办法?近来我的脑子就跟僵了似的,怎地也不起作用了。"

我还没回答,他又急口说:"他们有没有给你期限?还有几天可以拖?"

"今天他们还催过呢,"我低声说,"不过,小昭,一二天期限的问题,我还有方法应付,只要你认明白,这件事非随机应付不可。小昭,从前你那样苦苦劝我,我没有听,造成我俩的毕生大恨,——现在我来苦苦劝你了,虽然情形完全不同,可是我这颗心跟当年你的心,也就差不多。我们的毕生大恨能否补救,就看这一次我们怎样做。"

小昭点着头,不说话;过会儿,叹口气道:"我依你,可是让我细想一想。"

"这就好了,"我站起来,"一会儿我就来。外边还有点事等我去——"

刚到了门边,门却往里开了,马同志探进半个身子,手里拿一份报。

我接了报,丢给小昭:"你就看报罢,一会儿我就来。"

小昭抢前一步到我身边,眼看着门外道:"不要紧么?刚才我们话很多。"

"不相干的。"我笑了笑。"他的职务是留心人们的进出。"

我转身要走,可是小昭又拉住了我的手,我回脸看他,他可又不开口,显出踌躇的样子。一会儿,他这才轻声问道:"到底,你搬来

99

不呢?"

"你喜欢怎样,我就怎样。"

"自然一块儿更好,"小昭说时避过了我的眼光,"只是,我知道我脾气太躁,老在一处,说不定会跟你吵。——你想得到的,在这样境地中,我的心情无论如何不会怎样好,也不会怎样镇静的。"

"那么,"我抿着嘴笑,"还是我一天来几次罢。"

"可是你怎样去销差呢?"

"放心!"我把他的手重握一下,然后慢慢放下。"我自有方法,我自会去布置。——可是,昭,刚才说的事,你再不要迟疑不决了。"

小昭点头,然而万分委屈似的看了我一眼。

我心里一阵软,老大不忍,想要再留一会儿"安慰"他;可是转念一想,我还是走了。我在门边飞给他一个吻,笑了一笑。

十一月十六日

早上醒来,听得院子外边卫兵们的声音,这才意识到我是在哪里。睁眼往四下里看了一会,心头迷迷忽忽的,似乎有多少事挤在那里,可又一件也想不起,——不,实在是挑不出一件来集中注意。

只是不时的独自微笑,——如果有一面大镜子让我自己照见了,我这时候的神情一定是"很成问题"……

小昭做梦也不会想到我是这样近在咫尺的。我几乎想放声笑了。这边是我,那边是他,中间只隔了作为走路的一间,也就是马同志的"岗位"的所在地;然而,要是我不说,小昭永远不会知道我们两个房竟这么遥遥相对。我挑定了这一间,就因为这一间的门向着院子,谁来谁往,我都一目了然;但也有缺点,中间到底隔了一间房,小昭的动静就听不到了。而且门窗同在一个方向,都朝着院子,正如值日官所说,——"女人家住,不大舒服。"好在我可以不管这一套。

事情还算顺利,我的"太极图"的两仪渐渐在明朗化了。昨天中午便去见 R,打算报告我所以要改变"命令"而选定这间房的"理由";真也碰巧,R 在开什么会,由陈胖代见,立刻答应了我的请求。我乘机又表示不需要"专为支应我使唤"的那个人,陈胖也允为转请撤回。

当我告辞时,陈胖忽又低声问我:"近来看见松生夫妇没有?"陈胖那神气,大有视我为"同道",属于他们那一伙似的。我当然随机应变,不但夸大了我和舜英的关系,而且暗示着我也参与密勿① 的。陈胖似笑非笑听着,点头,最后却挺了下腰板,扬声说道:"很好,——

---

① 密勿　原意为勤劳谨慎,亦用作机密。这里是机密的意思。

很好；你小心办去就是！"

这是照例的官腔呢，还是别有深意？倘有用意，那么，所谓"小心"是指我和舜英那边呢，还是指我目前的工作，或者竟是指G，——他之尚在和我捣蛋，是毫无疑问的。我一时猜详不透。但当时的情形，直问自然有所未便，转弯抹角试探又为时间所不许，只得罢休。

想来好笑，平素自负为不是女人似的女人，但这几天，我的一颗心全给小昭占领了，不论谈到什么事，好像都离不了小昭似的。他要是再没有真心对我……哎，小昭，当真你不能那么残忍呀！

皇天在上，我确是"鞠躬尽瘁"。难道我昨天劝他的那些话，前前后后，有一句不是为了爱他么？

和那位马同志的关系先弄好，是必要的；初步工作早已做了，昨天我在布置房间的时候，他来照料，乘此我又进一步下些"资本"。此人直爽，心地不坏；他告诉我，他还有个妹子，——"让她在什么公司里找到一个事，那不比她哥哥还好些？"马同志是有他的"打算"的。

一切都很顺利，除了在小昭这方面。昨天我费尽心血跟他说得好好的，谁知过了一夜，他又说"再待考虑"了。

简直叫你灰心：软说，他半真半假不理；对他发脾气，他倒对我笑。那一种愈赖的样子，叫人啼笑皆非。如是者半小时，末了，我斩斩截截，对他说道："你说'匹夫不可夺志'，但他们却认为天下无不可夺之'志'；刀锯鞭答，金钱妇女，便是工具，轮流使用；我亲眼看见，确也夺了一些人的志。现在你既不屈，下一幕就是加倍残酷的……小昭，我一想起来心就发冷，小昭，你是受不了的！"

他默然把住了我的手，神色不变，眼光依然那样明朗而柔和。

"小昭，"我拿起他的手，按在我胸口，"你既然是'匹夫不可夺志'，那么，你也该替我想想。我现在也有个'志'在这儿，干么你不尊重我的志。……哦，你觉得诧异么？难道还不明白，我的志就是要保全你，就是要实现你我的'第二梦'。小昭，你自去想想罢！"

他俯首有顷，这才叹口气道："在不能两全的时候，只好委屈你了。明,我永远不忘记你的……"忽然他激昂起来,"反正一个人终有一死!"

"可是他们还不肯让你痛痛快快的死了呢,小昭呀!"我的声音也有点变了。但这当儿,马同志却叩着门,说"上头"有命令,要我去一趟。

隔了个把钟头,我再回来,看见小昭神色不很镇定;而我的内心的烦恼,也被他一眼就看出来了。我们四目相看,谁也不敢先开口。

小昭慢慢走近我身边。我勉强抿着嘴笑,把头偎在他胸前;他伸手轻轻抚摸我的头发。我听得他心跳的声音:沉重,但并不怎样快。我听得小昭低声说:"怎样?什么事呢?怎样?"

"还不是那老调么!"我竭力把口气弄得轻松。"不过也被我弯弯曲曲搪塞过去了。……"

突然小昭一把抱住了我,低头向我耳边急促地说:"明姐,你爱我么?"我来不及开口,他已经接着说:"你是爱我的!趁现在咱们还可以天天见面,你答应我一件事,好么?……"我的心跳得厉害,我仰脸准备接受一个甜蜜的——可是,利剑似的一句话却落在我的脸上,"明姐,你给我设法弄来一些毒药!"

我浑身一跳,可是心的跳动像是停止了。我说不出一个字来。

"一些毒药,准备着。明姐!"小昭又说一遍,嘴角上掠过一个苦笑。

"你——胡说八道!"我伸手掩住了他的口,下死劲瞅着他。"谁叫你作这样打算的?该打!"但是终于压制不住阵阵涌上来的悲痛,我的声音带着哽咽了。"呀,你的性命那样不值钱了,……死得没有意思,没有代价……"

小昭的眼眶也有点红了。

我定了定神,推他在床上坐,拉住了他的手,委宛地说:"小昭,你干么老往仄路上想?未必就非破釜沉舟不可,也还有个办法。刚才回来时,我无意中遇了一个人,——说起来你一定认识的,这是枝节,此刻不谈;我那时忽然得了个主意。昭——他们所要的东西,我已经得了。"

他惊疑地看着我,好像没有听懂我的话。我笑着又说:"这样痴痴地望住我,干么?我可不会催眠术,——要是会,倒好了。我说我已经得了的,乃是解决那件事的一个两全其美的办法。"

看见他的眼光闪动了,我赶快拦住他道:"你且慢开口,听我说完了你再……"于是先跟他解释,不要把那件事看得那么死,"你硬说没有,那结果是包糟,"然而也有躲闪之余地,虚虚实实,半真半假来这么一份,我这面有个交代,同时再运用些人事关系,大概也就差不多,——"我的昭,这算是我的最后的努力了;你想出这么几个没甚紧要的人来,或者是早已到了人家权力所不及的天涯地角的人们,虚虚实实来一手,也就成了。不过,题目是我出,文章还得你做。"

"嘿嘿,"小昭笑了笑,"明,这也差不多等于催眠术了。……"

这算是说通了,可是我的心力也使尽了。我轻声笑着说:"催眠术要它灵验,先得被催眠的人儿一心一意信任我,听话。——昭,你再叫我一声:明姐!……咳,昭,不知我前世欠了你什么……"

过后我自想,真也自己都不解,为什么那样爱他?

夜 半 补 记

梦中听得有人低声哀叫,而且近在身边。我瞿然惊觉,伏耳静听,啐!原来是老鼠作怪。

看表,短针在一与二之间,长针在九字上。可是翻来覆去再也睡不着了。披衣起来,推门一看,但见疏星满天,院子外边过道上的守卫刚换了班。

开了电灯,对窗默坐,心头有一缕悲凉的味儿,在轻轻荡漾……

忽然想起今天傍晚的时分无意中又遇到了 K 了。真怪,他为什么在这左近一带跑?他远远见我,就站住了。那天在报馆里的意外发现,陡地又兜上我的心头,我别转脸,不打算去理他;可是又忍不住偷眼望一下,哪知刚好和他那灼灼的眼光碰到了,我不由的抿嘴一笑。

"多天不见了,你好么?"K红着脸走近来,看样子是很有些话要跟我谈谈似的。

可是这时候我既无工夫,也没这样的心情。"谢谢你,"我非常公式地回答,"您的……嗳,萍小姐,好么? 怎的不一同出来玩玩呢?"

"哎,——怎的,你还没忘记那天的……"K有点局促,"不过,实在是误会,——后来她也就明白了。可惜没有机会见到你,她很想跟你解释呢。"

一听他倒先发制人这样说,我就壁垒森严地答道:"什么误会,我不懂。她又是谁呢?"

然而K此番竟和往日不同,处处争取主动。他上前一步,像要看到我心深处似的瞅了一眼,同时带点抱怨的口吻说道:"你和密司萍是老同学,她的事,自然你比我熟悉得多了;怎么你会不知道她另有爱人,——怎么平空牵到我的头上来呀!"

这可惹起我几分气来了;我最恨一个人不坦白,把人家当傻子。当下我就盛气答道:"是不是,都干我屁事! ……"转身就走。然而走了不多几步,猛可地又想起一个主意,便又回身。K仍站在原处,有所深思似的看着地下。我悄悄踅到他面前,他一惊,却又料到我会回来似的,对我微笑。我低声问道:"K,你那朋友的朋友,——不,应该说是朋友的女朋友的朋友,最近可有什么消息没有?"

K连忙答道:"没有。刚才正想问你呢,可是你又生气走了。到底你打听得什么消息没有? 连天我正在着急的不得了呢!"

他对于小昭这样关切的情意,可就把我恼他的意思冲散了。然而我还不能释然于他之屡次躲躲闪闪,不说实话;我还得难他一难:"有倒有一点眉目。只是那天晚上逮捕的,不止一个呢,没有个详细的姓名籍贯年龄职业,瞎摸一阵,也不行罢? 你又老不肯说!"

"这个,你也不能怪我。"K满脸诚恳地辩白。"究竟他被捕以后应承个什么名字,我实在不知道……"

"可是他的本名呢,他从前的名字呢?"我再难他一下。

他可又迟疑起来了。我有点不耐烦,而且有几个路人也在注意

105

我们了,我转身笑了笑说:"不忙,你想好了再告诉我罢。"

走了十多间门面回头看时,K已经不知去向。

我还是应该感谢K的。要不是偶尔遇到他,我就不能"触机"想到了解决小昭那个困难问题的两全其美的方法。

十一月十七日

电力公司又弹起老调来了。洋烛又临时涨价。此时对烛独坐，万念都消。院子外边的守卫室中，时时传来哄笑争吵之声，想见赌兴正豪。表上还只有八点，真不知如何挨过这寂寞的黄昏呵！

白天的事情，像电影似的又展开来了。在今晚上，记不清这已经是第几次了；因而"片子"也烂了，断断续续，老不连贯，而且像官家的宣传刊物一样，人家不愿看，它却老在眼前晃。

这是其中一个"特写"：G 的歪脸和三角眼愈装得客气就愈显其阴险狡猾。他恭维我能干，工作努力，鞭子不能完成的任务，我用……来完成了；——这是什么话！我真想给他几下耳光。但除了这些无耻的狗屁而外，他的阴险部分却使人毛骨耸然，心中如焚如捣。

"赵同志，明天总该有结论罢？大家在等候你这杰作！"——这样半嘲半讽的，多可恶！我疑心我和小昭的密谋，有点被这狗嗅出来了。

忽然那歪脸扭曲得更不成话，那三角眼宛然成了金瓜锤，他又狞笑着："喂，赵同志，几时请大家喝一杯喜酒？"

但是最使我感觉不妙的，是突地摆出官腔来说的这几句话："赵同志，有两件事，你得充分注意：第一，给他什么工作？他不能老是闲着。你不妨提出意见来请示。第二，你自然知道，你的请求都已邀准，这个人是交给你去负责的了，你的责任可不小！"

这里所谓第二点，我愈想愈疑；这怎么能是正面话呢，这必须从反面去看，——一定还有人暗中监视我们，可恨我竟未发觉。至于第一点，当然又是难题，——我如何向小昭启齿？那一定要炸。

然而今天这黑道日的麻烦不仅这一点点呀！

此为又一"特写"：上午十时有所谓"全体听候训话"。左等右等，不见举行。窃窃私语，大都谓新近有些"发见"，将兴大狱。我觉得人们的眼光转来转去老是以我为归宿。后来，命令集合，R颠着屁股恭陪一位大员进来，——于是训话；却不料是宣布"奸党"罪恶，三十分钟内就是五十多个"奸党"。过去所谓"宁可枉杀三千，决不使一人漏网"的口号，又拿出来了。声色俱厉，俨若不共戴天之仇。

"糟了，小昭，"我心里急得什么似的，"怪道G表示客气，而且语言闪烁；当真他说的句句是反话。糟了，小昭！"

下午三时以后，最痛心的事情来了。这是今天厄运的最高潮。

和小昭见面的时候，我的心已经被黑云笼罩，几乎没有片刻的宁静，然而我又深知小昭是敏感的，我不能不装出快乐的笑脸，免得他疑虑。尽管如此，还是逃不过小昭的眼睛。最初他不开口，后来就探询。

"是不是又发生了新问题？"他研究我脸上的神色，低声问。

我勉强笑了笑，摇头；同时心里决不定如果不告诉他又该如何。

"莫非你受了责备？"

我又笑了，拉住他的手，软声说："什么事也没有。不过身上不好过。——是这里！"我指着胸口。"你给我揉摩一会儿就会好的。"

我决定不告诉他了。告诉他有什么用呢？让我独自负荷这痛苦罢！让它在无声中咬破我的心罢！

他依言给我揉摩了几下，忽然跳起来说道："哦，给你看一样东西。"于是一张纸送到我面前，原来就是说好了的"虚虚实实"的单子。

如果我本来只不过是忧虑的话，看完这张纸以后，却又增加了焦灼。我当时不暇思索，就指着单上几个人名说道："乡长，保长，地主，绅士——怎么的？怎么将他们开上去？那——如何成呢！"

"他们不是要共党么？我没有见过，不好乱说。可是我有凭据，倒是这些什么乡长地保之流，把公家的钱，老百姓的血汗，完全共到他们腰包里去了。"

"你简直是开玩笑!"我克制不住心头那股暴躁了。"人家费尽心血,你倒拿来开玩笑,你一点良心也没有。算了,我不管了,随你去!"

似乎颇出意外,小昭怔了一会,然后恍然大悟似的冷笑着说道:"本来又不是我央求你来管的!"嗤的一声,就把那纸撕破。

我气得说不出话来,但觉眼前昏黑,可是小昭还在冷笑呢!

要不是有那么多的黑影压在我的心头,我大概不会没有精神给小昭解释开这小小误会的,可是那时候我实在懒得开口,而且,我也恨他,——既然早就看出我心里不快,为什么反要呕我呢?既然他也看出我之忧悒无非是为了他的事,为什么反要故意叫我伤心呢!

我赌气不说什么话,就走了,连回头再看一眼也没有。

现在我独对这半明不暗的烛光,思前想后,不但伤心,并且万念俱灰。我预感到小昭这事,无论我怎样努力,结果是难免悲惨的。从今天的"训词"中,我已经摸到一点痕迹。

墙上赫然现出我的侧影。我痴痴地望着,这才发见胸部起伏颇为剧烈,——我有点顺不过气。三番四次,想着小昭此时不知怎样了,睡了没有;可又提不起勇气去看他去。我懊悔白天太暴躁了,但我又感到他们大概不问小昭"表示得好不好",终究要置他于死地,那么,我若再劝小昭,将来不知他要如何恨我呢!我变成十足"骗"了他的狗也不如的东西!

我伏在桌上,让无声的暗泣来掩没我的悲痛与怨恨。……

但是我又仿佛听得小昭在和马同志说话。

十一月十八日早晨

　　昨夜心境,抑悒万状;上床后翻来覆去,总不能入睡。十二时以后刚一朦胧,忽又瞿然惊觉。远远传来一种痛楚的呼号声,刺耳锥心,浑身汗毛都根根直竖了。

　　这声音微弱了一会儿,猛然又裂帛似的再度发作,怪得很,好像是从小昭居室那里来的!"莫非出了什么乱子?"——我这样想的时候,一个血淋淋的小昭就站在我眼前了。像有人拉一把似的,我翻身跳下床来,只披了件大衣,开门出去一看,满天浓雾,夜凉刺骨,那悲痛的呼号声分明来自小昭那间房。我的心跳得作痛,一时涌起了各种不同的味儿,脚下却早已移动,直到走进了那外房,听得马同志的鼾声,这才愕然自问道:"干么?"

　　可是这迟疑的心情只像电光一闪,同时我已经轻轻移步,叩小昭的房门了。

　　十二万分意外,门内轻声问"谁呀"的,却是小昭自己!

　　我侧身进门的时候,又一阵惨噑声刺耳而来,近在咫尺。"小昭,你没有什么?"我慌忙问,但又立即改口道:"这声音怎的?我以为是你……"我挽住了小昭的臂膊,安心地笑了一笑。

　　觉察出我冷的发抖,小昭引我坐在床上,拿棉被给我披在身上。

　　"好半天了,"他轻声说,"是在隔壁那间房。光景又是一个青年遭殃,……唉,可是,你又何必——来呢?要是给……"

　　我把棉被展开,也要他披着;我抱住了他,我的头偎在他胸前。

　　那惨厉的呼号声渐渐低弱下去,似乎受刑者已经晕厥。我和小昭都屏住气,不敢动。却听得有人在狞笑,吆喝,又有脚步声……大概是在把那晕过去的受难者用方法弄醒来罢？我觉得我的心肺已经冻成一片,更用劲地抱住了小昭。猛然一声叫人毛发直竖的悲叫,受难者醒过来了。接着是低弱的断续的呻吟。

此后又是杂乱的脚步声,又有不大辨得清楚的说话声;然后是门响,寂静。

"刽子手们走了。"小昭咬着牙说。

然而断断续续轻微的呻吟,还隐约可闻。

"谢天谢地,不是你。"我无力地松了手,斜着上身,扭着腰,我的脸倚在小昭的肩头。"不过,这是个怎样的人呢？我打算出去看一下。"

口里是这么说,身子却没有动;而且小昭又紧紧地握住了我的手。……我只穿一件单衣,我觉得小昭的体温隔着那一层薄布烘熨过来,夹着他那特有的汗味。也听得卜的心跳声,但不辨是他的,我的,还是我们俩的。……我轻轻伸手挽住了他的颈脖,低声唤道:"小昭,你恨我不？白天,惹你生气,可是,我的昭,你懂得你的明姐的脾气,过后她躲在那里悄悄地伤心。你爱打爱骂,她都愿意。"

我没有得到回答,但是一张热烘烘的脸儿却偎在我的脸上了,同时一只手臂又围住了我的腰部。我心跳得几乎顺不过气。听得他喃喃地说:"明姐,下次你不要这样跑来。房外还有马同志呢!"我不答,只把脸转过去,我的嘴唇探索着……哎!我完了一桩心愿。那时,奇怪得很,一年前留在××医院中的那个"小昭"的面影忽然在我脑膜上隐约掠过。"嗳,小昭——"我低声唤着,声音颤抖;心头不知是什么味儿,偷偷弹了两点眼泪。

我轻轻拿起他的手,放在我脸上,我要他轻轻掐一下,再一下,我笑了。

"明——怎的？"小昭抚摸着我的头发,声音里也有笑意。

"我看看我是不是在做梦呢!"我吃吃笑了……

然而,即使不是梦,当严肃的现实问题又回到我们的面前,这"非梦"的美满,终于相形之下会褪色而变成了"非梦的梦"……

我在神思迷离的当儿,听得小昭说:"明——我有时这么想,只要跑出了这个院子,那边一堵矮墙是容易对付的。"

没有理由不相信他是说着玩的,我只笑了一笑,不说话。

"明——我想来,竟有几分把握。"小昭轻声说,但语气十分郑重。"你不是说那位马同志很有意思么?而且,好像也没有别的监视。"

"不成的,小昭!"我不能再把他当作说着玩了。"怎么你会想到这上头去呀!不成的。况且,外边还有守卫,还有门岗。"

小昭不作声了,昏黑中我似乎看见他的眼睛发着闪光。突然,他用了加倍的热烈的口气很快地说道:"明——事在人为,你怎么一口断定不成呀!集中营里常常有人逃跑,难道他们那里就没有守卫,没有门岗?"我觉得我被紧紧地抱住了。"明!我想来想去,总觉得夜长梦多,这样拖下去,不是了局!说不定明天就来个变化。明姐,你能不能断定明天一定还是跟今天一样?所以,趁现在这时机,自力更生是第一要着。"

"不成的,小昭!"我郑重地劝阻他。"你完全是空想。那时画虎不成,倒弄得更糟。你要听我的话,赶快断了这念头,这怎么能成呀!"

"那么,人家的空想怎么又成为事实了?"他还是坚持。

我笑了笑,不回答,只把我的脸紧贴着他的,摇了摇头。

过了一会儿,听得小昭幽然长叹一声,同时,抱住我的手也放松了。

我好像有什么力量在催迫着似的,连忙捧住了他的脸,低声说道:"好,好,我的昭,别这么伤心,我依你,——咱们试一试。不过,你得答应我一件事——"

"什么事?"他又笑了。

"你不许心焦,也不许乱来,一切都交给我。乖乖儿的,一切都听我。"

"都答应你了,"他的火热的嘴唇凑了上来,"都听你……"

这一切,都像是个梦。

此时窗外浓雾渐消,可不知小昭那个"可爱的幻想"也消了没有？我很懂得他何以忽作此想,是我的不好,是我太宠了他！

不过昨夜夜半的一切情境,也正是此种"幻想"最易滋生的温床,现在他总该"清醒",而且乖乖地耐心挨下去了罢？

同 日 深 夜

谁想得到小昭那样"不懂事",今天他一见我,就提起那件事。我真是又好气,又好笑；看见他那么"执迷不悟",知非可以口舌争,只好姑妄应之,而且我也不忍过分扫他的"兴"。可不是今天他忽然神采焕发,更觉可爱么？都是因为有了一个"希望"之故。让他高兴一阵,也是好事。我只加紧了我的约束："你不要乱来,一切都交给我！"

然而他还是背着我和马同志有一搭没一搭地说话……

暂时由他去罢,准备有工夫的时候再唤醒他这迷梦。

但在下午,R叫我去问话了,——当时我几乎有点手足无措。莫非是小昭的"活动"已经出了乱子？可又没有时间问他到底跟马同志说了些什么。这冤家,我恨死了他了。倒像是个顽皮的孩子的母亲,我——

怀着鬼胎去见了R,——谢谢天,幸而并无什么特别事故。

察言辨色,就知道有人在背后破坏我……光景是说我"没有办法","只会吹牛",而且"为感情所迷",以至三四天过去了,具体的成绩却一点也无。最初,也有点窘,但当R转到"只要他能悔悟,格外的宽宥,决无问题",我也略略放心；至少,我还没有被他们怀疑。

我委宛申说了几句,又为自己的"工作"告罪,然后请示,有无新的方针。R沉吟一下,似笑非笑说："你加倍努力就是了。"

退下来,我赶快回去。不料在办公室旁边的耳房里,突然遇到了G和陈胖,当下全身的神经就紧张起来：他们上来,干什么？

试探这两个的方法,幸而现成有在手头。我就把刚去见了R的经过,对他们"报告",又请他们给我"批评"和"指教"。G默默不作声。陈胖却笑道："处长已经吩咐过了,你就照办。你的工作是有进步的,不过还嫌太慢些。"依然摸不到边际。但是我料想这两个一定是来暗中查考我的"成绩"的,而且一定也和小昭有过"谈话"。

果然不出我之所料,小昭一见我就说歪脸三角眼和一个胖子,还有个女的,来谈了半点多钟。"谈些什么?你怎样——"我急忙问。

"放心!"小昭的笑,异常天真,"我像一只绵羊,百依百顺,尽量给他们满足。明——我还告诉他们:名单的事,问你就得了!……"

"啊哟!"我惊叫起来。"你说什么?坏了!昭,你是什么意思?要是他们立刻问我要,可怎么办?"

小昭却毫不在意地答道:"我马上可以写一张给你。"

"但这是真的呢,是假的?"

"也许有真人假事,但也许又有假人真事,反正是搪塞。"

"搪塞过一时就算数,是么?"我已经懂得了小昭的用意了。

小昭微笑着点头。

"啐!"我使劲白他一眼,"你在做梦呢!"

看见他瞪着眼不作声,我叹了口气,握住他的手,柔声劝他道:"小昭,我正要跟你说,你所梦想的那件事,百分之百是空想,赶快死了这条心罢!你一定要听我的话。实际情形我比你懂得多!"

然而小昭异常坚执,他也不和我辩论,只一味催我赶快去布置,就像一个不讲理的孩子,缠住了他的母亲,撒痴撒娇,硬要取下天空的明月。

我一看劝不过来,——而且也须防隔墙有耳,不便和他多辩,只好含糊答应,先把他稳住;我竭力找些不相干的话,想渐渐移开他的注意,但他却老是催我:"明——咱们闲谈的机会以后怕没有么,现在时间宝贵!"

没奈何,我只好走了;再一次郑重叮嘱他:"不可乱来。"

我去"布置"什么呢?对了,我得有点"布置",釜底抽薪,根绝了小昭这可怕的妄念。他为什么那样说不通?因为他相信这件事有可能,他看准了一二有利的条件。首先是有一个我——而且是爱他的。

如果我忽然没有了,或至少是对他变了态度了,那当然他就死了这条心了,——但是我能够这么办么?无论从哪方面说,这是不可能的。

其次,他又看到第二个有利条件:没有人监视我和他。哼,当真没有么?我还不能下结论。即使没有,难道我自去请求么?

最后一个有利条件:马同志是好人。这又是我自己造成的。

我忍不住独自苦笑了。不能怪小昭,还得怪我自己。好像我早就准备着要他走这条路似的,而我现在又竭力反对他,……但是,从马同志身上,我想得了解救的方法。如果设法把他调开,至少可使小昭暂时死了这条心罢?

如何设法?用什么理由要求把马同志调开呢?

想了半天,我决定去找陈胖,相机进行;今天没有时间,那就明天。

十一月十九日

上午就接到舜英的电话,希望我去一趟。我正在踌躇,她接口又说是有点要紧事,非去不可。没奈何,只好答应她。

那时是十点多。"从舜英那边回来再找陈胖子,也还不迟,"——我这样想;并且我要利用陈胖,说不定还可以从舜英那里得到间接的助力。

见面以后,舜英就表示了歉意:说有要事呢,是假的,不过好多天不见,很想谈谈,而且,松生又到香港去了,她一个人觉得寂寞。——她笑着打趣我道:"耽误你的甜蜜光阴,实在不应该;可是,分出这么一半天来陪你的大姊姊谈谈笑笑,光景也不算过分的要求罢?将来有机会,还想请你和他一块儿来吃饭呢。现在还不便,回头请你代为致意……"

我知道她话里何所指,只好笑了笑答道:"一定是陈秘书乱嚼舌头!"

舜英还要就"他"身上说笑,我赶快转移目标,从陈秘书的"乱嚼舌头"转弯抹角探询我所希望知道的东西。可是舜英口风很紧,除了满口称赞陈胖"人又能干,又热心,一见如故,肯帮忙"而外,具体的话,一句也没有。

然而她又谈起国家大事来了。"剿共军事,已都布置好了,很大规模,不久就有事实证明。"她郑重其事对我说。"从此可以和平了,而且分裂的局面,也可以赶快结束了。大家都回南京去,够多么好?妹妹,我真真不喜欢重庆的天气!说是不冷,前两天可就非生火不行。"

我一看表上已经快到十一点三十分,就要走。舜英坚留吃午饭。我只好实说道:"还有点事情要找陈秘书,迟了恐怕不行。"

"哦,那你就更不应该走,陈秘书回头就要来的。"舜英硬拉我坐下,却又打趣我道:"虽说久别胜似新婚,难道离开半天就不成么?——你说不成,我就放你走!"

我脸红了,心里也有几分不耐:"舜英姊,怎么你今天老是跟我开玩笑呢!如果我近来很少出来,那也无非职务关系……"

舜英不信,望着我笑,我也不理会。她又关心地问道:"他叫什么名字?从前我见过没有?"我抿着嘴笑,不回答。

她凝眸看住我,似乎在考虑什么;末了,她拉我坐在一处,亲热而又机密地说道:"妹妹,你也得小心呀!听说你的同事中就有人借此在背后说你的坏话呢!本来逢到男女关系,旁人最喜欢多嘴,天下有几个愿意成人之美的君子?不过,好像对于你今番这件事,内容相当复杂,说不定弄到十分严重,所以你不能不加倍小心在意。"

我见她话中有因,心里一惊,但仍然镇静地问道:"这也是陈秘书说的罢,他还说了什么没有?"

"是从他那里听来的。他说你什么都好,就可惜太好胜,逞强,同事中不免结下了怨仇。听说有一个叫什么小蓉的,和你公开闹过几场,当真有这样的事么?"

我叹了口气,点头。舜英放低了声音,附耳又说:"现在跟你过不去的,就是这小蓉,还有她的——什么。他们说你忘记了工作,一心和——他,谈恋爱;这倒还不怎的,可是他们还说你别有作用,欺瞒上峰呢!据陈秘书说,好像他们已经找得了什么证据似的。妹妹,这罪名可不轻,你不能不注意。你自己觉得有什么失检之处落在他们眼里没有?"

真不料情形已经那样严重,我还睡在鼓里;但"证据"之说,却大可研究。我忽然对于马同志起了怀疑。但那时候,我还力持镇静,只淡淡地回答舜英道:"这里边,暗无天日的事情多得很呢!小蓉他们存心想害我,证据什么的,还不是可以假造么?反正他们狐群狗党,各有所谓历史关系,而我是后进去的,我是孤立的!"

舜英很同情似的看着我,抓起我的手,放在她手里,轻轻抚摩,一会儿,她慨然说:"妹妹,我想你一个人在他们那一群中,就说没有磨擦罢,也怪乏味似的。可不是,办事情总得有几个老朋友在一处,大家也有个照应。……况且,你在这里,也是大才小用,犯不着再呕气。妹妹,我说,你不如辞了职。昨天上海有电来,说我们的老三出痧子,我不放心,真打算去一遭。你要是肯和我一路走,那就再好没有。"

我料不到舜英忽然又提起这一个问题。但若正面拒绝,则显然于自己不利,我只好敷衍一下道:"好是好的,就怕我这里要脱身,也未必容易。"

"那总有办法,"舜英立刻进一步,"或者陈秘书也可以帮一手。总不会没有办法的。"

我含糊应着。恰好张妈来请吃饭了,这话也就搁起。

现在事情已经明白,在我前面,有两条路:一条是顾不得小昭了,爽性走在舜英这边,到上海去;另一条是依了小昭的空想,冒险一试。我的心乱得很,拿不定主意。勉强说笑着,维持到一顿饭吃完,我推说有事,就走了。也不再找陈胖了。请求调开马同志这一点,也不用再提。幸而见了舜英,先知道了他们的把戏,要不然,我请求调开马同志,就坐实了我的形迹可疑。我和小昭就立刻完了。

想得好好的计划,现在全部不行;我非另行设法,只好坐以待毙。

我决定把这一切都告诉小昭,要求他取消他的"固执",来一个断然的表示——"自首"。只有这一着能够暂时挽救最可怕的变化,……

我准备小昭怀疑我,骂我,——我是下了决心的。

但是事出意外,小昭静静地听完我的话,并不生气,也不置可否;他沉思有顷,这才问道:"所谓小蓉,是不是矮胖胖的,一个撩天鼻子,眼睛却水汪汪地,一举一动都带点卖弄风骚的?"

"对呀!可是你怎么会认识她?"

"昨天那歪脸和胖子来时,也有她在内。今天上午她一个人又来了,赖着不走,胡说八道,足足有半个钟头。"

"哦,她来干么?她说些什么?"我觉得事情愈来愈可怕了。

"大概用意是来试探我罢。可是胡说八道一通,也没有什么要紧的话。似乎她这次来,目的不在我,却在你!"

"怪了,怎么一回事?"

"她在我面前说了你许多坏话,……"小昭突然住口,却望了我一眼。

我不由的脸红了一下,立刻猜到刚才小昭所谓"胡说八道"是有内容的;我握住了小昭的手,心里不免有点忐忑地问道:"你信不信她那些……"

小昭却立刻拦住我的话道:"当然不信!我了解你不是那样不堪的。"

我觉得眼泪到了眼眶边,我又感激,又惭愧;我只颤声唤了声"小昭——"却说不出话来。我紧紧地握住他的手。

过一会儿,小昭叹口气说道:"前途是凶多吉少,毫无疑问;所以,你从前所说的'留得青山在,不怕没柴烧',我还是不能同意。死了就算了,何必多此一举。明——大概我们见面的日子也不会多了。"

"不!不至于!"我低声然而坚决地说,"我还要努力去想办法。"

"不行了,"小昭笑着。"明姐,也许今天就是最后一次。来,你为我唱一支歌,低声儿唱,——就是《义勇军进行曲》罢,从前你不是常常小声儿在我耳畔唱给我听的?"

我的眼泪又涌到眼眶边了,但终于勉强忍住,笑了一笑,低声唱了;可是只唱了半句,就哽咽不成声,我突然身子向前一扑,头靠在小昭肩上,就让眼泪滔滔直流。

"勇敢些,明——"小昭低声唤我,但他的声音也是哽咽的。

我忍住了眼泪,抬起头来毅然说:"我一定要去设法!无论如何,我不能看着你就这样被……"

小昭并不问我如何"设法"。现在他没有"空想",似乎也不存什么希望;他冷静地等待着一定要来的事。我呢,也不把如何"设法"告诉他。干么要告诉他呢？如果他同意了我的"做法",他的心里还是不免痛苦;要是他不同意,那就更增烦躁。

我情愿担负起一切,只请他来享现成罢。

十一月二十日

一天之内的严重变化,我简直被压碎了。五脏七窍,四肢百体,都好像粘在一处,——不,简直是冻结了起来!我还是一个活人么?

什么都失去了,——我的机智,我的爱娇,我的不是女人似的气魄,我的应付鬼蜮的经验,乃至我的强烈的憎恨与冷静的忍耐!

通常所谓"失魂落魄",大概就是我今天——此时此际的精神状态罢?

而我此时此际的处境,只有一句话最适合:悬挂在茫茫无边的空间,上下前后左右,都无着落,而且又是在"雾重庆"的高空,朦胧一片!

今天是二十,十一月二十;这个不祥的日子,在我的生命史上将永久留一黑印。十一月二十日!原来前后不过八天。此时我这才意识到,我和他相处,原来只有八天!在这八天内,我究竟干了什么?于我有什么好处?于他?昨天我还自负是不会没办法的,——呸!还能嘴硬不看轻自己么?

当我扑了个空,而且马同志悄悄把他留下的字条递给我时,我记得我还能够撑住,还夷然冷笑,但这样舞台上的姿势,就能抵补我内心的彷徨失措,软弱无能么?我到底不是在做戏呀,而我在那时却还摆出习惯的做戏的表情来!那不是无聊?

随后又是空袭警报来了。当时我确实没有躲避。我不理会紧急警报,只坐在自己房里发怔,——我祈愿一个重磅弹下来,将我化为一道烟,不,连同我周围的一切,都化为一道烟。我仿佛是有"决心"的。然而——不也有这样一个念头在我心上掠过么:"未必有敌机来,而且一定不在此处投弹。"我的祈愿化为一阵烟的"决心",也还是一种不自觉的做戏的姿态!

我敢说我自己不是最没出息的人么?

平时自谓也还有点魄力承受最惨酷的遭遇,也还有点勇气跟我所恨的人们斗一番,而且也常设想斗不胜时,一齐毁灭;但今天如何呢?我等候掉下一个炸弹。但即使这样做时,也还想炸弹不会掉在我面前!

一切都丧失了,连同我的自信,甚至连同我的憎恨。

——忽然想起:我今天就宛然像是在世最后半年中的母亲了。

"我还是我母亲的女儿啊! 呸,呸!"

十一月二十一日

　　如果昨天一天是在震雷骇电之下丧失了"我"之为"我",那么,今天算是惊魂略定了。昨晚上那一场恶梦,似乎把我从颓丧与麻木中挽救出来了,真也作怪!
　　我梦见我和小昭在黄昏时分电灯又怠工的当儿,实行小昭那"幻想"! 我还是原来的打扮,小昭却装扮为一个女的。我们双双携手,混出那最后一道守卫线,——然而,在离开虎穴不到一箭之路,追捕者来了,……开枪射击,我中了弹。痛醒来时,左胁还像有什么东西刺着。
　　倒好像这梦中的一弹,将我从颓丧麻木状态中打醒了来。
　　我能够思索了,能够喜怒了,也能够冷静地回忆了：——
　　昨天,上午十点钟,我在进行最后一下努力以前,还和小昭见面;那时,把人家估量得太好的我,丝毫不曾想到这一次我与小昭的会晤竟成永诀,(虽然这两个字或许是过分一点,谁敢断定不再有第二个的"十一月十二日"突然而来,但大概是再难一见了,)我每句话都是宽慰他的。
　　可是小昭却不这么"乐观"。他似乎有先见,——或许他从我的句句"宽慰"得到反面的结论,以为我已经知道"不可免的结局"立即要来,除了空洞的"宽慰",更无别话可说。但无论他怎样猜想,他那时对我并无怀疑,这可以他的诀别式的嘱咐来证明的。
　　他是了解我的：他说起我的优点和弱点,他勉励我,暗示我"趁早自拔"。最后,他把两个朋友托付我,要我把他的情形告诉他们。
　　刚听了这两个人的姓名,我茫然不解那到底是谁;然而,当小昭说明了如何可以找到这两位时,我便恍然,——原来就是 K 和萍呀!

现在我很懊悔为什么我一听到萍的名字就心里发生变化又给小昭气呕呢!我真不应该,——特别是因为小昭并不生气,温和地给我解释。而也许因为我毕竟太小气,我们这次的会晤,在心心相印之中,还不免有些芥蒂;小昭此时倘仍健在,不知他恨我不?……

后来我就去找陈胖,企图进行我预先计划好的"挽救"的方法。

我利用那些自以为对我"有利"的关系,直捷了当把舜英告诉我如何如何,都摊开在陈胖面前,我还"捏造"了一句:舜英以为"你陈秘书"一定能出力为我排解这一度的困难。

"哈哈,这个么?"陈胖假痴假呆,答非所答,"随便说着玩的。而且,这种关于两口儿的事情,你自己最明白不过,怎么——哈哈,来问我呢!"

我急了,只好捺住了性子,顺着他那涎皮赖脸的恶相,装出俏眉眼来:"你也来瞎说了,——好意思么?人家在暗中摆布我呢,你不帮个忙,倒也夹在里头给人家凑趣,——你想想,好意思么?"

"啊呀,我——"陈胖忽然换了叫屈的口气,"人家说你们如此这般,我又没见,……哈,"他挨近来,凑在我耳朵边,细声说,"究竟是怎的?听说你住的是另一间,可又——哈嘿,你讲给我听听如何,我也见识见识……"

"那都是他们瞎说!"我用劲按住了火性,勉强笑着回答。

然而陈胖把一手抚到我背上,气促地细声地还在吐出一些跟他那口臭同样恶浊的话语。我几乎想打他几下耳光,然而,为了小昭,我不得不忍受他的侮辱。不,我还忍住一包眼泪,施展女人惯用的方法……我佯笑着,用不理会的姿势,鼓励他更进一步的撒野,……甚至当他胆敢从口没遮拦到手没遮拦时,我还取放任的态度。"再逗他一下,然后我乘其情急而要挟……"我正在这样打算。

我故意把眼睛半闭,准备在最适当的时机,"拿他下来"。

不料这短命的家伙,竟然讨得了便宜之后,就想溜了。"我有事呢,回头再谈,"他蓦地这样说,拍拍身子就站了起来。

"别忙！到底怎样？"我连忙一把抓住他,同时逼出一个笑脸来。

"哈哈,就是这样不好么？"假痴假呆之中还带着不老实。

我竭力克制心头的愤怒与悲痛。"嗳,你这人！别装佯了,我的事,到底怎么？你也不用怎样费事,瞧机会给廓清一下空气,不就得了么？"我觉得自己的声音有几分颤抖了。

"哎哎,可是,我已经说过,没有什么,——不,据我看来,你是没有什么不了的。舜英女士说的,——哎,你们女人,总是神经过敏。"

他那话里的"你"字,像一支针刺在我心头！言外之意,分明小昭是有点"不了"的。但是我还不肯失望。"求你一并设法罢,陈秘书,我永久记着你的好处！"我勉强抿着嘴笑,送过去一个眼波,——然而一滴眼泪却掉了下来。

"大概也不会有什么事……"他含糊说着,急急想摆脱。

还有什么办法,我全身的力气,都使完了。

那时候,我还没料到变化已经发生,我把陈胖的态度认为不肯多事。甚至当我回去,在办公室外边被值日官叫住了的时候,我还在做梦。

值日官说,G在这里,要我在办公室候他。

我心里有点不自在了,很想先进去看看小昭,但又觉得当此四面楚歌的时候,忍耐小心还是第一。可是我觉得人们都在偷偷朝我看。

等候了十多分钟,还不见G来。我真是若芒刺在背。

又五六分钟,来了。三角眼里有一种异样的凶光,劈头一句话就是："哦,同志,这几天,你辛苦了！"于是狞笑一下,"今天起,你可以休息休息。没有别的话了,你等候命令罢！"

我装出早已了然的神气,静默地接受了这意外的打击。

但人们的目光太可怕了,我急急退出办公室。我无处可去。我应该问个明白:到底是怎么一回事？然而我并不。

"即使这是犯法的,我也不管！"——我朝小昭的房走去,心里这样想。

125

可是推开了虚掩的房门时,我几乎惊叫起来。什么都没有了,一间空房!那时我断定小昭已经遭害。我像钉住在地上,动不得。

当马同志悄悄走近我跟前时,我又像发狂似的浑身一跳,几乎直扑过去。我没有认出是谁,只觉得是害我的东西来了,我要自卫。

"这是留给您的。"马同志低声说,递过一个小小的纸团来。

我凝眸瞧了他半响,这才似乎明白了他说的是什么,可又望着那纸团不敢拿。马同志惘然笑了笑,手一动;我突然伸手把那纸团抢在手中。

几个潦草字:"放心,不会连累你!"

唉——我松了一口气,但是立刻又大大不满足。我用一串的问题把马同志包围得手足失措。他不能逐一回答。实在那时我所问的,叫他怎样回答呀!不过从他的无条理的话语中,我也看出了一些:他们是把小昭移到别处去了,眼前大致无生命之忧,可不知他们换什么方法治他……

回到自己房里后,值日官又来通知我:虽然小昭是移走了,我却还得在这里住几天,"等候命令"!

我是受禁闭了罢?好呀!随他们的便。然而后来又知道不算是禁闭,身体行动还有"自由"。

当时只有小昭遗下的字条上的几个字填满了我整个心。

——不会连累我?什么意思呢?表示他对我的一片心呢,还是暗示事情发展的性质?但那时我已经没有思索的能力。我完全僵化了。

今天温习那时的经过,觉得陈胖虽然"居心不良",可也暗示我将有怎样的事情发生,可惜我当时未曾细心推敲。小昭呢,居然能够私下写这么几个字给我,可见也还不是十分严重。要打听得他的下落,也还有希望。问题倒是我自己。所谓"命令"者,究竟如何?

已经等候三十多小时了,还没有见下来;老是这么等着呢,还是?

我应当争取主动,不能坐以待变……

我应当振作起来,还有未报的恩恩怨怨呢!

十一月二十五日

　　最近这四五天,自己也不知做了些什么。连日子都忘了,有时觉得那些事已经离得很远,不把日记翻一下,简直就有点模糊;但也有几次仿佛我又走回到"过去",当时的激越的情绪抓住了我,不让松一口气。

　　而且周围的景色,也时时变动,而且是故意和我抬杠。

　　前天奉命搬出那"特区",又回到我的老寓所;"奉命"之际,说老实话,当真有点高兴,——相信我的"争取主动",已经奏了肤功,我还没有被踩在人们脚下,只有承受怜悯的份儿。然而此种"油然"之感,一进自己的寓所,就消失了;二房东太太的痴肥使我厌恶,同院那位军官的三夫人的娇声浪语更使我生气,芭蕉绿得太惨,鼠子横行更无忌惮,……夜半梦回,听窗外风声呜咽,便觉得万感交集,此心何尝有定向,此身何尝有着落?

　　不错,这几天来,确实是做了一点我所谓"争取主动"的工作。二十二那一天,我以"破釜沉舟"的决心,要求给一个机会,让我自己洗刷,并且——"报复"。明知道这次"小昭事件"之突然变化,是谁在背后捣鬼,我就来一个正面揭破,把一缸水搅浑了,那么,帮我说话的人不就容易启齿了么?这计划,是在"等候命令"的期间想了起来,经过直接间接的"努力",和陈胖取得"联系",然后下手的。

　　关于"不能完成使命",我愿受处分,然而,"小蓉也要负些责任",——我用了他们惯用的含血喷人的方法请他们"入瓮",——"为什么她要在小昭面前一次两次三次地破坏我的信用?为什么她要无中生有,说我同时有三四个男人,说我担任这项工作可以拿到几千元的奖金？难道她不知道如果小昭对我有了怀疑,我这工作就不好进行？……"

"既然有这样的情形,干么你不早来报告?"

"这也得怪我自己糊涂。一共只有七八天工夫,直到最后那天,我还蒙在鼓里。小昭那种捉摸不定的态度,冷言冷语的讥讽,我老觉得诧异,可是怎么会料到是小蓉在背后拆台的缘故?后来的两天内,我猜透几分了,但是,从小昭口里漏出来的,我没有调查明白,也不能冒冒失失就往上报呀!现在我知道,八天之内,小蓉就背着我去过四次,——差不多隔天一次;人家工作得有点头绪了,她去一顿乱说,就前功尽弃!她即使和我个人有仇,也不该这样不顾大局!"

"哦,照你这么说,你竟是代人受过了?"R不耐烦地说,可是我却看出我的辩解已经生效。

"我不敢推卸我的责任,"我赶快回答,"工作有缺点,我知道。可是,如果没有小蓉的破坏,在处长正确指导之下,也许成绩还要好。"我顿了一下,估量着形势有好转的希望,便又不暇思索,进一步道,"这几天内,也不能说一无收获。至少他的态度,比初来时驯良得多了。"

可是R把眼一瞪,焦躁地斥道:"胡说!他妈的驯良!有什么事实?"

"哦,嗯,也有的。"我当真窘了,瞧不准R的真真意向。这些人物和颜悦色的当儿,未必是对你好,而反之,厉声佛然的表情,也不一定是对你恶,——我如果揣摩差了一点,那倒不是玩的。当下我镇定心神,坦然答道:"事实上也有一点。那天陈秘书他们去和他谈话,他的表示就不怎么坏。"

"哼,——陈秘书回来怎么说的?"他似乎在回忆:"哼,你说这是驯良么?什么驯良,那家伙可实在狡猾!他招认了么,你说!"

"可是,"我此时只有向前,不能反汗,"上次我也报告过,正面问他,不能有结果,须得慢慢套出他的话来……"

R勃然作色,截断了我的话,问道:"你套出来了么?"

这当儿,我要是再拿空话搪塞,一定祸生不测,但如果能够拿出一点"事实"来,也就立刻可以化凶为吉!人急智生,我当下只顾自己眼前的危险,就从容答道:"报告:我已经得到了一点。我探得他在这里有两个关系了……"

我把 K 和萍说了出来!

那时我竟做了这样一件事,——不但害了 K 和萍,还负了小昭的托付,仅仅为了想保全我自己。谁要判定我是居心这么干,那这冤枉太大了,可是,事到临头,我又沉不住气,我牺牲了别人!

这不过是三天前的事。只有三天!然而三天内不断的良心上的责备,其难受甚于三年。是不是我会变成失心狂呢?没有勇气想下去了。

十一月二十六日

　　有时间来反省一下,总不会没有好处。
　　人有各等各样的人,我所见过的,似乎也不少:损人而利己的,是坏人;损己而利人的,当然是好人;但损人而又不利己的,那算什么呢?天下未必有存心只要损人而不求利己的,既要损人,当然为求利己,如果结局弄到损人而又不利于己,那一定是他的做法不行;这些人便是天下第一等的笨人!
　　难道我竟是天下第一等的笨人么?
　　我想,我还不至于那样笨。然而那天我告发了 K 和萍!
　　记得最后一次和小昭见面,我的心神非常不安宁,但他是冷静的;他从我的脸色上猜到了我的心事,解释他和萍的关系道:"你不要误会。我是到了这里才认识她的;当然是很好的朋友,但不过是朋友。"
　　虽然他这么说,可是萍的影子却遮蔽了我心头的明净;久已生根的嫉妒突然蓬勃发长,并且牵累到 K,凝成一团,横梗在胸内。并且我又说了完全不由衷的话:"你不说,我也早已知道了。告诉你,她还是我的旧同学呢,我们常常见面的。她比我聪明,能干,美貌,你爱她是对的。"
　　小昭似乎毫没疑心到我这话里带些不大光明的意义,只苦笑了一下说道:"既然你们是老同学,老朋友,那更好了;我只请你告诉她:我祝福她前途幸福,光明,还有——"他用激情的眼光看住我,"你代表我谢谢她,我猜想她一定为我这件事在各处奔走呢。"
　　那时我心里乱糟糟的,不辨是什么味儿。但是小昭又说道:"从前我们分手的时候,我十分可惜你这样一个人将要毁灭了前途,我认为我那时不能帮助你走向光明和幸福,是我对不起你的地方。现在我们又要分手了。这次和从前的情形,完全不同。但我对你的希望还是那一个,我并且相信我所希望的,也正是你近年来常常感到苦闷的原因。明,我也祝福你前途一天天光明,幸福!你答应我:一定这样做。"

这些话,今天我把它补记下来,准备时时温习。人不能没有爱,尤其不能没有被真心爱过;即使是身心最痛苦,生活最感得空虚的时候,一想到曾经有人这样爱惜我,这样始终把我当一个灵魂上还是干干净净的人来看待我,那还不是最大的安慰么?谁能说我不幸福!

然而我不能不自白,这同时也给我痛苦。我还不配受这样的爱惜:我出卖了K和萍,也欺骗了小昭!

如果小昭把我看作一个无可救药的堕落到极顶的女子,那我将毫无疚痗地说,——不了解我的人,我还对他客气干么?以眼还眼,以牙还牙!

昨晚上我在烦闷的颠簸中,叩心自问道:"尽管小昭说得那么干脆,萍和他的关系只是朋友,可是好久以前,K说到小昭被捕时在场有一个女子,这不是萍又是谁?她还自愿和小昭一起入狱呢,这难道也只是朋友关系?——哼,惠明呀惠明,别那么痴心!小昭也不过哄你而已!"

那时倒觉得无牵无挂,豁然开悟,就好像八九年前母亲在我臂上咽了气的时候,我一阵无声的热泪过后,便心境平静,决定第二天就出走,从此我和家庭更没有一条韧带作为联系。

但是这样的"平静"转瞬便又变为空虚;觉得自己是在旷野,与狐鬼为侣,没有一个"人"想念我,虽然我也可以不想念谁;但这样的一生,究竟算什么呢?自己嘴硬,说"不需要温暖,宁愿冰森",可是眼泪却望肚子里吞,这又何尝是快乐呢?而且,即使小昭对于萍的感情也不坏,但对于我究竟如何,这也有多年的事实,最近多天的事实,可以证明,难道这都是哄我?难道有这样长期的有计划的哄骗,难道我是不生眼睛的?

　　一个人有时间来反省一下,总不会没有好处……我那天把K和萍说了出来,也还是为了保护小昭;我借他们两位证明了小昭不是"刁"得很的。自然也证明了我不是毫无"成就"。这,表面似乎为自己,但此时来反省,也还不是为了小昭么? 如果他们再把小昭交给我,于小昭岂不好些?

　　不过K和萍要吃亏了,那是无疑问的。然而他们俩也得原谅我,决不是存心害他们,也非为我的自私,都是为了要救小昭……

　　我可以问心无愧。只是吉凶依然未定,我自己的"处分"怎样且不必提,小昭的下落也不能判明。我损害了K和萍,然而我和小昭——未蒙其利!

　　这一个事实,像毒蛇一样天天有几次咬我的心,使我精神上不得安宁。

同 晚 再 记

　　等待着"不可知"的降临,是痛苦的罢? 然而有时间给你多想,总不会没有好处。

　　十多天以前,我在K所服务的那个报馆里遇见了萍;那晚上为什么我要到那个地方去呢? 因为从同事们的闲话中知道K"生了尾巴",而且同被注意的,也有萍,——他们两个常在一处。现在不知道他俩的"尾巴"断了没有? 未必!

　　然则我之告发了他们,似乎也不算什么,……因为他俩早已被列入"黑名单"。

　　是不是我在棺材上再加了钉呢? 我怎么能承认有那样严重!

　　哦,对了,我没有理由一点也不负责任,但也没有理由负全部的责任。

　　我拉出已被注意的他们两个来,为小昭——为我自己(但也还是为了小昭)留一退步,于他们不是绝对的不利,而于小昭却相对的有利,难道竟是十恶不可恕么?

难道和小昭有那样深密交情的他们俩,不应该在自己身上增加一点点的严重以减少小昭身上十分迫切的严重性?

如果他们说"不",那我要骂他们是极端"自私"的人!

难道只有我——在他们看来是没有灵魂的狗一样的女人,倒应该负起全部的责任,为他们"亲爱同志"小昭谋安全,谋自由?

事实上,我在这样做,我也愿意这样做,可是既在这样做的时候为了事实上的"必要"而拉出了他们俩,也就应该原谅我的不得已的苦衷。

我有权这样要求。我有理由说我那样做,是正当的,没有疚心。

这样想的时候,心灵上感得轻松些了。

精神上的恬静,对于我,此时也是必要的;我还有事要做,——还有小昭须得我用心设计去保护,去将他从魔手中抢救出来,可不是?

我渐渐回复了心安理得的状态了,可是好像有一个声音却在问我:

"你自己的命运还没定呢?你自身难保,哪里还能顾到别人?"

我听到了冷冷的讽刺的笑声。楞了一下,这才明白笑的原来是我自己。故意再笑一声。这回却仿佛觉得又一个声音从心里爬出来,悄悄对我说道:"所以,首先得把你自己的脚跟站稳!你不会没有办法,有许多条件可以供你利用,——只要你决心去利用。"

得啦,风向已定,只看"气压"会不会中途变化……

十一月二十八日

　　一个浪头，又把我这"生活的小船"打偏了方向。前途是一个大漩涡。我这"小船"将在那漩涡边上奋力挣扎，如果摆脱不开那回旋的狂流，那我只有滴溜溜地转着，以至晕眩，以至沉没。

　　事情是昨天发生的——

　　十时几十分发出空袭警报，一时许方才解除，整个上午一点东西也没有进肚子，又在洞里闷了那么多的工夫，我难受极了，两眼干涩，口也懒得开。谁知道刚歇一歇，一道传唤我的命令，早又当头压下来了。

　　我像一架机器似的站在那里听完了 R 的训示，机械地应了几声"是"，直到 R 用"这一次，你得好好儿做出一点成绩来"撵我走，这才惘然退下。R 的话，字字记得，但那时我的脑膜十足是一张无生命的纸，能够印下了字迹，已算它克尽厥职。

　　在外边走廊中和小蓉交臂而过，我实在不曾留意她是向我打了一个招呼，也是直到她在我脑后大声指桑骂槐说我"好大的架子，不知仗了谁的势"，这才像受了一针，我有点清醒起来。

　　头脑作痛，肚子却不觉得饿了；刚才印在脑膜上的字，此时像在慢慢蠕动，闪射出应有的意义来。宛如大梦初醒，我这才分明记起，我是用了无条件的一串"是，是"接受那"不近人情"的命令的。

　　我凭什么敢不"是，是"呢？而且："是，是"了下来再说，也是当然的公式。不过我不应该像木鸡似的本能地只应了"是"，——干么那时我这样不中用？从前不是如此的！

　　要我去侦察 K 和萍了，——哼，这是谁出的主意？

为了想挽救小昭事态的恶化,为了想挽救我在他们眼里的"信用",我告发了K和萍;现在却不料他们就把侦察K和萍的工作交给我,这真是见鬼!算是"信用"我呢,还是将计就计,试探我?而且,不是早已有人在侦察他们俩么?何以又派上了我?等候了两天,却等得了这样叫人万分惶惑的新工作!咄,我要知道这是谁在那里出主意?

而且,还具体地命令我用恋爱方式去把K迷醉了诱上勾呢!我们女的,不是人,只是香饵,这原是他们的作风,但何以不派别人,偏偏派上了我呢?如果他们已经窥破了我和小昭和K的行藏,那么,这一个指派就是宣布我死刑的前奏。即使不然,这一个指派也是太不把人当人了;刚叫我做了一个"美人局"的主角,紧接着又是一局也要我去,……妈的,到底是谁想出了这样恶毒而无耻的诡计!

别的且不说,怎样办却是当前一个实际问题。难道我就让他们将我这一点点最后留存的"人之所以为人"的东西也都剥夺了,堕落到牛头马面的那一伙去?现在方始明白,我把K和萍也拉了出来,是大大的失计;我以为这么一来,我计得售,却不道是放火烧了自身。如果我是实在没有灵魂的人,一五一十遵照他们的指示去干,像一匹猎狗似的,搏噬得目的物,赶快衔回去贡献给主人,那自然问题是简单的;但是天呀,我还有灵魂,我的良心还没死尽,我也还有羞耻之心,我怎么能做了香饵去勾引小昭的朋友?一定不能。我自己不许!

昨天为什么我要逃警报?今后我一定不逃了。一秒钟工夫解决了一切,岂不痛快干净!这一个念头,今天支配了我一个早晨。但是另有个"我"却时时闪出来讥笑道:"既然准备一死,也得像狼似的,咬了人再死。咬住了不放,直到呼出最后一口气。死要不赔本!"

我的"生活的小船"虽然被罡风吹近了一个大漩涡,但是我还不能束手待毙,我得用尽力量,不被那回旋的黑水吞噬;尽管恶势力是那么大而我是单枪匹马,然而也未必永久是单枪匹马,——他们不是派我去侦察K和萍么?鬼使神差,谁敢说这里没有我的一条路?

135

十一月三十日

费了一天半的工夫,方才把 K 找到。他正在两路口那边上坡去,对面相逢,我就一把拉住他。

"真是侥幸,今天可给我碰到了。"我一点也不掩饰我的高兴。

他掏出手帕来擦一把脸,这才说:"好久不见,你瘦了,——至少也是憔悴些了。没有生过病么?天气太坏,很多人重伤风。"

"没有生病,只是心境不大好。"我拿定主意,要对他坦白。"你几时离开了那报馆的?找你两次都扑空。那号房的话,也叫人摸不着头绪。"

"哦——"他第二次用手帕擦脸,好久,这才露出脸来说,"还是在那边工作呵。不过,——近来身体不好,请了一个时期的假。"

"我给你留了字条儿,请你到我家里去谈谈,……"

"那没有看到。"他赶快接口说,第三次用手帕擦脸了。这一次,我方才感到他这频频擦脸,并非必要,颇有点蹊跷;——他是借此来掩饰他那不很自然的神色的,他对我显然有些那个。

"前天和昨天我都到 C—S 协会去了来的,都没有你的影子。要是今天再碰不到你,我就要疑心你是失踪了。"

"哪里会……"他笑了笑,挪开脚步,仍旧上坡;看见我也跟着上去,他就问道:"不是你要下去么?这坡,——哎!"

"我陪你走走。有点事情要告诉你。"我依然用坦白来回答他的躲躲闪闪。他点了一下头,站住了,却又慢慢地走,脸朝前面,那矜持的态度又是显然的。我全不理会,只照我心里所想的说道:"前些日子你那被捕的朋友,我已经找到了,一见面这才知道他不是别人,却是——"

"他有没有危险?"K插口说,站住了。

"现在不知道。大概是没有的罢。"

K失望地唉了一声,又向前走了。

"过去的八九天,我差不多天天和他见面,天天在一块儿。他提起了你和萍,要我代他向你们致意,感谢你们,祝福你们前途光明。希望你们……"

"可是,"K又一次打断了我的话,"刚才你说他有没有危险还不知道,现在你又说天天和他在一块儿;既然天天见到,怎么又不知道他有没有危险?"说着他就站住了,两眼盯住了我的面孔。

我看见近旁有人,拉了他仍往前走,一面低声答道:"不要急呀,听我说。后来事情又有了变化,他被移到别处去了,——换了个监禁的地方了,吉凶如何,我还没打听到。不过猜想起来,大概是没有危险的。"

"换了地方以后,你就没有见过他?"

"怎么说得上见面呢,此刻他在什么地方我还不知道。"

K突然止步,似信非信地望了我一眼,就大步向前走,一口气跑完一段较为峻陡的坡路,在可以俯瞰嘉陵江的一块平坦地方站住。

这一带,本来很幽静,只有几个外交官和要人的公馆,行人也很少。我觉得这里倒是可以谈话的地点,然而天公不作美,阴云四布,寒风料峭,很像要下雨。

"这两天我到处找你,K,"我站在他斜对面,凝神静气地说,"是要把他的情形详细告诉你。这也是他要我这样做的。"

K点了下头,却又问道:"他在里边,居然也有相当自由?你们可以找他,也可以随便谈话?是不是对他特别客气?"

"当然他们是有作用的。不过能够和他天天见面,常在一处的,只有我一个。他们指定我做这件事。这倒给我们一个好机会。"

"哦——原来是……这样的!"

"他没有罪状。他在里边,也没有承认什么。如果有个有地位的人保他一下,有八分的希望可以出来。K,你能不能替他找到一个保?"

K默然不答,望了我一眼,却又低头遥望嘉陵江里的几片风帆。显然他对我的话都抱了"姑妄听之"的态度,而且说不定还怀疑我是来试探他呢。这也不能怪他,责任应该由我负。

"也许你觉得我那些话都和我的身份不相称。但是,一个人的境遇要是复杂的话,他的心也是复杂的。K!记得你说过,你有一个曾共患难的好朋友,他有过一个爱人,后来分离了,你的朋友对你讲起他那爱人的时候,并不恨她,倒还是念念不忘的。K,你这好朋友现在怎样了,当然你心下明白,可是你知不知道那女的是谁?"

K抬头瞥了我一眼,迟疑地说道:"难道——你——"

我赶快接口道:"不错,我就是那女的!我和他——小昭,这回又遇到了,可是那情形却也是够残酷的:他是犯人,我是看守。然而也是够凄惨的:他身体虽失了自由,可还有你们这许多知心的朋友,而我呢,我一无所有,我只有耻辱,只有疚痏!K,要是你做了我,天天伺候虎狼,应付狐鬼,却忽然有一个曾经爱你而且现在还没忘记你的人,落在你怀里,那你会怎样办呢?你要是懂得了这心情,你还觉得我刚才那些话到底和我的所谓身份,是相称呢,还是不相称?"

最初,K还装出不大感兴趣的样子,但实在(我敢断言),他对我说的每一个字都在咀嚼辨味;后来,他的两道眉毛微微皱紧了,眼光闪闪不定,带些急躁的口吻问道:"那么,你现在打的是什么主意?"

"主意?哦,你问我的主意?可是,我们先不要转弯抹角说话儿,好不好?"

K笑了笑:"那么,请你开头。……"

"你这态度就不对!"我有点生气了。"该我说的话,都已经说过了,现在我们应当商量一些实际问题,一些具体的办法。"

"哪一些实际问题?"

"你别装佯,行不行呢?"

"你不要急呀,对不起。……讨厌,下雨了。"K伸手在脸上抹一把,又仰脸试一试到底有没有雨。"你别多心。可是我实在还没有弄明白……"

"还没弄明白我是真心呢是假意,——对不对?"

"哎!你真是……"K有点忸怩了。"问题不在这里。"

"明明在这里!"我觉得我的声音也有点变了,我抑制不住我那股激情。"不过,K,有一句话问你:我和他的关系,跟你和他的比较起来,哪一边深呢,哪一边浅些?"

K惘然笑着摇头。

"可又来了,你不回答;好罢,我代你说。他是直到最后才把你告诉了我的。什么道理,这可不用我说了,你心里自然明白。可是我现在倒替小昭灰心。人家咬紧牙关挺受刑讯,半个字也没哼,人家认准了他从前的爱人还没堕落到不像一个人,巴巴地盼望他们通力合作,——然而,站在我面前的,是你,一半天,还是藏头露尾,半痴半聋,吞吞吐吐!生怕担这么半星儿风险,就拖累你一辈子!你们还是同志呢,妈的,干着急,巴巴儿找你的,倒只有我!"

"算了,算了;请你原谅。"K心神不宁地朝四下里望了一眼。"糟糕!这雨保不定会下大!你不要多心,总怪我的脾气生就太那个,——可不是,我们也不是初次见面,我一向就是这个慢性儿。不过,今天我们还是拣要紧的先说,你看这件事该怎么想个办法?"

这时候,雨点变粗变密了;要是再站下去,那边的警察就要注意我们,——且不说我们也受不了。"办法,——所以我来跟你商量呀,——"我们急步下坡的时候,我这么说,"他,在这里有——什么社会关系,你是知道的,我可——不知道呵!"

K只顾走,不说话。雨变成密蒙蒙的细丝了,幸而我们也到了大街上。在一家铺子前站住,K转脸对我说:"上哪里去呢?"

"随你的便。"我心里却在寻思,左近可有没有适当的地方。

"我还有点事情,"K沉吟了一会儿说,"刚才谈的,此刻也无从三言两语就下结论。回头再说罢。不过,没有他的一个确实消息,总怕不行罢?"

"那自然。这是我的事。明天——在什么地方会面呢?"我见他踌躇,就又接口说,"到我住的地方来罢,——怎么？我的住址早就留给你了,你到报馆里去找罢!"

看着他向上清寺那边去了,我好像还有什么事必须对他说,但一时间又无论如何想不起来了;痴痴地站了好一会儿,顺脚跨上辆人力车,我决定先到舜英那里刺探一下。

十二月三日

糟糕,三面碰壁,一事无成!这感觉,近数日内一天一天加深。"尽管做粉红色的梦,但阴影从四面八方合围,饶你再强些,也不能不向现实低头!"——每逢碰了钉子,便觉得有冷冷的尖音在我耳边这样唠叨。于是毛骨悚然,起立四顾,看见自己的影子就像匹恶兽,窥伺着等待攫噬的机会。

一切都像约好了似的,不许我走光明的路!为什么?

——"因为你有一段不名誉的过去,染满了罪恶的血的过去啊!"那冷冷的声音又在我的耳边响了。

但是过去的就不能过去了么?难道过去的黑影就永远不能消逝,永远要在我的生命之路投上一片阴暗么?

——"而且因为现在还是,——哈哈,你只要瞧瞧你的证章!"那冷冷的声音变为磔磔的怪笑,像一只猫头鹰在打唿哨。

我低了头,下意识地从内衣的大襟上掏出那证章来,翻弄着,恨不得一口吞了它。……

但是这一片东西,当真就能把人隔开,怎么也取不到谅解么?

如果人们是这样只看形式,只看表面的,至少 K 是不应该如此的罢?

在第二次(前天)又会见他时,难道我的态度不够诚恳么?难道我还有什么惹他们怀疑的地方么?

没有,绝对没有!除了没法挖出心来给他们看,我哪里有半点隐藏!

可是 K,他的眼光,他的笑貌,他的声音,全不对啊!比第一次虚伪得多了！说话呢,老是碰不到头;我着急的是想办法:找人,找保。但是他们一次,两次,三次的躲闪;他们简直毫无诚意。似乎因为我的话愈多,便引起了他们更多的怀疑。这有什么办法!

而且 K 为什么要带了萍来？她显然对我有恶意。她像审问犯人似的一句追着一句查问我和小昭相处的八天之内一切详细的情形。她凭什么权力来查问我和小昭的事？即使她是小昭的爱人,也管不了我,何况她还不是！然而我还是让着她。谈正事要紧,犯不着和她斗嘴呵！

最后,在我庄严的表示之下,萍忽然说道:"究竟他在什么地方？有没有危险？请你坦白告诉我。否则,别的话全是多余的!"

萍这么一说,K 连连点头;两个人的眼光都射在我脸上。

我跟他们解释,关于小昭的下落,我比他们更着急呢,可是四处探听,还没头绪;这是性急不来的。我还约略说了说如何探听的方法。

可是,嘿！他们两个相视而笑！这难道不是对于我的侮辱？不过我也忍下去了。他们心眼儿多,我何必跟他们学样！

事实上,那天和 K 分手以后,我冒雨到舜英那里去,还不是为了这件事？舜英答应我的,也只是一句空话:"碰机会就代你打听罢。"我知道舜英他们所谓"机会"是什么意思,也不便多问。但是她又说:"昨天我还和松生谈起你近来的境遇,我们都觉得你犯不着。趁早另打主意,多么好！何必挤在这里找麻烦,受冷眼哪!"她还没放弃那引诱我到上海去的鬼计,我甚至也利用她这心理,表示了只要把小昭弄出来,我们就可以同去。……

然而这些复杂曲折的情节,当然没有告诉 K 和萍的必要;即使告诉了,也于事无济,也许反要引起他们更多的猜疑。

"人还没个下落,一切都无从谈起!"萍瞥了 K 一眼,面孔朝着我这边说。"不过,你和他相处有八天之久,据你说又没有什么人在那里监视,可也奇怪,他竟连字条也不给我们一个。要是他的打算真像你所说的,那他至少要写几个字交给你带给我们,……他会这样疏忽么？太不可解了……"

"可不是！"K也接口帮腔。"事实上不是没有法子写个字条的！"

这里的弦外之音，只有傻子这才听不出来。我又气又急，但也懒得跟他们多噜苏，只笑了笑，隐隐讽示他们道："如果有什么不可靠的话，亲笔字条也不能保证；萍，别那么天真！"

他们两个互相看了一眼，暂时不作声。我接着又说道："如果我脱离了现在的环境，那自然，情形就单纯了，你们的顾虑也可以减少些了，但是试问，对于小昭这件事，有什么帮助？你们是不是只盼望他去成仁？"

"话是不错的，"K连忙接口说，"但情形太复杂，——一定要保全他，这一点我们是相同的。所以我们须要共同商量。你怪我们性急，其实你自己也犯了性急的毛病。现在我们还是来分工……"

一场"接洽"，毫无结果，当时我真有点灰心。然而还不是"灰心"两字可以曲尽我的心情。他们以我为何如人？而且K的态度忽变，谁敢说不是受了萍的影响。萍为什么对于我有偏见？一句话：她用不光明的心肠来猜度别人！

如果事情弄糟了，我一定不放过她。如果有一天再看见小昭，我一定要对他说："你的两个好朋友几乎送了你的命。"

十二月四日

　　为的今天要报告工作,昨夜没有睡好。乱糟糟的一颗心,简直没法安放。拿什么去报告,还不成问题;反正腾云驾雾,满口胡柴,也就搪塞了一遭。但"宗旨"不能不定,我辗转了半夜,委决不下。
　　今天在最后五分钟,决定还是要"掩护"他们俩;虽然他们是那样对我不诚恳,不坦白。
　　看了我的所谓"报告"以后,又有这样一番的问答:
　　"照你说来,跟他们来往的人也就不多?"
　　"除了他们职业关系上的同事,还没发见别的形迹可疑的人。"
　　"据报告,那个男的是负某一地段的组织任务的,怎么你关于这一点,完全没有提到?你没有表示你要加入他们的组织么?"
　　"这一点,我还没有侦察明白。"
　　"男的和女的是什么关系?总不会是单纯的朋友?"
　　"大概不过友谊关系。……"
　　"你能够断定么?"
　　"能够。因为我发见那女的原来是旧同学。"
　　"哦——那你一定明白她从前的历史了?"
　　"明白一点。中学时代思想不正确,很左倾。后来好久不见她。大概也教过书,在北方住过一个时期。"
　　"现在她有没有组织关系?"
　　"也还没有查明白,不过思想是跟从前一样的。"
　　"你应该知道你的职务不轻,那男的是负重要秘密工作的呢!"
　　"哦——"想了一想,我终于毅然说,"按照我这几天的观察,说他是怎样重要的脚色,似乎有点夸张。从各方面看,他不配。……"

"可是你不能大意。你得照原定的训示去赶快进行……"

这一串的问话,没有什么特别之处。但是他们不但另有报告,而且又说K是"负有秘密重要任务"的人物,这就增加了我的困难了。

今天虽然给他"掩护"了一次,以后还不知怎样。

然而我的苦心,K和萍是不领情的;结果是他们自己吃亏罢了。而我也难免倒楣。阴影从四面八方越逼越近了,我相信我的感觉力并不坏……

十二月十日

陈胖和G,近来已至"短兵相接"。此为意料中事,然而亦有意外者在。那天在舜英家里,听见那神秘的耳房内有一个人的声音好像是那位何参议,但是另外一个笑声宛然是陈胖。我和舜英谈了几句不相干的话,忽然女仆来请我到客厅去。我当时就觉得奇怪。向来他们进行那些"买卖",表面上是避开我的,而我亦佯为不知,此次何以找上来了呵? 我对舜英瞥了一眼,舜英却笑了笑,附耳说道:"恐怕是你那人的消息,有了一点了。"

何参议也者,已经走了,松生也不在,耳房内只有陈胖,横在烟榻上玩弄那枝血牙老枪。哈哈笑着站了起来,陈胖殷勤让坐,又满口客套;我心里纳闷,想道:"这作风有点古怪。但凡他们这班人拿出这样嘴脸来的时候,每每就有不妙的事跟在后边,难道小昭有了不测么?"

我满心忐忑,猝然问道:"他没有什么大问题罢?"

"哪里会没有,"陈胖正容说,"他那样的人,无风也还起浪……"

"不过,"我抢口说,"我想来不会的;那是人家冤枉了他。"

陈胖惊讶地看我一眼,忽然高声笑了起来,但又突然庄容说:"好心待人,就要吃亏。眼前你就有飞来横祸……"

我这时但觉眼前的东西都失却了原来的模样,一边心里想道:"他答应了我的什么决不连累我,看来也只是一句空话,"一边却又不禁叹口气说,"到底拖到我了! 陈秘书,请你依实告诉我,现在他这人在哪里? 活的,还是死的?"

"在哪里?"陈胖两只眼睁得铜铃似的,"你问的是谁呀?"

"可是你——"这时候我真真弄昏了,"不是他还有谁?"

陈胖怔了一下,可又蓦地扬眉缩颈吐舌大笑起来:"你想到哪儿去了?真是多情!不过我说的他,却是那歪脸三角眼的家伙。"

这才知道不是讲小昭,我心里一块石头就松下去了,也忍不住失笑道:"不管你说的是谁,我倒正要找你问问他的消息可有了没有?"

"呀,舜英没有告诉你么?他眼前是好好的。吃,住,都还不差,就是没有个漂亮的小姐陪伴他。你放心就是了。"

"可是能不能见见他呢?到底关在哪里?"

"这个,今天却还不能告诉你……而且,你要见他,于他也没有好处。"

陈胖说这话时,态度确是诚恳。我幽幽地吁了一口气,不能不暂时耐烦,但心里却在打算如何探出小昭的所在,看样子,陈胖一定知道的。

"总而言之,关于你那人儿,你放心好了,"陈胖又郑重说,"眼前倒是你自己,发生一点问题。今天我得了个讯,三角眼要下你的手!"

字字听得分明,我就像见了蛇蝎似的,从心底泛起了憎恶,但并不怎样恐惧;我泰然答道:"又要下我的手么?我在这里恭候。反正他这也不是第一次了,随便他使出怎样的一手。"

"不要大意罢,吃眼前亏是不上算的。"

"可是,陈秘书,只有千年做贼,没有千年防贼,我要不大意,又怎样呢?他那一套鬼计,我知道一点,然而也无从预防,随他去!"

"哦,那也罢了,"陈胖笑了笑说,却又接一句道:"只是今回他那一手,也许特别厉害些。"

我也笑了笑,不作答;我料定陈胖忽然对我这么关切,其中必有原故,我且以逸待劳,看他怎样。这当儿,舜英却也进来了。她似乎早已知道我们所谈何事,看见我那不很在意的神气,就劝我道:"听说他们已经弄到了什么证据,十分严重,所以你还是小心为是。"

大概是又要劝我到上海去了,——我见舜英也在帮腔,心里就这样想;然而未及开口,那边陈胖却又说明道:"不是派你去侦察一男一女么?现在你的罪状就是阳奉阴违。"

147

"哼,原来是这个,——难道我没有遵照命令去做么?还只有不多几天呢,可是我也已经进行得相当紧张。每次都有报告,怎么说是阴违?"

"有人看见你和那一男一女,"陈胖微笑着看了我一眼,"甚至听见了你们说什么话,——你的嫌疑重得很呢!"

"谁在那里看见我和他们?——"我表面上虽还泰然自若,心里却感得急了,"是不是小蓉?她瞎说!她怎么能够听到我们的话?"

"倒不是她。听到的话是真是假,都不相干;可是,我且问你一句:你有没有对他们两个说起你那个小昭?——那女的把你这话告诉另一人,却不知道这人最近已经让这边收买过来了。就是这一点事情。现在落在 G 的手里,当然他认为是再好也没有的材料。"

"哦——"我苦笑着,再也说不下去了;萍的满含敌意的面孔在我眼前闪了一下。我不解她为什么要置我于死地?我碍了她什么?

"刚才你还没来的时候,我们就商量过。"舜英拉住了我的手说。"咱们全是自己人,打开天窗说亮话:G 那家伙,自己不摸一下屁股,也来屡次三番找人家的岔儿,妹妹,不怕他多么厉害,他的把柄在我们手里的,多着呢!先搞他一下,材料我这里有!"

我的眼光没有离开过舜英的面孔,她所说的这一番话,我好像不以耳听,而以目视;然而在我心里颠来倒去的,却只有一个萍。我那时竟然不曾感到 G 的阴险狠毒,只有一个问句抓住了我的神经:萍这是什么用意?

似乎 G 之要对我下手,乃是理所当然,而萍之由妒而疑我,恨我,乃至害我,却万不可恕;我那时简直断定了萍是存心害我!

我把手帕角放在齿尖上咬着,始终不作声。

"别人去搞他,没有你那么有力,"陈胖摆出从来少见的正经面孔低声儿说。"我们还替你准备下一个证人,自然也还布置好给你接应。万一事情不顺手,也还预先替你打算好退路。一切都可以保险,出不了毛病。"

这些话,我也一字字听清,但依然觉得好像不是对我说的,跟我

148

的心灵上迫切的要求不生关系。

"你不用再踌躇了，"舜英挽着我的肩膀说。"怎么你今天没有决断了呀？陈秘书说得那么切实，难道你还能不相信？即使打蛇不死，也不用怕他反咬一口；大不了到我家里来住几天，怕什么！"

"嗯，那么，"我勉强定了定神，赶走心头的萍，"怎么进行呢，我还一点头绪都没有呀……"

"这是小事情，"陈胖接口说，笑嘻嘻摸出一张纸来，塞在我手里。

将这纸看到一半的时候，我在心里对自己说道："妈的，分赃不匀，对方要下手了，所以这边想争取主动！好罢，他们利用我，我也就利用一下他们！反正G这家伙，我也不能饶他。"

虽然我始终不能宽恕萍的行为，但是我也看出陈胖他们怂恿我去做这件"冒险的事业"，很有消解了萍所加于我的危害的可能。我的注意渐渐集中了，于是开始和陈胖、舜英二人详加讨论……

十二月十二日

　　一切按照预定计划进行。所谓"证人"者,也由松生派人来带我到一个地方见过面了,告发 G 的密呈也送上去了,已经过了十八小时,却尚无反应。我有点心神不定。然而我也有自己的打算:必要时我就一网打尽,两边全不是好东西!

　　这两天,我简直把本分的工作放在脑后;——没有必要再去找 K 和萍了,可不是?而且,我相信如果见了他俩,保不定我要失却自制;那时候,要是给"人"看见了,我又有什么好处。

　　本来我决心要掩护他们,谁知他们这样糊涂!

　　萍简直是可恨!无论从哪一点说,她把我对他们所说的关于小昭的消息告诉了别人,是不可理解的举动;何况恰又碰到了一个"叛徒"!

　　昨天我还动了这样一个念头:应该警告他们注意身边的人。现在已不作此想。何苦呢,反倒惹起他们对我的疑心。

　　陈胖答应今天可以弄一张小昭的亲笔字条给我。可是干么到此时毫无影踪?我倘能见他一面,一定要对他说:"萍是个混蛋,几乎送了你的命!醋意迷糊了她的眼睛,她不认识人!"

十二月十三日

  两个红球挂上了，人们都进洞。但是我进去干么？生死于我如烟尘！肥猪似的房东太太还在那里嚷，要不是她这"好意"，我再多睡一会，多么好呢！昨夜我回来时，已经有三点钟。

  昨夜大约是九点多罢，我正打算睡觉，忽然陈胖派人送来一个字条。"大概是小昭的，"我拆封的时候，满心希望，但是一看，歪歪斜斜的七个字："起风了，沉着机警！"咄，这也用得到你来叮咛！

  但是当我脱去了旗袍，正觉得我的腰肢近来又瘦了些，心绪怅惘的当儿，果然风来了。门上莽撞地叩了两三声。我慌忙披上大衣，心有点跳。原来是传呼我的命令。居然等不及明天，这"风"好劲！

  到了目的地，又是一个意外；负责和我"谈话"的，却是个面生的人。

  微微笑着，神气是非常和蔼，眼光也并不吓人，但是我知道这一切的背后未必是"可亲"的；不然，陈胖也不会巴巴地通知我：沉着机警！

  客气地叫我坐了，先问些不相干的事，——家乡是哪里？从前进过什么学校等等。似乎陈胖那字条有点作用，我沉着得很。

  忽然，萍的名儿从他口里说出来了，并且还夸奖她，仿佛待之以"同志"之礼，末后便问道："你们是老同学罢，你一定明白她的为人？"

  "也不甚知道得清楚。原因是……"

  "你的老同学在这里的，大概不在少数罢？"他打断了我的话。

  "并不多，"我回答，但突然灵机一动，就又说道，"不久以前，新从上海来了一位，是从前K省省委的太太，现在……"

他笑了笑,又打断我的话道:"我也认识他们夫妇俩。有一位姓徐的,也是他们的熟朋友,想来你也在他们家里见过?"

"哦——"我怔了一下,感到这话有分量,但一时又摸不清头路,只觉得否认比承认妥当,就赶忙毅然答道:"那倒不曾见过。"

"当真不曾么?"他神秘地笑了笑。"那么,还有一个,矮矮的,胖胖的,南方口音,也姓徐,你一定见过。"

我把不住心有点跳了,情知这决不是不相干的闲话,但依然抱定了否认主义,也笑着答道:"当真也没有,不记得有姓徐的。"

突然地他把脸放下了,不过口音还是照旧和平,看住了我的面孔说道:"你要说老实话呀!现在有人说你很会弄点把戏,工作不忠实,不过我是不大相信这种话的。你还能干,从前成绩也还好!"

他顿住了,手摸着下巴,似乎特意给我一个自辩的机会。

但是我不作声,只笑了笑。

"谁介绍你和那姓王的认识起来的?"他说得很快,显然是要试探我一下。幸而我早有了准备,一听到姓王,就知道是指那所谓"证人",我立刻答道,"没有谁介绍,早就认识他了。"

于是"谈话"转到本题了。他把我告发G的各点,或前或后,或正或反,提出许多询问。最后,实在因为并没破绽,他表示了满意似的说:"我们忠于党国,应该提高警觉性。你做得很对。"

当我起身告退的时候,他忽然又叫住了我,微笑说:"你那老同学萍,到底怎样?有人说她是反动分子,可是另一个报告说她不坏。还有那个K,也是同样情形。你看来究竟是怎的?"

我怔了一下,然而怎么能够相信这不是反话呢?人家正在说我和他们勾结,难道我还自投圈套,给他们一个凭据?我不能不自卫了!

"照我看来,这两个都是形迹可疑!"

"那么,说他们还好的倒是很成问题了?"

"这个,我不敢说;不过他们两个实在可疑之处太多!"

"哦——"他似信不信地侧头想了一想,又笑着说,"上一次你对

R报告,关于K的部分是怎样说的?"

我竭力镇住了心跳,断然答道:"那时我还没找到K的严重证据,但后来我就发见他的确负有重要的组织任务,而且萍——"

"萍怎样?"他的眼光闪闪地射住了我。

"萍是他的爱人!"我横了心说,却觉得一双腿在那里发抖。

他微笑地看了我半响,然后异常客气地说:"你的报告是有价值的。你累了罢?你可以回去了。"

我失魂似的走到马路上,不辨方向乱走。我做了什么事了,是不是在梦里?然而比梦还要坏些。夜已深了,马路上没有人。我一步懒一步拖着,到家时已经三点钟左右。

警报解除了,我也不觉得。一个新的决心却在警报期间在我心里慢慢形成。我要去找到他们两个,给他们一个警告。

但是怎样才能找到他们呢?我得顾到我的背后也有"尾巴"。

如果他们把我的话当作耳边风,而且又漏了出去,那不是白操心?

即使要找,先找到一个也成了;自然,K是比较的理性强些,或可不虚我这一行。然而K又偏偏最难找到,游魂似的,谁知道他在什么地方。

我的决定又发生动摇了。没有一定要找他们的义务。掩护也已经做过,他们自己不领情。如果说昨晚上我又做了对他们不利的事,那才是笑话。几句话算得什么,而况我也是箭在弦上,不得不发。他们的真正危险却在自己圈子里有了奸细,而他们则尚睡在鼓中,这可不干我的事呵!

假使他们老睡在鼓里,那么,保不定我这几天内对他们所说的话语,会全部落到那"奸细"的耳朵里,那我不就完了么?

即不然,他们总有一天会忽然"失踪",那时候,他们能像小昭那样坚强,"决不连累你"么?那时候,我也完了。

这样看来,还是找他们一下的好。虽不是对他们尽的义务,但确是为自己应该冒的险呀！……

　　我又决定要去找他们了,换好衣服,正待出去,恰好舜英派人来请我到她家里。"这倒非去不可,"——我披上大衣就走。但心里忽然一动,回身把几件要紧东西藏好。

十二月十四日晨

昨天在舜英家里,除了谈谈我被传唤去问话的情形,别无所事。觑空儿,我曾经打了好几次电话"兜拿"K和萍。知道萍在那书店里,可是我不愿去找她。

舜英大吹他们的神通如何广大,叫我"放心"。我偶然想起了前晚问话中一点小事,就说道:"他们问我认不认识两个姓徐的。听口气这两个姓徐的也是你们的熟人,可是我从没有见过呢。"

"姓徐的朋友么?没有呀。"舜英漫不经意地说。

"可是你怎么回答?"松生着急地问。

"我说从没见过。"

"这就对了!"松生笑了笑,似乎放下了一桩心事;但他又瞥了我一眼,补充似的说:"那个姓徐的,本来和G有过一点纠葛,跟我们近来又弄得不好。所以他们这一问,料想不能没有作用。不过,你说不认识,这就行。"

"啊,妹妹,"舜英忽然也紧张起来,"忘了告诉你:进出要小心!……"

从舜英那里出来,我注意看了看身前身后有无可疑的人。似乎还没有。

踌躇了一会儿,我终于到了C—S协会,又到那报馆,最后到N书店,希望能够碰到两个中的一个。我相信并没拖"尾巴"。而且今天我忽然觉得自己并不是"孤立"的了,有几个神通广大的人至少在现今是和我利害相共。他们为了自己,一定得设法掩护我;正像我也是为了自己,所以要冒一点危险找寻这两个人。

快近六点的时候,我决定留一个字条给K。可是刚留了字条出来,却碰到他低了头匆匆跑进大门。他没有看见我。等他走过去了,我就跟在他后面,一看没人,就唤他道:"K先生,有朋友找你!"

他转身一见是我,简直的楞住了。我靠近他身边低声说:"你要注意你和萍——你们的熟人中间,你们认为可靠的人们中间,有些靠不住的人!你们仔细想一想,我和你们说的关于小昭的话,告诉过哪几个人?已经有了情报,你们再不小心就不成!"

K有点慌张,但又要我到会客室去详谈一下。

"没有时间了!"我留心看有没有人。"据我看来,你们最好躲开一个时期。——不要听萍的话。萍的脑筋有点毛病,毫无理由的嫉妒!"

"这一点,说来话长,——也不能单怪她。"K回头看了一下,低声说。"可是,谈这么十分钟,就不行么?你的话,我还没十分明白。"

"不行!"我看见有人来了。"总之,你们内部有奸细,得小心!"

"那么,明天我们约一个地方,怎样?"

"不行!"我坚决地说,转身要走。"这回连我也不得干净!"

K的脸色也变了,哆着口还想说什么;我不理他,一闪身就往里边跑。绕过了两间房,我从边门出去。不知怎的,心里有点发慌。这一次实在太冒险,略觉后悔,然而事已至此,只好由它。

那时夜雾渐浓,呼吸很不舒服。也觉得肚子饿了。饭馆和点心铺子,这一带有的是;我在常去的一家饭馆前站住了,看见它"高朋满座",可又有点踌躇。就在这时候,我觉得我身后好像多了一个"保护人"。我一转念,就挤进那饭馆。委实连站的地方也没有,可是我不管,就在帐台旁边挨一下,专等"出缺"。约摸五六分钟以后,一个穿中山装的,呢帽掩住了半个脸,手里拿一条黑漆手杖,也挤进来了;他站在当路望了一会儿,就又转身出去。这当儿,堂倌招呼我:座儿已经得了。

我特地要了一两样较费时间的菜,一顿饭花了二十多分钟。

出去的时候,再留心看一下,可不是,有一张桌子角上挤着一个人,不大耐烦似的用筷子敲着个碟子;虽然没有看见他的脸,可是我认识那呢帽。

再也没有疑问了:有人在暗中"保护"我!

跳上了一辆人力车,就催他快跑!我所取的方向是下坡路,那车子飞也似的从热闹的马路上穿过。我不顾翻车的危险,扭身朝后边望了一下。雾相当浓,电灯又不明,也瞧不出什么。等到下坡路一完,我就喝令停止。下了车,我打算转进一条横街。可是猛然看见十多步外就是我那位同乡开设的所谓百货商店,便改变主意,决定去"拜访"这位老乡。

新开张的时候,我是来过一两次的,这话也有个把月了罢?今儿赶他快要收市的时候去,原也觉得突兀,但那时我也顾不得许多。

真也不巧,那位老乡不在,伙计们也没有一个认识我的。

"哦,出去了么?"我故作沉吟,"不要紧,我等他一下。"

"老板有应酬,一时也不得回来。应酬完了,他就回公馆。您还是明天再来罢。要不然,到他公馆去也好。"一个伙计很热心地指点我。

"不妨,我还是在这里等他。我和他约好了的。还是在这里等一下。"

除了借口赖在那里,我那时还有什么别的办法?

我拣了个暗角坐定,很想找点什么话来,和伙计们鬼混一场;然而不知怎地心里乱糟糟的,说了一句又没有第二句了。伙计们看见我行止乖张,似乎也觉诧异。他们非问不开腔。这时店里也没有顾客,我一个女人冷清清坐在那里,情形也实在有点僵。我看手表,才只过了十多分钟……

两个年纪大一点的伙计远远站在我对面,一边时时拿眼角来睄我,一边不断地咬耳朵说话。"他们在议论我罢?"我自己寻思,"看神气还是在猜度我呢?也许说我是借钱来的;……可是不对,我的衣服不算不漂亮。……那么,猜我是来作什么呢?"我略感不安了。然而,

157

先前热心劝告我的那一位,好像听到了他们的一二句话,突然怪样地朝我笑了笑。他给我再倒一杯茶,却乘机问道:"您和老板是相熟的罢,可是没见您来过……"

"怎么不熟,还带点儿亲呢。"我随口回答。然而蓦地一个念头撞上我心头来了:这家伙话中有因。我这么一个女人,在这时候,单身去找一个男人,找不到,赖着不肯走,又说是有约,又不肯到人家公馆里去找,……他们一定从这些上头猜到暧昧关系上去了。这些暴发户的商人,谁没有若干桃色事件?想来我这位老乡一定也不少。

我又气又好笑。再看手表,半个钟头是挨过去了。那个暗中"保护"我的人,大概已经失望而归了,于是我就站起来说:"这会儿还没回来,也许不来了罢?"不料那伙计却回答道:"不,不,饭局散,总得十点钟。"我笑了笑,又说:"那么,我留一个字条罢。"

又是十多分钟,我写完了字条,也没用封套,交给他们,我就走了。

路上我想着刚才的一幕,忍不住苦笑。字条中,我说我有些东西带着躲警报不大方便,打算请那位老乡代我保管一下。

在自己寓前下车的时候,我又瞥见一人一晃而过,仿佛就是那一顶呢帽。他妈的!难道竟这样严重起来了么?

不知我在 K 报馆的时候,那"尾巴"生了没有?我不放心的,就是这一项。真糟!

十二月二十二日

一不做,二不休,昨天我存心闹个落花流水。

几天来的阴阳怪气,老实说,我受不了!一面要利用你,同时却又扮出"全是为你打算"的虚伪嘴脸,拿人家当作天字第一号的傻子;——尤其可笑的,有些事情还要躲躲闪闪瞒你。这样的人儿,老实说,我也是一百二十分的瞧不起!

如果G是一条疯狗,那么,他们便是这里有名的大老鼠!

也许可以跟老鼠联盟,但如果成为老鼠的尾巴,那就太倒楣!

然而好像"老鼠们"真个灵通,临时躲开了两个正主儿,光剩一个还算能够负责又实在不便负责的"我的好姊姊"来敷衍我。

见面后劈头第一句就是:"松生和陈秘书都有事,今天没有时间,可怎么办呢!"看见我脸色有点不对,她又接着说:"我再派人找他们一下看。可不一定能来呢!妹妹,咱们先谈谈,回头我再告诉松生……"

"不行!这非当场决定不行!须得当面——三个人,研究讨论。"

"哦,那么,"舜英露出没奈何的表情来了,"明天你再来如何?"

太像是对付一个要债的了,我增加了几分不高兴;干笑着,我故意沉吟地说道:"明——天再——么?可是,不又叫我少走动,进出小心?"

"那是假定说……"舜英颇为踌躇了。

"假定说监视很严的话,"我不等她说完就插嘴说,"是么?嘿,舜英,你想,我是干哪一行的?这一点,难道还不懂?"

"但是据陈秘书说来,好像……"舜英顿住了,侧着头思索。

"他怎么说?"我追着问。

"他说——那天晚上,你碰到的那家伙,大概不是专门对付你的;光景是你所到的地方,早已被注意,所以就传染到你身上了。"

"可是,这几天我任何地方都没有去,也仍然……"我不说完,只扁着嘴笑了一笑。

"哦——那么,刚才你上这里来的时候,可有没有……"

"自然有的!"我抢口说,故意弄得严重些。"怎么没有?还不止一个呢!我还明明看见,有一个,绕着你这屋子,前前后后兜了个圈子。"

舜英脸色变了,靠近我一些,抓住了我的手,似乎想告诉我什么。我也紧紧地捏住了她的手,心里想道:"他们单留你在家敷衍我,倒想的巧妙;然而有一利必有一弊,你看我三言两语就把你诱上钩了。"

可是舜英迟疑了半响以后,只说得一句话:"唉,偏偏松生今天要到夜深才能回家呢!"

"舜英姊,"我乘势再用话来套她,"家里有没有什么不大方便的东西?最好是乘早移动一下。这倒不可不防!"

她苦笑着摇摇头。却又勉强将苦笑变换为微笑,用了颇不自然的声音说:"不大方便的东西么?哈哈,倒是有一点;耳房里那全套的鸦片烟灯,烟枪,大土。"

但是我怎能让她"转移目标"呢,装作不懂她这反话,我凑到她耳边郑重说:"舜英,不是说抽大烟的器具呀!别的东西,——比方说,密码的电报本子,……"我没有说完,舜英的身子显然震动了一下;我这一击,看来已经中了她的要害了。她转脸愕然望住我,却不说话。

"这几天内,我看出一点苗头来了。"我把我的猜度变成了真有其事的材料。"G他们,也在用我们对付他的方法来对付我们了。他们还派了人来骗我,挑拨我呢!说的简直不成话,——可又简直可怕!"

"呀!他们说什么?"舜英不能不慌张了。

我皱了眉头,摆出焦灼的脸相说道:"可是偏偏松生和陈胖今天又有事,多叫人心焦!"

"不过,妹妹,他们怎样骗你,怎样挑拨呀?"

"反正是那一套,"我故意把话头又放开。沉吟了一下,然后又说:"倒是有几句话,很可以注意。他们笑我是傻瓜:'别做梦罢。这样的事,照例是不了了之的。你也混了这多年了,几时看见有一次公事公办的?何况,你这件事,——谁调唆你这么干的,人家早已知道;他们双方是一样的货,无非是分赃不匀,自伙里火并。现在,调唆你出来这一告,他们倒又在幕后把条件讲妥,言归于好了!结果,你倒变成他们眼中钉!'舜英,你瞧,这一番话够多么动听?"

舜英静默地听着,装出泰然的样子,但实在是因为决不定怎样应答这"攻势"。她似乎在考虑:就此和我深谈呢,还是含糊敷衍了事?两面各有利弊,她一下里搅得头昏。

"谁跟你说这些话的?是不是那个小蓉?"舜英想了半天,才想起这么一句话。这可叫我不能不生气了。在这样的场合,任何人不会用这么惹人反感的问话,然而舜英居然用了,真好聪明!

"哦,舜英,"我冷笑着说,"如果我随便说个甲乙丙丁,那你还去对证不成!可惜陈胖子今儿偏偏躲开了,不然,我只要说出一个名字,他就明白这不是我捣鬼;况且我捣鬼又有什么意思!"

"呵呵,话不是这么说的,妹妹,你别多心;咱们知道了是谁,也好想法对付,——是这么个意思。"

我挽着她的肩膀一笑,不置可否。皇天在上,这一套话,确不是无中生有;跟我说的,就是那个刚从××区回来的F。他是不是代G来作说客,我还不能断定。但即使他不说,我自己也早有这样的顾虑了。只看近几天来"风"声毫无,还不够明白?

"说是他们又在幕后言归于好了,呵!"我故意曼声自言自语地,又轻轻颔首,同时却留心看舜英的表情上的变化。

也许是她当真不知道内中的曲折,但也许是她识破了我的用意,故而不动声色,我没有得到我所期望的反应。

舜英似乎正想起了什么,昂首凝眸望着空间,两片嘴唇稍微张开;那神气,伧俗而又带有官派,叫人看了不高兴。

161

"真要问问陈胖,到底怎样?"我再逼进一步。

舜英看了我一眼,但并没理会我这句。"可是,你看明白了有一个人在我这里前前后后侦察么?"她忽然低声说。"这是跟你来的呢,还是另外一个?"她瞧住了我的面孔,等待我的回答。

原来这自私的家伙只顾她自己,而且心虚之态可掬。

我笑了笑,淡然应道:"光景是另外一个,专门来伺候府上的。"

"这可怪了!我这里又不是……"

"那你自然明白啦!"我打断了她的话,决定要正面进攻一下。"我早就想告诉你,这一班家伙就靠捣鬼混日子,朝三暮四,有奶便是娘,——不,照他们自己的口头禅,'这里不养爷,自有养爷处'!你瞧,花了人家的钱,还想做爷!留心,这些爷们,往往出卖儿子!"

"哦,这也是实在情形,不过——"舜英眉尖一皱,又不往下说了。

"不过你们是不怕的,"我代她补足,笑了笑。"那当然啦。但是我就不同。舜英,你说,要是我不给自己打算一下,人家怎么说,我就怎么做,也不问一声:咱们算是合伙呢,算是我单纯的当差?那——有一天,人家一扔手变了卦,我怎么受得了?还不要乘早留个后步么!"

舜英怔怔地望住我,不作声。

"这几天碰到的一些事,都叫我心神不定,——也不必细说了。我不想居功,但求无过。我打算得个回答,到底怎样?如果他们幕后已经又携手了,也得给我一个信;万一上面再传我去问话的时候,我也好见风转舵,别再那么一股死心眼儿卖傻劲!舜英,咱们是老同学,好姊妹,你得代我出一个主意,我这样干,你看行呢不行?"

"呵,哎,恐怕还是你忒多心。……"

"不是多心!我还怨自己太死心眼儿呢!"

"不过你要是那么一问,面子上怪不好看似的。"

"所以我刚才说,咱们到底是合伙呢,还是——"

"合伙又怎样?"

"合伙么,便无所谓面子上好看不好看了,大家说明了办事容易

162

些。不然,我只好也替自己打算一下;明儿要有个三长四短,别怪我!"

舜英满脸为难的样子,慢慢伸过手来,握住了我的,迟疑地说:"不过……"

我立刻拦住她道:"好姊姊,不要再'不过'了。你说一句公道话:我应不应该替自己打算一条退路?各人有各人的环境,你要是做了我,个把月中间,接二连三碰到那些事情,一会儿要你笑,一会儿要你哭,一会儿又叫你迷迷糊糊辨不清东南西北,——舜英,你要不发神经,那才怪哪!我有几次自家寻思:死了就算了。可是挨到今天,我并没死。为什么我要死?没有什么大事情等待我去做,我死了,人们不会感到缺少什么;可是我活着,至少也使一两个人觉得有一点儿不舒服。我还不肯让这些狗也不如的家伙看着我的尸身痛快一笑呢!"

舜英静默地听我说着,眼光不住地从我脸上溜过,似乎想努力了解我的心境,似乎我有这样的意念,很出她意料之外。末了,她带点同情的意味说道:"当真你近来有点不同了。可是你,达观一点不好么,何必越想越空?你也还有朋友,都愿意帮忙,——只要你说一声。"

"唉,也还有朋友,——是呵!"我苦笑了,闭了眼睛,仿佛看见这些所谓"朋友"的面目,以及他们怎样个"帮忙"。我拍着舜英的肩膀,笑着说:"谢谢你,好姊姊,只是可惜,我的事太复杂,太古怪,朋友们帮忙还不是按照朋友们的看法,而我,——浸在水里的是我,水的冷暖,只有我自己知道。"

这最后的一句话,也许舜英不能十分了解,但无疑地已经给她一种印象;她怃然有顷,于是好像想起了一件事,蓦地拉我一把,说道:"也难怪呀,——可是你也不必再老是想着他那件事把自己身体弄坏!"

"他那件事?他是谁呀?"我一时摸不着头绪。

"除了他还有谁——你的小昭呀!"

"可是他到底怎样了?"我急口问,感到有些不祥。

163

"陈秘书没有对你说过么?"

我摇头:"这也是我不高兴陈胖的地方!这么一点小事,他老是支吾,没一句切实话!"我用力地再摇头。

"其实也不用我说,"舜英瞥了我一眼,却又把眼光引开。"陈秘书不说,也是为此。你想也想得到。可不是,有好消息自然告诉你;没有什么可以对你说,那自然是——你想也可以想到。"

"他死了!"我只说得这一句,喉咙就梗住;我使劲地抓住了舜英的手。事情原在意中,然而,个把月来天天盼望着的"意外",从此完全没有指望了。……

十二月二十六日

现在头脑还在发胀,胸膛里却像平空少了些东西。站在镜子前面,我对镜中人不禁失声叫道:"这也是我么?"消瘦了,那倒不足为奇;万想不到一双眼睛会那样死沉沉的!

谁夺去了我眼中的光彩?——表示我还能爱能憎能怒的光彩!

小昭的不幸,曾使我精神上发生变动;舜英曾说我的眼光里有"妖气",担心我会发疯。笑话,我干么要发疯?疯给人家取笑?疯给人家讨厌?而且,换得一点不冷不热的所谓同情么?但我也知道那时我的眼光中,大概有所谓"妖气",——因为有一个"理想"在我心里燃烧,我忽然觉得浑身轻松,无挂无牵;我更加鄙视周围的人们,我设想我就要有一番举动,就要到海天空处翱翔了……

但是现在我再给舜英看见的话,她一定要说我眼光里的"妖气"已经没有了;我失掉了能爱能憎能怒的光彩!

这变化是最近两三天之内发生的,在不知不觉中发生的。昨天我又向松生、陈胖再度提出那天跟舜英说过的"话",就是这一变化的完成罢?此刻自省,十分明白;是在昨天,我的目光又从"海天空处"收回,专注于这"小圈圈"!当然我也不是完全没有理由:在这圈子一天,就得应付一天!但是,嘿,我总是这样的"有理由",到哪一天才完?

昨天是什么纪念节罢,——双料的纪念节,每条街上全有挂灯结彩的。我不懂人们有什么可喜的事儿,值得那样狂欢。我只觉得可厌。但是,九点钟以后,我被舜英他们拖进了跳舞场,一听那咖啡牛奶要五元一杯,什么喜庆蛋糕是五十元一个,我倒忽然从"可厌"中间爆出一个恶笑来:妈的!干么要我一个人悲天悯人,哭丧着脸?胡闹就胡闹。看罢,在胡闹中,我把这些鬼,这些狗,叱咤吆喝,颠倒调侃;把多少日子积压着的恶气,秽气,都付与胡闹宣泄一番罢!

这是一场梦。现在剩下给我的,只有头脑发胀,神思倦怠,而胸膛里却像平空少了些东西!

昨夜的"狂欢"中,也有上次在舜英家里见过一面的那位姓周的"老世伯";他从场子里下来,抹着满头大汗,对我说:"真是太平景象!太平景象!"继而又凑过头来悄悄说:"这倒不是点缀,是预祝。和平就要到来了,——不是空气,是事实!"

哼,看来这样的"狂欢"一直要继续下去罢?谁说他们"全无心肝"?心肝是有的,不过是猪狗不食的心肝!是狼心狗肝!

十二月三十日

  不是明天，就是后天，我要离开这间房子了。算来也住了六个多月。平时我对它毫无感情，现在要离此而去，忽然又依恋起来；记得有一句旧词："过后思量总可怜！"这一间小小屋子，与我共同分担了多少痴嗔悲欢，——我的生活史中永久不能褪色的一页！

  昨夜梦回，我还不知道今天发生的事，还没有想到明后天就得离开；可是听见雨打在芭蕉叶上的声音，加上同院那位军官的三夫人唱京戏的二胡的哀弦，我忽然有一种又是酸溜溜又是辛辣的痛快之感。我觉得我还是一个有生命力的活人，有情感，有思索，能悲，也就是还能爱。

  萧瑟和悲凉的音节，更能涤秽除膻；我忽然觉得那位军官的三夫人也未始不可爱怜。

  然而我马上又将离别这一切！

  我将到一个生疏的地方去，所谓大学区。我也许会在许多学生中间又看见了六年前的我的影子；也许看见有像我一样的被诱被逼，无可奈何，步步往毁灭的路上去的青年！天下有比这更残忍的事么？把你的可诅咒的过去唤回来放在你面前要你再咀嚼一遍！

  大概是因此使我对于这间相亲六个月的房子更加依恋？

  我要知道这又是谁出的主意将我这样摆布！

  今天早上，F来探望我的时候，说起这个新的工作调动，我还不信呢，他倒庆贺我："到那边换换空气，比在这里天天提防人家暗算，不是好多么？"我对于他这样的慰藉，除了报以微笑，还能有半句话么？

没有灵魂的人这才会觉得"到那边换换空气好多"呀！

我宁愿"天天提防人家暗算"；在斗争中，至少也感得一点生活的意味。我几乎想下死劲啐他一口，没眼色的糊涂虫！

光景也觉得我的脸色不对，F又换了话题："现在身体好全了罢？我是第二天才得到消息，——哦，二十七的晚上罢，听说你进了医院了，所以不曾来看望。究竟伤在哪里？"

"没有什么大不了，不过擦伤了一点皮肤。"我淡然回答。

"可是那凶手的面貌你还记得不记得？"F似乎十分关心，又凑过头来小声说道，"人家都疑心是那个歪脸的指使出来的。"

"谁知道呢！根本我就不想知道。"我笑了笑回答，同时觉得F的形迹不免可疑。"那天下午，我本就有点不舒服，可是从前的一个老同学一定要我去玩玩，也不便推辞。真想不到在H街的转角突然闪出一个人，伸手就是一枪，"我指着左胁，"好像是对准这地方打的。当时我也吓昏了，跌在地上，——后来才知道不过擦伤了皮肤。"

"真险！幸而那凶手枪法差些！"

"恐怕也不是存心要打死我罢。"我装出毫不介意的态度来，又抿着嘴笑，"所以一枪打过，见我跌倒，他就走了。我想来，是跟我开玩笑的，至多想给我一点小小的警告罢哩！我知道我这人，有时也太任性，得一点警告，对我倒是好的。我应该谢谢他。"

似乎我这态度颇出F的意料，他睁大眼睛瞧住我，半晌不开口。

"倒是在医院里，叫人生气。他们真爱管闲事。开头是问我为什么挨了打。我说是强盗，他们又不相信。背地里议论，代我发明了一个原因：争风吃醋。亏他们聪明，一猜就猜到这上头！"

"那真是太岂有此理！"

"并不！"我笑了起来。"你猜我听得了这样的议论以后怎样？嗨，我对那两个看护说：当真你们猜对了，可是别声张出去；声张出去了，于你们也不利！F，你看，我这方法怎的？居然灵验得很呢！"

我说着又吃吃地笑了。我知道我那时的俏皮妩媚是近月来少有的。如果F是"有所为"而来，那他回去时，还是一双空手。

事实上,我也当真不曾枉费精神去研究谁在背后指使。两边都有可能。而且,即使被我知道了是谁下的手,我又怎么办呢?徒然再招来第二次枪击而已。那天舜英送我进医院去的时候,我就叮嘱她不要把这当一回事。

但现在把我调到那所谓大学区工作,我倒觉得比暗杀我还要恶毒些!我真要知道这又是谁出的主意。

不去是不成的。只想多赖一天,后天再走。

我又知道,打我那一枪,就宣告了陈胖和G的暗斗已经得了解决。不出我之所料,和平了结。

一 月 五 日

　　新年的"狂欢"大概到了尾声。昨天到"城里"溜一趟,看见有些机关和公司门前的临时点缀已经被无情的时光老人打上了"两讫"的印记;最可叹的,是那些五颜六色的壁报,廉价墨水写的怪漂亮的庆祝"胜利年"的文章,都被浓雾(且不说风雨)溦化为一片模糊,简直比大麻疯脸上搽脂粉,还要难看些。

　　这里,本该算是乡下的,但自从成为"文化区",也就别有一番风光。不知怎的,总不大顺眼。这几天来看见的人儿,不是獐头鼠目,阴森可怕,或者,蜂目而豺声,骄气凌人,那便是愁眉苦眼,——至少也是没精打采,假颜强笑,童养媳似的;我在学校时代就没有遇到这种"气象"! 两三年来,老在所谓"上层"的圈子里混,今回算是开了眼界:当真是"教化"之道大大的有了进步。

　　新年应有的点缀,这里什么也不缺少,——包括了公开的和秘密的魔鬼式的狂欢纵欲。在这上头,我又不能不谢谢F,他已经成为识途的老马。昨天晚上九点多钟,F忽然光顾"蜗居",见我对灯枯坐,似乎十二分"同情"于我的"寂寞",便好心安慰我道:

　　"许多人总以为从里边往外调,而且把丘九们作对象,似乎是不大有面子的事;不过我就觉得此中也自有乐趣。这里的人儿,到底是血气方刚,不大喜欢转弯抹角,——就是坏,也坏的干脆些;你经过一个时期,就可以知道我这话不是瞎吹的。像你这样的经验手腕,一定可以把他们打发得服服帖帖,再没有人给你气受。"

　　我笑了笑,我明白F所谓"他们"指的是这个区域内的"牛首阿旁"①,其中的小头目,却也已经见过了一次。

"不要给我戴高帽子了,F,"我懒懒地说。"碰壁也碰够了,哪里还说得上打发人家呢!不过有一点,反正我的工作可以不同人家发生什么人事上的纠葛,所以我还能放心。"

"当真,有一个疑问老梗在我心头:干么调了你这么一个工作?你这样的人,干这种比较机械的工作,未免是大材小用了,可惜!"

"啊哟!又是高帽子,F,你今晚怎么干起帽子店的掌柜来了。我喜欢这工作。每天看几封信,比看小说还有趣。我这人,脾气又躁,嘴巴又笨,搁不住人家几句好话便连东西南北也弄不清,——从前是做一天,担一天心。现在派了我这件只要对付白纸上黑字的工作,我真真十分感谢咱们公正贤明的长官,知人善任!"

F笑了笑,但随即表示了诚恳的态度说:"你跟我闹这外交辞令,太不应该了。你我又不是泛泛之交。……"

"那么,我谢谢你对我的期望,"我拦住了他再往下说,抿着嘴笑。

他似乎有点扫兴,默然半晌,才又说道:"今夜上有一个晚会,照例热闹一场,我劝你也去。"

"哦,还有晚会。可是干么没听见说起?"

"这是不公开的,"他神秘地笑了笑,"平常也时时举行,不过今晚特别热闹些。今天我介绍你去过一次,以后你……"

"谢谢你。——我又打断了他的话。"可是我今晚不想去。"

"去呀,反正是解个闷儿。"

"当真不能去。"

"哦!是不是你还有工作?这里的信可不少,我知道;然而搁这么一两天,要什么紧?何况明天是星期。"

"倒不是为此。我怕见陌生人。"

"哈哈,那才是笑话了:赵小姐怕见陌生人!"

---

① "牛首阿旁" 佛教传说中阎罗王的狱卒名。这里指国民党特务及其走卒。

171

我也觉得这句话应付坏了,但不能不将错就错:"说真话,是怕见面生人。这是工作上的关系,上头这么吩咐,我怎么敢不服从命令?"

"这也不过是官样文章,你何必认真。"

"小心一点,总不会出毛病。"

"那么,你算是我的朋友——不,就算是我的亲戚,今天刚从城里来玩一天,这可不碍事了罢?反正晚会就是晚会,大家胡闹一通,说你是张三也行,李四也行,谁也不会来根究你。"

话已到了这个地步,再推诿也非"待人接物"之道,我只好同意。

但事后,我是真心诚意感谢着F的,他给我开了一次眼界。

原来这所谓"晚会",——哼,辱没了这名儿,怪不得F说这是个"秘密的"!那种喧闹而色情的空气,我就受不住;从没见过这样不要脸的人儿。我躲在一个暗角,差不多眼观鼻,鼻观心,学起坐禅来了;尽量避免引起他们的注意。

幸而那一个接连一个的"节目"实在太"精彩"了,那些馋猫和馋狗都把全神贯注在不怕羞的"表演"上了,疯狂地笑着嚷着,无暇旁顾。当所谓"小上坟"上场的时候,突然一片掌声,还夹着有人尖着嗓子叫"要命"。哖,这哪里是做戏!我仿佛还认得出那个鼻子上涂着白粉的丑角就是早上开纪念会时站在台上痛哭流涕,好像只有他是"埋头苦干"只手擎起了抗战建国的大事业似的!

我再也呆不住了,觑空儿就悄悄地溜了出来。

街上冷清清,寒雾钻进毛孔,我一路打寒噤。但心头却有一团火。"那几个女的,也真是活丢人。"我这样想。"但是我能原谅她们。只是那些英雄们,——哼,他们还是被指定了'岗位',要在青年学生群中起什么'模范作用'的呢,真见鬼!"

忽然我觉得有人跟在我背后。怪了,难道又是老玩意?我快跑几步。背后那位也学样,步声朴朴的响得很。"这才是笑话了,连尾随的ABC似乎也没学会!"我心里一边想,一边再跑快些。这可发生怪事中的怪事了,那家伙似乎跑不动,竟在后面直着嗓子嚷道:"慢一点呀,喂,同志,喂,姑娘,等一等,等一等!"

我站住了,回头看,这到底是什么鬼?

那家伙拚命跑几步,居然赶到跟前了,满身酒气,斜着一双血红的眼睛。我猛然记得这是刚才在那见鬼的"晚会"中见过的,光景也是一位负有"岗位"任务的"模范"家伙。

"干么?"我没好口气地问他。

"哈哈,你是问我么?——干么?哈哈,回头你自然知道啦!"那家伙气咻咻地说,脚步歪斜,半真半假地想扑到我身上来了。

我连忙退一步,转身就走,一面说道:"别认错了人!"

"哈哈,我么?"那家伙追上来,醉的连字音都咬不清。"呵,你是哪一班的?怎么没见过?站住!咱们到一个好地方去玩儿——玩儿!"

现在完全明白了,这是一个烂醉了的色鬼。我不再理他,脚下一用劲,快跑起来。前面不远就是我的寓处了,我不怕,跑得更快些。

"站住!——命令你,站住!"从后面来的声音几乎是狂吼了。"再不站住,我就——照家伙!怕不怕一家伙打你个半死……还不站住?"

我略一迟疑,但是马上又跑起来。

距离是更远了。当我闪进了我寓所的门框,开了锁进去的当儿,还听得他在狂嚷:"看你跑哪儿去?老子认识你!"

我定了神以后想道:"这里真是个好地方,无奇不有!"

于是我又想起在所谓"晚会"里活丢人的几个女子实在是可怜得很!

但是那晚上的所谓"晚会"中,却也遇到一个颇有人气的人儿。大概也是躲避的缘故罢,她坐在我旁边,而且刚巧在一根柱子的后面。最初,老是从眼梢飘过一眼来偷偷地瞧我,后来便正面朝我看了,那半开着的露出一排细白牙的小口,显然是在引导我先开口,或者找机会她先来搭话。

第一句是自言自语这么开始:"唉,真头痛!"

173

我微微一笑,用眼光回答她:可不是么!

"该有十一点钟了罢?"这是第二句。

我瞧一下手表,但是光线不好,没看清,就答道:"差不离。"

"熟人不很多罢?"她看出我从没和谁交谈过。

"全是不认识的呢。"我抿嘴笑着回答。

"哦,那么,你——嗳,是哪儿来的风,把你吹了进来了?"她微笑。

我也笑了笑:"是被一个亲戚一阵风似的撮了来了。"

那时,场中正轰起了震动墙壁的笑闹。她皱了下眉头,轻声说,"当真不成话,"于是又靠近我耳边问道:"你在哪一个学校?"

我摇了摇头。她惊奇地向我瞥了一眼,又问道:"那么,是做事的罢?"

"对了,担任点文字工作。"

她沉吟地点头,忽然又问道:"亲戚是谁?"我随便诌了个名氏。她侧着头皱眉,似乎在思索。我又解释道:"他是做生意的。和这里的人有来往,这就相熟了。一个糊里糊涂的滥好人,喜欢凑一下热闹。你瞧,这里也实在没个好玩的地方。他听说有晚会,便一阵风似的撺掇我来瞧一下。"

"瞧一次也好。"她笑着说,却又正眼看住我,似乎还有什么话。这当儿,有人在远处不知嚷些什么,她似乎不安起来,便悄悄地趲到别处去了。

后来就没有再看见她。再不多工夫,我也就溜出那会场。……

这是昨晚上的事。谁知今天我又在一家小饭店里碰到了她。那家小饭店,事实上是点心铺子,或是更正确的说,便是豆浆油条的摊子。当真想吃一顿"饭"的人,是不会光顾这宝贝摊儿的,虽然它也有什么"猪油菜饭"之类。

标准的四川式的竹屋(我想称之为"棚",更觉名副其实),标准的抗战以后"新发明"的三火头的"植物油"灯。光线是不会好的了,但是来吃豆腐浆油条的脚色,有没有光亮,倒不在乎。我吃完了一份,正打算再要一份的当儿,这才"发现"她也在这儿,我和她是背向背坐着的。

两个人同时用眼睛打了招呼,而且同时微笑,似乎说:哈,你也来了么?

她把身子转了个方向,很亲热地偎在我肩头问道:"吃完了没有?你进来的时候,我就看见,觉得是你,——果然是你!"

"哦,可是我的眼睛真不行。"我摸出钱来,唤那店家。"算帐。是一起的,够么?"

她看见我要会钞,似乎颇出意外,但也不和我客气,只笑了笑,说一声"怎么倒是你先来请客呢!"

从饭店出来,觉得外边反而亮些。我们并肩走着,谁也不问谁要到哪儿去,只是沿着汽车路向没有人家那一头走。

"今天没有工作?也放假罢?"她先开口,好像已经知道了我是干什么的。但她的眼光却是那样温和而坦白。

"放不放假,于我无所谓,"我含糊地回答。"反正事来了,就做;做完了,爱逛就逛,再不然,就是睡觉。"

她笑了,却又喟然说道:"这里哪有什么可逛的!住久了,简直闷气。"

"哦,不过,也许是我呆的日子不多,还没感觉着呢。"

"你几时来的?"

"才不多几天。"

"以前在哪里?"

"在城里。"我回答时,偷偷地注意她眼睛里的表情。

"哦——可是我也不喜欢那城里!"她忽然感慨起来了。"你觉得怎样?我认为四川这地方,没有一处中我的意。"

"呵,可是四川的风景是好的……"

她急不及待地打断了我的话:"这又当别论。我不是指风景,也不是指其他的自然环境,而是社会环境——"

"要这样说,"我瞥了她一眼,故意顺着她的口气试她一试,"不一定因为是四川,也不单是在四川,你才感到不乐意罢?"

175

"对啦,——"她的脸色异常阴暗了。她回眸看着我,那眼光也是阴凄凄的;她低了头,自言自语地吟哦道,"天地虽广……"

我凝神静志,一眼不转地瞧住她,等候她说下去。然而她抬起头来,惨然一笑,改口道:"也许只是我个人的感觉,各人有各人的,——人人不相同。"

"也未必然。"我再试她一试。"小的地方不同,大的地方却相同。我们是同在一个社会里,呼吸着同一的空气,而且又是同一辈的人!"

她很用心在听,她的眼光在我脸上转了两次,但是她终于不说话,只轻轻地抓起我的手,柔和地握着,……

这时我们已经走了好一段路,离有人家的地方更远了,前面是一片旷野。暝色四合,寒风刮在脸上也觉得不大好受了。

我站住了,用征询的口气说道:"我们回去罢?"

"回去——好!"她像是从沉思中惊觉。向四边望了一眼,然后又说:"一会儿就黑了。对啦,回去。可是,你住在哪里?我送你到家。"

"那又何必。我认识路。"

"不,自然不怕你迷路,"她放低了音调,"为的是天就黑了;这里,晚上,一个女孩子走路,往往会遇到意外。"

于是前一晚上的经验又活现在我眼前了,我这才知道那不是偶然的事,竟已成为经常;我觉得汗毛都竖起来了,但还不露声色,故意开玩笑说:"那么,你不是女孩子,难道是男孩子么?"

"我跟你不同!"她说,但又立即转口掩饰道:"两个人总比一个人好些。"

我也不再固辞,由她送。我们都不说话,脚步加紧了。

快到寓所的时候,我打破了沉默:"你的家在哪里?"

"我就住在校里呀。——我没有所谓家。"

"不是那个,我是问你的老家。"

"哦,那是远着呢!"她苦笑着说,"我要你猜一下。"

但是我没有依她猜,我指着前面道:"这就到了。现在你可放心了罢?咱们过一天再见。谢谢你送我到家。"

她好像不曾听见我的话,挽住了我的臂膀,只是走。

到了门前,她这才顽皮地笑着说道:"你瞧,人家送情人也不过如此。"却又不待我开口,便接着说:"你好意思不让我进去坐坐么?你也得体恤你的情人,他也该累了。"

我当然请她进去坐坐,虽则我猜详不透她的用意。

在房里坐定以后,她朝四下里看了几眼,喝着茶,笑了笑,却又十分正经地对我说:"不知怎的,昨晚上一见你,我就爱了你。现在是更加爱你了。以后我有工夫就来看你,要是你不讨厌的话。"

我也笑了:"我偏偏讨厌,你又怎的?"

"你骗我。知道你是骗我的!况且,你就不欢迎也不成了,是你自己引我来的!谁叫你和我认识呢?"她说着又笑了,娇憨地缠到我身上来。

我也渐渐觉得,她这故意开玩笑的背后,潜伏着什么东西。她的声音笑貌,说是做作的么,却又分明是那么天真而热情,这从她的眼光里就可证明,但即在这同一的眼光中仍然有些闪烁不定的异样的情绪,毫不掩饰地流露出来。

"干么你不开口了?"她仰脸,目光灼灼地看住我说,"你在想什么?不喜欢我顽皮?难道顽皮一点不好么?一个人应该时常笑,找机会来笑,创造出笑的机会来。是么?怎地你老不开口呀!"

尽管她这么说,但是她的眼光却有点阴凄凄了。我忽然像看见了她心里的秘密,就脱口说道:"你问我在想什么。我想:我仿佛看见一个寂寞的孩子对着镜子在自言自语,……我又记起了从前读过的一篇小说,有一个孤独的女孩子,天天请人代写一封情书,然而这些情书只给她自己看,她那情人,根本是她幻想出来的……"

我没有说完。因为现在连她的脸色也突然变得阴凄凄了。房内静得可怕,我们四目对视,似乎都在等待对方先开口。我们不过是第二次见面,其实连彼此的姓名还没问过,然而倒好像大家已经看见了对方的心事:这就是我和她那时的奇特关系。而这一奇特的关系,就使得我们不愿再讲泛泛的客套,却又未便立即倾吐心里的隐曲。

后来还是她叹了口气道："让你这么一说,倒勾的人家心里难受。"

我苦笑了一下,还没开口,她又说道："可是为什么你有了那样的想法?"

"因为我们是同一辈的人,"我打定主意要和她做好朋友了,"我们都会有寂寞的感觉,都需要安慰。刚才我那些话,是说你,但也有我自己在内。如果那个对镜子说话的女孩子就是你,那么,镜子里的一个,又是谁呢? ——我希望她不会仍旧是你!"

"嗳,不会仍旧是我么?"她望了我一眼,忽然笑了,"不可能的。那还是我,不过,也有你! 如果完全不是我,那又有什么意思。"

"这是再好没有。"我说着,轻轻抓起她的手来,合在我的手掌中间。

以后,我们就谈些本地风光,她忽然叹气道："一言难尽,反正你眼不见为净。读什么书,我老早就想走了,可是也不能随你的便呢!"

"哦,为什么不能够……"

"一则是无家可归,"她愤慨地抢着说,"二则也无事可为;三则,唉,——不用说了,你不在学校里,倒也省了多少是非。"

我也不再往下问了。她是处在怎样一个境遇,我已经猜想到大半。

临走的时候,她忽然想起了还没知道我姓甚名谁,她说她叫做N,——又问我的;我略一迟疑,就把姓名告诉了她,——反正她迟早会知道的。

我把她来和六七年前的我自己相比。时代不同了,这个女孩子居然还能对付,足见比我强些。然而她的前途恐怕也是更困难些。

说来好笑,自己的"命运"还不知怎样,却又替人家担心。

一月十一日

　　昨天到"城里"走了一趟,觉得空气中若隐若现有股特别的味儿。这是什么东西在腐烂的期间常常会发生的臭气,但又带着血腥的味儿;如果要找一个相当的名称,我以为应该是"尸臭"二字。

　　如果说是我的错觉,我不承认。那么,也许是我的敏感罢。哼,一个饱经变故,在牛鬼蛇神中间混了那么久的女子,她的感官自然是锐敏的;人家在玩什么把戏,她说不上来,但是她能感到那空气,而且隐约的辨出"风"从哪里来,十之八九没有错误。

　　大风暴之前,一定有闷热。各式各样的毒蚊,满身带着传染病菌的金头苍蝇,张网在暗陬的蜘蛛,伏在屋角的壁虎:嗡嗡地满天飞舞,嗤嗤地爬行嘶叫,一齐出动,世界是他们的!

　　但是使我暗暗地吃惊的,倒是我自己的冷漠的心境。好像我不是此世界的人,一切都与我无关似的。近来我常常如此。这不是应该的罢?好,谁说是应该的呢,然而,在这世上,剩给我的,还有什么?敢问!

　　曾经有过一个时期,我的眼光向着正义和光明;也有过一个时期,我走在善恶的边缘,激起了内心的焦灼与苦闷,像这几天常常会面的 N;也有人真心爱过我,而且,也还有一个不愿想起但近来又时时闯进我心坎的小小的生命,——可是,这一切都到哪里去了呢?剩下来的我,还不是满带创伤的孑然一身!

　　近来我时时自问:我还有什么?没有。然而怪得很,一年多前被我忍心丢在××医院的小生命,便在这时悄悄爬上了我的心头。一种温暖的感觉,将我催眠了,我忘其为我,悠然到了另一世界;我仿佛看见一只苹果脸,黑漆一般的一对眼睛,像小麻雀似的半跳半扑,到了我膝前;我感到小手抚摸到我的胸前的轻柔的痒触,——我的神经一震,但是,这幻象只一闪就没有了,我仍是我。

剩下给我的,还有什么?我怎能不淡漠?

因此我昨天嗅到了那异样的"尸臭",我也仍然只有淡漠。

因此,当我在舜英那里冷眼看到了魔影憧憧,显然有什么事在策划,我什么兴趣也感不到。甚至,当那位得意忘形的"前委员太太"拉我到她卧室里夸示他们的"成功"在即,(自然她还是隐约的暗示,但已经够明显了,)我也只淡淡一笑道:"可不是,我倒忘了。你那老三的病,出痧子,早该好全了罢?"

"谁知道呢!后来又没有来电报。"舜英依然那样兴高采烈。"光景是好全了。这十几天工夫,忙大事还忙不过来,我也闹昏了……"

我只是抿着嘴笑。她凝神看了我一会儿,又说:"不久就可以和了。功德圆满。咱们都是下江人,……你自然也回去啦。"

"和,但愿就在明天,后天,下星期,下一个月。"我故意这么说。

可是她倒认真了,正容告诉我道:"那倒未必能够这么快……"

"哦,不能那么快?"我故意再挑一下。"不过,慢了怕有变化。岂不闻夜长多梦么?近来我就怕一个字:拖。我私人的事情,都是一拖就变得不妙了。"

"不会的!"舜英好像有些可怜我还这样消息隔膜。"方针是已经确定了。大人大马,好意思朝三暮四么?不过,也因为是大人大马,总不好立刻打自己嘴巴,防失人心,总还有几个过门。"

够了,我听得够了;任何变动,难道还能把我也变一下么?

我离开舜英那里,茫然不知怎么是好。人这一种动物,当真有点古怪:当他觉得一身如寄,于世别无留恋的时候,原也飘然自适,但同时又不免空虚寂寞。我信步走去,看见街上匆匆往来的人们,便觉得每个人都有一个目的,为这目的而奔忙;看见衣冠俨然官气熏人的角色,便在他的脸上认出了相同于刚才舜英所有的那种得意的微笑,而别一方面,被这种微笑所威胁的人们呢,或怒或悲,也是各尽形相……

忽然想起:如果小昭尚在,不知他此时忙些什么?

还有,K和萍,以及他们的朋友,此时不知又在忙些什么?

突然我发见我是走到了回"家"去的车站上了,我又暗暗吃惊;为什么下意识这样做,难道回去又有什么可喜的事情在等待我么?难道我的人生的目的就是找N来谈谈解闷么?

自己对自己发生的反感,把我的腿往回拉了。同时我又想出一些小事情来,也让自己"忙"一下。我离"城"时,只带了随身应用的物件,大部分的行李都寄在那个痴肥的二房东太太那里,何不乘此没事,去看望看望她。我跳上了一辆人力车,正待说地名,猛又想起那位二房东太太是"贪小"的,不便空手上门,须得买点什么送给她。

于是我就先到我那老乡开的铺子去。

铺子里忙碌异常,一边是顾客,一边是木匠。老乡口衔香烟,挺胸凸肚,正在"照料"。一瞧见我,就满脸堆起了笑容,但这笑不甚恭敬。

"今天进城来么?您这次高升,我还没庆贺呢,今晚上喝一杯水酒,怎样?也不邀别人,只几个同乡。"

"谢谢,公事忙,还得赶回去呢!"我一面说,一面瞧那些木匠。"干么?您又要从新装璜了罢?"

"不是,"他眯细着眼睛说。"打算添一个寄售部。"于是把眉头一紧,作出没奈何的脸相道:"您瞧,有东西的人还往外卖呢,生意难做!"

我忽然心里一动,就问道:"旧货还能销么?"

"不一定。要看是什么东西。……"

我一面和老乡说话,一面买了些化妆品,心里却在盘算,寄存在二房东太太那里的东西,有哪一些可以卖掉。

从前我所住的那间房已经租出去了。那位痴肥的太太一见我就告诉,说新来的房客脾气不好,架子大,真呕气。

当我拿出东西来送给她时,那位新来的房客更倒楣了;二房东太太不顾气喘,下死劲地骂他,——似乎骂他即所以回答我送的礼物。

我说我要看看寄存下的东西,她立刻赌咒似的说:"您放心,搁得好好的,老鼠咬不到。"

"不是不放心,"我笑着给解释,"打算找一两样带去用。"

但是我何尝真想带去用,我不过估量一下,看有没有可以放到我那老乡的"寄售部"去——当然我也不过先估量一下。

只拣了几本书,我打算走了,房东太太这才记起来,有给我的一封信。"您头天搬走,第二天就来了,"她东摸摸西瞧瞧地找那封信。"我说搬走了,便问搬在哪里?啊哟,小姐,您没说过,就是您说了,我也记不清。'还有东西在这里呢,总要来的……'我这么回报他。再隔一天,又来了,就留下一封信,说是要当面交给您的。"

我听她说着,便猜想那是谁的信。可是她摸了半天,还是没有,却又说:"是一个男的,年青青,相貌也好。哦,得了!"她蹒跚地走到我那些寄存的东西跟前,找了一会儿,便转身说:"您那几本书呢?……呀,早就在您手里么?信是夹在一本书里的。"

果然在书里。我一看,前面没有称呼,后面也没有署名,很像是抄一段书。我读第二遍时,就明白了,这是 K 给我的信!

我撕下一条纸来,写了个地名,沉吟一会儿,再随便写上个街名和人名,然后交给房东太太道:"要是那人再来,您给他。谢谢您费心。"

在回去的路上,我想:大风暴来了,蚂蚁也有预感,蚂蚁从低洼的地方搬到高处去了。什么都在忙,可是我——

一月十三日

这两天,我费了很大的精神,打算在那些经过我检阅的许多信中,发见这么一封是跟我前天在二房东太太那里所得的,同出于一人。为什么我发生了这样的念头,自己也不明白。也许是为了弄点事来忙一下。但我的确花了工夫先把那笔迹认熟。

我相信这确是 K 的信。我有理由断定是他的信。

我甚至还盼望明天或后天,在信堆中我会发见一封信,那上面所写的街名和人名任谁也不知道,只有我知道,因而这也就是给我的信。

昨晚上 N 来玩,她有意无意地在我案头拾起一本书来随便翻着。恰巧这本书里就夹着那所谓给我的"信"。我当时真有点窘,又不好拦住她。其实给她看见了也不妨,反正没有名字,不像一封信。果然被她翻到了,她瞥了一眼,就翻过去,可又回转来,说道:"这不是信罢,可不可以看呢?——哦,是一篇作品,一定是你的大作了,……"

"你不能看!"我乘势就想抢过来。然而 N 是顽皮惯了的,她早已一跳就跳在桌子的那一边,高擎起那张纸,先赞声"一笔好字",就念下去道:

> 她当然想得起,这是什么人。有一天,在花溪,他曾经托她打听一个人的行踪。后来她自己也就碰到了这一个人。有过一点误会,他现在诚恳谢罪,都是他太多心。然而不应该原谅他么?他是处境太复杂了,不能不谨慎。至于那位女朋友呢,也真心地向她谢罪。

N朝我看了一眼,似乎想说话,却又不说,再念下去:

> 他们接受她的忠告,已经检验过身体。潜伏的病菌也给发见了。一个时期的休息成为必要。她可以放心;倒是她自己的康健,他们甚为关心。当然也知道,这位可敬可爱的姊姊,又勇敢,又聪明,又是那么细心,必然能够招呼自己,但是他们每一念及她的境遇,总是愤慨和忧虑交并。

这当儿,我已走到N跟前,从N手里拿过那张纸来,勉强笑着说:"看够了罢。既然看了,就得发表意见,批评批评。"

N好像没有听得,只不作声。过一会儿,忽然问道:"喂,可敬可爱的姊姊,你写这个,有什么意思?"

"你以为是我写的么?"我淡淡一笑说。

"刚才已经承认了,还赖呢!"

"我几时承认了来,你倒想一想。"

N低头寻思一会儿,忽然笑着说:"还没看完呢。"就伸手来抢。我本待不给,但又怕把纸抢破了,便铺开在桌上,伸手拦住她道:"不准动,念给你听:'生活不像我们意想那样好,也不那么坏。只有自己去创造环境。被一位光荣的战士所永久挚爱的人儿,是一个女中英雄。她一定能够创造新的生活。有无数友谊的手向她招引。请接受我们的诚恳的敬礼罢,我们的战士的爱人!'完了。哎,生活的味儿,我也尝够了,可是……喂,N,你有没有碰到过那样的人?"

"怎样的人呢?"N不了解地反问。

"比方说,像这张纸上所说的那个女人。"

"我说不上来,而且没头没脑的。"N沉吟了一下,忽然跳过来拍我的肩膀道:"你别捣鬼了!那个,太像一封信,口气是对一个人说的,——哦,你把那些代名词一换,宛然是一封信哪。"

我苦笑了一下,不理N,把那张纸折起来,放进抽斗里,这才慢慢说道:"随你爱怎么猜就怎么猜罢。我只知道一点:是有这么一个人。"

于是把话题岔开,一会儿,N 也就走了。

我没有见过 K 的笔迹,然而我敢断定这是他的信。

这一封信,给了我温暖。我觉得还有什么剩下的东西是属于我的,我还不是孑然一身。但是我又怎样创造新的生活呢?等了两天,还没看到笔迹相同的信。……

一月十五日

纷纷传言,一桩严重的变故,发生在皖南。四五天前在"城里"嗅到的气味,现在也涨漫在此间。

本区的负责人们加倍"忙"了起来:他们散布在各处,耸起了耳朵,睁圆了眼睛,伸长着鼻子,猎犬似的。但凡有三五个青年在一处说说笑笑,嗅着踪迹的他们也就来了。我也被唤去指授了新的"机宜"。妈的,那种样的细密猜测,疑神疑鬼,简直是神经衰弱的病态。

除了一握的食禄者,其他的人们都被认为不可靠了,竟这样的没有自信!剩下来被依为长城的,只有二个:财神与屠伯。

然而人们心里的是非,虽不能出之于口,还是形之于色;从人们的脸色和眼光,便知道他们心里雪亮:这不是一个简单的军纪问题,……

我想起了五天前舜英对我说的话:"方针是已经确定了。"

哦——毕竟舜英他们是个中人,是一条线上的,参预密勿,得风气之先,近水楼台。可惜我那天没精打采的不甚理会得。

最可笑的,是F这家伙了。他竟也满脸忠心的样子,而且摆出"指教"的口吻,对我演说了一半天。实在听得厌烦了,我就顶他一下道:"多谢你指点。我这笨人,国家大事机微奥妙之处,当真搅不明白。你不说,我倒还像懂一点,你一说,我越弄越糊涂了,幸而我现在是对付白纸上的黑字,机械工作。不然,准定又要闹错误,受处分。我这人就是这样没出息,不求上进;眼前的顾得了,不出岔儿,也就心满意足了。"

不料F这蠢东西连这点弦外之音也听不出来,倒摆出可怜我的嘴脸,郑重说道:"可是,你虽然对付的是白纸上的黑字,这些政治上的大问题,你也必须了解;譬如……"

我突然格格一笑,打断了F的"演说"。F朝我看了一眼,迟疑地问道:"怎么了?"我摇了摇头,不答。可是看见他干咳了一声,又打算继续他的雄辩时,我赶快说道:"省得你疑心,只好告诉你;这两天闹肚子,老是要放屁,这当儿竟觉得非上毛房不可了。"

说完了我又格格地笑。F没奈何地站起身来走了……

傍晚,应N之约,到了一个经济餐室;据说这是几位教师和职员的"得意之作",经济未必,稳便却是"第一"。当我看了看那颇为隐蔽的座儿,便笑着对N道:"好个谈情说爱的地方,只可惜我们这一对是假的!"N也笑了,但神色抑悒,像有什么心事。

刚端上两个菜,忽然听得两个粗暴的声音由外而来,终于在隔座停住,接着就是大模大样的吆喝;筷子敲着碟子,叮叮响成一片。

N夹了一筷菜也忘记了往嘴里送,脸色有点慌张。

我从那竹壁的缝里瞧了一下,看不清这两个的嘴脸。N却对我摇手,在我耳边低声说道:"不用瞧,听口音我已经知道是谁了。"

我会意地点了点头。猜想N是怕惹事罢了,于是我也埋头吃饭不说话。

隔座的声音却和我们这里成了反比例。最初是争先抢后嘈杂的叫嚣,似乎各人只说自己的话。渐渐话头凑在一处了,中心题目好像是个女人。本地口音的一位,拨火棒似的在讥讽他的同伴。

"迟早逃不出我的手掌心。"老雄猫的嗓子,外省的口音。"我对于这种事,就喜欢慢慢儿逗着玩。女人也见得多了,哪一次我不是等她乖乖的自己送上来?你瞧着罢,敢打一个赌么?"

"别吹了!你,哈哈,你倒像是唐僧到了女儿国!莫非她眼里看出来,就只有你一个是男的?不用说你还放着一个敌手在那里,——这个九头鸟却是闪电战的专家,跟你作风不同。"

"管他是九头鸟,九尾龟我也不怕;瞧着罢,只问你,打不打赌?"

"哦——妈的！怎么菜来的那样慢！"砰的一声，大概是拳头捶在桌子上了。那竹壁也簌簌发抖起来。

我看见N面容惨白，眉尖深蹙，眼里却燃烧着忿火。她把筷子插在碗里，忘记了吃饭。我慢慢地伸过手去，正待挽住了她的，隔座那个本地口音又响了起来：

"唷，唷，打赌便打赌；可是先得说明白：赌什么？迟早会到手，这是一句话；迟早到了手的，不过是残羹冷饭，又是一句话。你要赌的是哪一句？来！干了这杯酒，再说！"

"妈的，你这贫嘴，看惹起老子的火来！"

"哈哈，你在这里对我发火，人家在那里早已打得火热！你别再吹了，阿Q，你安分些罢，守在一边，等九头鸟吃够了你去舐碗边！"

"该死的，你才是阿Q，才是……"老雄猫的嗓子有点嘶哑了。

但是对方却冷冷地朗声笑道："你不信，赶快到俱乐部去，也许还赶得上舐一舐碗边。不过，恐怕头几次的，还没有你的份呢！"

我觉得有个东西在眼前一晃，忙抬起头来，却见N已经站在我跟前。她扶着我的肩，把脸靠近我的耳朵，咬牙切齿地说："我们走罢！"

这当儿，砰的一声，连这边的碗筷都跳动了，老雄猫的嗓子大嚷道："这小子，这小子！你赌什么？我马上抓了她来，当面做给你看！"

N全身一震，就落在我的座位里了。我瞧瞧前面，又瞧瞧后面。

"哈哈，别急！喂，伙计，伙计；他妈的，菜来得那么慢！他妈的！"似乎把什么碗碟扔了，两个人都一齐嚷骂。掌柜的陪小心的声音也出现了。

我拉着N说道："走罢，你在这边，脸靠着我的肩。"

急急忙忙到了我寓所，N这才松回一口气，像把什么脏东西从口里吐掉，"呸"了一声道："简直不是人，是畜生！比畜生还不如！"

"可惜我没有看见他们的尊容，"我冷静地说，"见了记着，日后也好预防。他们从街左来，我一定掩面往街右去。比疯狗还可怕呢！"

N不作声，定睛望住她的脚尖，似有所思。

"那家伙是一个什么路数?"我低声问她。

"呃,哪一个?"仍旧低头看着脚尖,"哦——是那外省口音的么?也不明白他的来历。也不知他从前究竟是什么学校的学生。不过现在可阔得很啦,不说别的,单是什么奖学金,他一个人就占了三份。……"

"可是他干么敢这样凶横?难道是狗肚子里黄汤灌多了的缘故?"

"绝对不是,这是他的作风。他仗着他是……"N顿住了,瞥了我一眼,就转口。"这些内部的事,一言难尽。你不知道倒好些。"

但是我已一目了然。曾经混了那多年,见识过G和小蓉和陈胖这一流货的我,在饭馆的时候只听那口气,就猜到个大概了。N不肯直说,却也难怪。她还没明白我是何等样的人。

当下我打定主意要和她深谈。我握住她的手,凝眸看着她的脸说道:"论年龄,我也比你大几岁,不客气,我就叫你一声妹子。我们是一见如故,可是,你猜一猜,我到底是干什么的?我是怎样一路人?"

N笑了笑道:"我知道你是在这里邮局办事的,可不知道你是……"

我赶快接口道:"可不知道我是怎样一路人罢?先不说我自己。妹子,我倒明白你是什么样的人:你是要照人家的计划去行事,今天是风,明天也许又变了雨,你浑身是耳朵,是眼睛,人家悄悄谈心,你得听,人家……"我还没说完,N的脸早已红了,她生气似的叫道:"可是我还是我,还没……"她又突然住口,吃惊地望住了我的面孔。

"还没丧失了灵魂罢,"我笑了笑,"那是毫无疑问的。然而正因为如此,你对于刚才饭店里那一个风浪,就无法对付。"

N叹了口气,不言语,只把眼光紧紧地盯住我。

"可是,妹子,你不用吃惊,我也就是你。现在你走的这条路,三四年前我就走了,而且还在走着。但是,如果我也说'我还是我',那恐怕只有,妹子,刚才也说过这话的你,能够相信我。"

N还是不言语,低了头,却把我的手紧紧握住。

"我比你早了几年,所以我所经验的痛苦,也比你多的多。我曾经也使自己变坏,变得跟他们一样坏,以毒攻毒!"

"哎,怪不得你和别人有点不同。"N慢声说,突然兴奋起来。"可是我不能,——我怎么能变得跟他们一样?我正大光明的去对付!"

"不过,像刚才那家伙的疯干,倒还不怕;最怕的是阴险。而且转你的念头的,不止一个。妹子,那个所谓九头鸟,又是怎样一个家伙?"

"他是训育方面一个职员。就是他说的,刚才饭店里那家伙之所以得有今日,无非靠了拍马和卖友,还加上一项,充打手。"

"哦——这也不见得出奇,"我冷冷地笑了一下,"他们的宝贵履历,全是这一套。我当作怎样了不起呢,原来不过如此!"

"但是你不要小看他!"N的口气又严重起来了。"人家当他'青年干部'呢!有好几个人吃了他的亏,都只好眼泪往肚子里吞,——我亲眼看见的。"

这时候,听得有喝醉了的人在街上走过,大声嚷叫笑骂。我们会意地互相看了一看,心头感到异常沉重。一会儿,N自言自语地诉说道:"干么我会落在这样一个地方?是我自己不好么?——也许,谁叫我发痴,巴巴地要念什么书,升什么学?当第一次用甘言诱骗,用鬼脸恐吓,非要我进这圈子不可的时候,干么我不见机而作?……"突然她跳起来,抱住了我,怒声说:"可是,自从家乡沦陷以后,我就没有家了!现在我连一个朋友也没有了!我像一个伥鬼,已经跑不掉了!"

我按住她的肩头,柔声安慰道:"也不尽然。现在你有了一个朋友了!"

一月十九日

有一封"无处投递的信"居然被我检得了。笔迹是陌生的,但收信人的姓名,住址,我比邮差还"熟悉"。有一点小小的疑窦:记得我留给二房东太太那字条上写的是"魏民",可是这里变为"韦敏";到底是我记错了呢,还是"发信人"误记?再者,"笔迹"也不对。而且也不是萍的笔迹。她的,我认识。

不过这就是我盼望了好几天的"无处投递的信",理合无疑了。

内容比先前留在二房东那里的条子更加"艺术化"了,令人"神旺"。

我正在研究推敲,忽然 N 闯了进来,一脸的紧张,鼻尖上有汗。她扶着我的肩膀,一面喘息,一面瞧着我手里那张纸唧唧哝哝念了两句,就嘲笑道:"你倒实在悠闲,飘飘然;外边闹得怎样了,你全不管!——噢,这一段文字,好像在一本什么书上看见过,你从哪里抄来的?"

"外边闹什么?"我装作不经意地将那张纸撩开。"是不是那个外省口音的又在追踪你,不甘心舐碗边?"

"啐!你这人不老实!"N 懒懒地走开。"……哎,恐怕要出乱子!"

"到底是什么事呀,你又老不说……"

"有人说,历史要重复演一次;有人说不会,为的是大敌当前。你看是怎的?"N 还是那一路的口吻。"堂堂公布说没有什么不了的事,我就不信;向例是表里不符,说的和做的,完全反比例!"

"哦,这个么!"我明白了N所谓"乱子"是什么了。

N走到床前坐下,将手里的一卷绿色报纸,随手向我枕边一丢,凝眸锁眉,脸朝着空中,似乎在斟酌,怎样把满脑子的乱糟糟的话拣要紧的先说。可是,刚说得"今天"二字,有人在叩门了,N惊愕四顾;我正待起身,门已经开了,进来的是F。

"正想去找你呢,你可来了。"我笑着迎他,请他坐在窗前。

F好像没有听得,却对N笑了笑,似乎说"原来你也在这里呀",又转脸瞥了我一眼,这才恍然似的答道:"找我去?有事么?"

"自然有呀!"我抿嘴笑着说,却瞥见N坐在那里神色不安。"一句话,要你请客。——哦,让我来给你们介绍。"

"谢谢,可是我们本来认识,"N轻盈地站了起来。"我还有点事,对不起。"说着,她瞥了我一眼,就匆匆走了。

F目送着N出去,又从窗口往下看。这当儿,我一眼瞥见N带来的那一卷绿色报纸遗忘在我枕边了,我趱到床前,顺手拿一件绒绳衣将它盖住,转身来唤着F笑道:"喂,你和她,看来是好朋友了,那一定得请我吃饭……"

F回过头来,不答我的话,却问道:"你们几时认识的?"

"日子不多。"我随口回答,却又佯嗔反诘道:"好像我没有理由和她认识起来的,可不是么?"

"哪里,哪里。"F有点窘了,陪着笑,然后他把脸一板,低声慢慢地说:"时局很严重,想来你是知道的罢?我接到命令,加紧防范。"

我看着他那种神气就要作呕,便冷冷地讥讽他道:"哦,那么,怎样办呢?一切听候您指示。会不会发生暴动?"

不料他竟答道:"难说。不过这里是不怕的,早就有了布置。"

"哦,可不是!我相信政府的力量是充足的,就像报上所宣布。"我忍不住笑了笑,赶快又摆出庄严的脸色来,加一句道:"何况还有诸公——忠贞勇敢的干部!"

"然而形势还是严重。"F眼望着空中,手在下巴上摸来摸去,竭力摹仿一些有地位的人物的功架。"军委会的命令,那奸报竟敢不登,而且胆敢违抗法令,擅自刊载了不法文字,——四句诗①!"

"哦!想来给予停刊处分了?"我故意问,瞥一下我那床上的枕头。

"倒也没有。只是城里的同志们忙透了,整整一天,满街兜拿,——抢的抢,抓的抓,撕的撕!然而,七星岗一个公共汽车站头的电线杆上,竟有人贴一张纸,征求这天的,肯给十元法币……"

"哈哈!"我忍不住笑了。"这买卖倒不差!可惜我……"但立刻觉得不应该这样忘形,就皱了眉头转口道:"我不相信真有那样的人!"

"谁说没有!"F依然那样满面严重的表情。"一个小鬼不知怎样藏了十多份,从一元一份卖起,直到八元的最高价,只剩最后一份了,这才被我们的人发见。可是,哼,这小鬼真也够顽强,当街不服,大叫大嚷,说是抢了他的'一件短衫'了,吸引一大堆人来看热闹。那小鬼揪住了我们那个人不放。他说,有人肯给十一元,可不是一身短衫的代价?看热闹的百几十人都帮他。弄得我们那个人毫无办法,只好悄悄地溜了。"

我又忍不住笑了。那时我说什么好呢,笑固不佳,而不笑也困难。

显然我的笑使得F感到困惑。他接连看了我几眼,忽然问道:"可是,你和她是怎样认识起来的?"

"谁呀?"我摸不着头绪,但随即想到了。"哦,你是说N么?"

F异样地笑着点头。

我不明白他为什么注意我和N的关系,就不肯说老实话:"同在一个地方,自然免不了会认识。你又是怎样开头认识她的呢,——何况我们又全是女的。我也正打算问你:N这人你以为怎样?"

"没有什么。"他沉吟了一下。"我的印象倒不坏。她刚加入团,

---

① 四句诗 指一九四一年一月十八日重庆《新华日报》刊出的周恩来为抗议当时国民党顽固派制造的"皖南事变"的题诗。参看第197页。

恐怕不到四个月,还是我'说服'她的。这些青年的女孩子,往往无理由的固执,甚至还有点无谓的疑惧,都是思想不纯正之故。但是近来有人批评她表现得不怎样好,情形相当复杂……"

"怎样批评她?谁批评她?"我着急地问,无意中流露了我的关切。F似乎也觉得了,他注意地看了我一眼。我也自悔孟浪,赶快转口道:"所以我刚才问你此人怎样呀,我也看出她有点那个。"

"也不过是最近几天的事。我并没亲自听得,但据那老俵说,N对于这几天发生的事故,在同学中间发了不正确的言论,拉扯到团结问题,还有别的表现都不很好。……"

"嘿,这可就严重了!"我故意毅然说,心里替N担忧。"可是,那个——唔,你说的什么老俵,又是谁呢? 想来是可靠的了?"

"这老俵也是个学生,可是——"F翘起大拇指对我作了个鬼脸。"了不起,爬得快,此刻风头正健。"沉吟了一下,他又表示对于N的关心道:"我明白老俵之为人,不大相信他那些话,当然替她解释了几句。可是她还蒙在鼓里呢,她又老不到我那里去谈谈。"

"嗯嗯,要不要我跟她说一说?"我试探着问一句。

F笑了笑,站起身来,含糊应道:"也好。可是这也为了她自己,对么?"他踱了几步,又笑了笑说:"实在我倒常常给她作掩护的。"

F走后,我就跑到床前,取出N忘在那里的报纸来一看,可不是,不出我之所料,正是人家肯花十块钱买的那话儿!两幅挺大的锌版字,首先映进我的眼帘,一边是"为江南死难诸烈士志哀"①,又一边便是那四句:"千古奇冤,江南一叶;同室操戈,相煎何急!"

我把那报纸藏好,坐在床上出神。我想起了我的家乡,可不知那里现在闹的怎样了,……我埋头在沉思中,竟连有人进来也不觉得。

当我抬头看见又是N的时候,她正走到我跟前,眼光望着那枕头。她自言自语道:"没有,这可怪了,难道在外边丢失的么?"她返身又要出去了,我一把拉住她问:"你找什么?"

---

① "为江南死难诸烈士志哀" 这是周恩来的题字。原作"为江南死国难者志哀"。

"一份报纸,绿色的。"她一面回答,眼光还是在满室乱转。

"是不是花了八块钱的?"我从被窝中抽出那份报纸给她,又笑道:"我倒有一份。卖给你罢,也算八块钱。"

她一把抢在手中,诧异地问道:"怎么?这故事,连你也知道了?"

"自然。可是我问你,这是从哪里弄来的?"

"一个朋友那里——"她叠起两个指头比着,"他有那么一叠。"

"呀,那他一定是个阔佬了;几块钱的一份,一叠该有多……"

"屁个阔佬!他一个钱也没花,都是轮渡上没收来的。"她把报纸展开,又折得小小的,郑重地放进了口袋里,又问道:"你也和九头鸟相熟么?"

"哪一个九头鸟?"

"就是才来过的那一个。"

"哈,我倒不晓得F还有这么一个雅号呢!"一下里我全明白了:难怪刚才F来了,N就神色不安而且匆匆避开;而且F又再三问我怎样会和N相识,——其中的关系现在都明白了。我拉住了N的手,同在窗前坐下,就把F刚才所说的话都一五一十告诉了她。

N有点惊慌,但还能冷笑。我又问道:"他说的那个老俵,大概就是那天我们在饭店里听到的那个外省口音的鬼?"

N点头,咬着嘴唇,不言语。过一会儿,她这才说:"他为什么要跟你说那些话?有什么用意?"

"无非是见好罢哩,但也许另有诡计。总之,你的事情,并不简单。"

看见N老是皱紧眉头,咬着嘴唇,好像没有主意,我又问她道:"你打算怎样?有一个网在捕你,那是显然的。F那套鬼话,管他是真是假,你去找他谈谈,总比不去好些。你得有点行动,克服这环境。"

N仍然不言语。但她对于我的劝告,显然没有误会,她紧紧地靠住我,拉住了我的手。末后,她奋然说:"我不去,我谁也不理!那一套,我全不会!难道他们吃了我不成?我不能一步一步妥协,弄到自己连人气都没有！"

我叹了口气，点头，轻声说："你不理他们，可是他们偏要来理你呀，——困难就在这里。"

N天真地望着我，嘴唇上咬出了两个很深的齿痕。

"我的经验不如你，"她扶着我的肩膀，"不过，我又没犯法，也不有求于他们，难道无事端端就把我……"她突然住口。我感觉得她那按在我的肩头的手轻轻一震，我回眸看她，她勉强笑道："我也可以去找F，探一探他的口气。"她就走了。

一月二十一日

为了要安排那些寄存在二房东家的什物,我在城里过了一夜;我用这理由请了一天假,也用这理由在舜英家过夜。

"你卖掉了旧的,再买新的?"舜英听说我在处理我的"财产",随口问了这么一句。

"也不过是这么打算罢哩!"我也含糊回答。

实在说,我于此事,并无什么"打算",也还是和那位二房东太太见面之后蓦地想出来的。也许是我的神经过敏,那时那位"好太太"见我又光顾了,而且说是来看看自己的东西,她那脸上的肥肉便叠起了不大自然的皱纹;我恐她生疑,赶忙扯谎给她解释道:"为的有一个朋友向我借几件去使用,……"

"哦,可是你那朋友倒精明着!"肥脸上的皱纹依然有,但依我看来,皱的意义不相同了。

"可不是!"我笑着,"人家都精明。回头我瞧,也许就让给他。"这时候,我又想到:要是拣几样放在我那位老乡的"寄售部"里,倒也是一个办法。这几天来,时时感到一个人手头没有一些防备意外的法币,总不大妙。

于是我索性请二房东太太作顾问,拣这挑那的翻弄着那些东西,又商量该标它一个什么价。在这当儿,我就有意无意地问道:"没有人来找过我罢?"

二房东太太把眼一瞪,过一会儿,这才摇了摇头。

"这可怪了,"我心里寻思,"既然没人来过,上次我放在这里的胡诌的通信地址为什么又有人在用它?难道真有一个叫做'韦敏'的?

天下有这样巧事么?"

"嗳,不是我留一个字条儿在这里么?"我换了方式再问。

"噢,噢,那个,——有人来拿了去了。"

"来的是一个怎样的人?就是前次来过的那一位罢?"

"那我可不知道。老妈子见了的……"房东气喘地说,她就要唤老妈子,我拦住了。反正是问不明白的,何必大惊小怪,引人注意。

因为看到这一趟是白跑,而且也还不敢说我的身后已经完全没有"尾巴",所以我又将计就计,把处理那些东西作为一桩正事办理。我拣出了若干不必需的,都拜托了我那老乡。

等到一切都办妥,天已快黑,最后一班公共汽车早已过去,我只好到舜英那里借宿。

但是后来就知道我这一次来的不巧,舜英那里有事。主人陪着什么客人躲在那间耳房里,这且不用说,就是那位主妇也不同往昔,一面和我应酬,一面心神不属。

我也懒得管他们的闲帐,自顾在心里盘算:也许我留在二房东那里的字条落在别人的手里了,不然,何以我所接到的那封"无处投递"的信,笔迹是不认识的?但是,假定是别人得了去,而且有意来试探,那就写信好了,为什么要抄这么一段书?抄书之用意,显然是预防它不能到我手里,或者被人检查得。寄这段抄书的人,显然没有想到这是封"无处投递"的信,更不会料到虽则"无处投递",还是要落到我手中。

然而笔迹之不对,终使我不能宽心。只有一个解释:K或萍又把我这些事情对他们的"朋友"说了,而由"朋友"代笔,抄写了这一段书,——给我一个暗示。

"刚刚吃过一次亏,还不俊戒!"我在心里这样说。"总喜欢和别人商量,——朋友,朋友,嘿,朋友出卖朋友的,还不多么!"这样想的时候,我的不安更加浓重起来了。……

"去不去看电影?"忽然舜英悄悄地走到我跟前说,倒把我吓了一跳。我抬头一看,舜英已经打扮得整整齐齐的了。

"上哪一家去呢？是一张好片子罢？"我不甚起劲地说。

"当然是国泰啦。片子好不好，管它，反正是逛一下。"舜英说着，扯住了我就走。

只有她和我两个去，我心里明白，这不是请我去看电影，这是嫌我在她家里碍了手脚。

这引起了我的反感。本来我懒得管他们的闲帐，现在他们既然那么机密，我倒偏偏要设法刺探一下。略为盘算以后，我就用各种的话向舜英进攻起来。她不否认"今晚上家里有客，商量一点事情"；但当我的刺探触及那事情的性质的时候，她就像蜗牛似的缩了进去，只剩给我一个光滑滑的硬壳。

"你刚才不是说卖掉些旧东西么？"她笑了笑，忽然向我反攻了。
"可是，到底不上算，买新的更贵。"
"卖了就卖了，谁还买新的。"
"那你使唤什么呢？"她似乎很关切。

我只笑了笑，不打算回答。但是另一个念头忽从心角里跳了出来，——何妨出个题目试她一试呢？我就故意叹口气说："老实告诉你，为的换几个钱。物价一天一天飞涨，收入不能增加，——我又没处去挪借。反正我现在是搬到乡下了，什么都可以随便一点。"

舜英起初是愕然，后来却佯笑道："你还愁没钱花么，我不信。"
我也笑了。谈话就此中止。

我们都专心在银幕上。然而有一种不知什么味儿的悲哀，时时从心底泛起来。事实上，我对于舜英他们的勾当，是鄙弃的，憎恨的，我始终不愿和他们合污，不过，一旦发觉了他们"不够朋友"的当儿，我却又感到像受了侮辱，受了委屈。眼望在银幕上，我心里却这样说："幸而不过是试一试，要是当真有个缓急之需，指望着她这边的，那不是大大的误了事么？哼，你们这些不义之财，我如果存心要分一点，难道还不应该？只是我倒不屑呢！……"

电影继续在放映，我继续想我的；电影里是什么故事，我完全茫然！可是，当快完了时舜英拉着我说"走罢"，我实在不愿离开这电影院。我后悔借宿在舜英家里了。……

第二天一早我就乘车回××区,也没向舜英告辞。

老觉得心头像塞着一团东西,十二分的不痛快,十二分的无聊赖;像是有人触犯了我,但又看不见是谁,也说不出到底是什么事。

我斜靠在床上发了一会怔,便又取出那封"无处投递"的信来。那是七八行的潦草字,写在一张土纸上:

> 庄生以为"在上为乌鸢食,在下为蝼蚁食",死后的身体,大可随便处置,因为横竖结果都一样。
>
> 我却没有这么旷达。假使我的血肉该喂动物,我情愿喂狮虎鹰隼,却一点也不给癞皮狗们吃。
>
> 养肥了狮虎鹰隼,他们在天空、岩角、大漠、丛莽里是伟美的壮观,捕来放在动物园里,打死制成标本,也令人看了神旺,消去鄙吝的心。
>
> 但养胖一群癞皮狗,只会乱钻、乱叫,可多么讨厌。①

我反复看了几遍,把纸撩开,心里咕哝说:"活见鬼!谁情愿把自己去喂胖一群癞皮狗!可是,没头没脑只这一张纸,地址也没半个,我有话可又向哪里去说?"

再拾起那纸来,看笔迹,委实是陌生的。一定是 K 他们的一个什么朋友写的。我忽然又觉得可怕起来。

---

① 信中的这段文字录自鲁迅《且介亭杂文末编·半夏小集》。其中个别文字、标点与原文小有出入。

一月二十九日

忽然收到父亲的信,使我的心绪扰乱了好几天。

久已被我封锁在心角深处的往事,突然又翻腾上来;而最后和父亲见面,终于不能挽回我们父女间的感情,我不得不决绝出走,——这影响到此后我的生活的一幕,特别锥心地呈现在我眼前。

闭了眼,那时的景象就赫然展开:父亲满面怒容在客堂里踱方步,橐橐地,每一步像要踹烂什么似的。我在厢房里整理行李,我很镇定,但觉得心里空荡荡的;我知道那时父亲又是恨我,又是有几分不愿意我就此走开,要是有什么人从旁解劝几句,父亲一定会趁势下台的。然而姨太太却在旁边冷言冷语挑拨:"老爷,你是过时的人了。你不晓得二小姐多能干,朋友又多,怕没有人照应么?再不用你老头子操心了。回头做了官,咱们还要叨二小姐的光呢!"这阴毒的女人!那时她那幸灾乐祸的眼光,冷酷而毒辣的口吻,我是一辈子忘不了的。然而,现在她到底死了!恩恩怨怨,都像荒唐一梦罢哩!

我想像得到此时父亲的心境。姨太太的死,使他寂寞,但也勾起他许多辛酸的回忆,想起了他还有一个女儿,——这女孩子在十五岁以前,曾是他所十分钟爱的。父亲的信上还提到了那个周总经理,好像是这位老世伯给我父亲的信中曾经说到我的近状,而且大概替我说了些好话;我真不懂我有什么好处能使这位老世伯那么关心?人生毕竟还不如我们所想像那样冷酷么?我真想抓住凡我所忆念的人,抱住了他,低声告诉他道:"嗳,这世间有冷酷,但仍旧有温暖。任何人有他一份儿,只要他不自绝于人,只要在他心深处有善良的光在闪烁。"

父亲是希望我回家去的。

父亲虽没明言,然而从信中的语气看得出来。他知道我还是一个单身。

父亲这样暗示我:余今年六十又三耳,而精力衰惫,不知尚有几年可活。独忆汝年及笄,娇憨尚如小儿女;今汝亦长大矣,人言汝更端庄丰艳,然余心目中之惠儿,则固犹是昔年娇憨绕膝跳跃之小儿女也。……

唉唉,十五六时的天真,大概只有父亲见过,只有父亲还记得!

父亲希望我回家去,虽然他未曾明言。

一月三十日

早上醒来,睡在床上,计算航空信去陇东,来回该多少天。已经问明:航空直通兰州,然后转走汽车,一封信来回,极快一个月。咳,多么讨厌,得一个月!

以后我当然可以打电报,但六七年未曾通讯,第一封信决非简单的电文可以代替的。

不过,有一个月的时间,给我作必要的准备,也是好的。

放在老乡的"寄售部"里的东西得赶快出脱,最后再设法到若干;父亲的脾气我知道,父亲不喜欢他的女儿像叫花子似的回来。

这些事,说快就快,说慢就慢,全没有把握,所以非立即着手布置不可。而且我还是"官身",这"假"要请准,也不是十天八天的事罢?

大家都说现在走路,花多少钱没准儿,我得仔细筹划一下。难道我还好意思打电报给父亲去要钱?

我想像着在我前面的海阔天空的世界,但是衷心惴惴,总觉得有什么恶煞在时时伺隙和我捣蛋。

心神烦乱,忽喜忽忧;我得镇静,把必要的准备一件一件做起来。

一月三十一日

午后一时,刚从"城里"赶回来,却见自己的房门虚掩,我就吃了一惊。谁敢进我的房?干么主人不在就进去?我猜想到最坏的事上,几乎打算返身走了。可是房门却开了,一个人招呼我,原来是N。我这才放了心,同时也十分惊诧。

N拉住了我的手,亲热地问道:"姊姊,你这两天变了,为什么?"

我一听这话不平常,心里一惊,但还能微笑摇头道:"没有的事。"

"嗳,瞒我干么?"N挽着我的臂膊,走到床前坐下了说。"刚才你并没把门锁好,那小洋锁只扣住了一个门环,一推就开。我还以为你在家呢,进来一看大衣不在,才知你出门了。桌子上信件之类,也没收拾好,——我怕有不相干的人进来,就坐守着等候你。姊姊,你向来是精细的,今儿你一定有什么事,我瞧你的心有点乱。"

"哦,怪道,我记得是锁了门的。"我站起来脱大衣。"妹妹,谢谢你替我看家。刚才着急要赶车,忙中有错。"

"恐怕不尽然罢?"N扁了嘴笑着说,从身边取出一张纸递给我。"你看,这是什么,——你也随便搁在桌子上。"

这是我起了稿预备打给父亲的一个电报。我接着纸,不禁脸红了,心想我怎么这样粗心,怪道N要说我变了。

"姊姊,打算回家去么?"N温柔地轻声说。

我点了点头,却又加一句道:"不过有这意思,你不要说出去呀!"

"干么我要说出去!"N随口回答,眼望着空中,似乎感触了心事。她懒懒地走开一步,却又转来,靠着我身边,把脸搁在我肩头幽幽地说:"姊姊,你当真想回家去看望父亲么?陇东?在哪里呢?有多么远？你打算几时走呢？"

"我不知道有多远。这条路也从没走过,大概总有三千多里罢。"

N定睛看着我一句句说出来,然而她的眼光又像在想些别的什么,我的话她似乎全没听见。她抬起一只手抚弄着我的头发,轻轻地,好像怕吓了我似的,说道:"你的家庭生活,一定是很美满的,你的父亲一定很爱你。我知道:每一个聪明的、美丽的女孩子,全是她的爸爸妈妈兄弟姊妹所喜欢的。"

我抿着嘴笑,不言语。我知道她大概也在想家了,可是我想不出什么话来安慰她。我只把她的手捏得紧紧的。

N抬头望着窗外,然后,轻轻地洒脱了我的手,走了一步,背靠着书桌,凝眸朝我看。一会儿,她又走到我身边,挽住了我的颈脖说:"你打定主意要去了么?"又不等我回答,她放开了我,转身背着我,轻声又说一句道:"不走是不成的罢?"

我挽住她的肩膀,将她转过来,和我对面,我看见她的眼圈儿果然有点红了,我也心里一阵难过,就说:"还没一定,也许终于不去了。"

她扑嗤地一笑,"你骗我呢!"低头看着地下,用脚尖在地板上划着。有顷,蓦地她抬起头来,两眼直视我,庄重地叫道:"姊姊,你应该去。为什么不呢?这一去,也许另是一番生活,另是一个新天地;你应该去的!"

然而,一种说不明白的辛酸的味儿,却呛住了我的喉咙了;何尝不像她那样想,有一种美妙的憧憬在我眼前发闪,可是在这下面深藏着的,还有一个破碎的心,——被蹂躏、被地狱的火所煎熬,破碎得不成样的一颗心呢! 我的身世哪有N这样简单。一个人窥见了前途有些光明的时候,每每更觉得过去的那种不堪的生活是灵魂上一种沉重的负担。我哪有N那样幸福! ——感到自己的眼眶被泪水挤得痒痒的,我勉强笑着,抓住了N的手,可是我一句话也说不出来。

"无论如何,"N接着说,"家里比这里好些。我要是还有个家呵——"

N顿住了,眼光低垂,脸色也变了。我赶快安慰她道:"你又何必伤心呢。说不定突然接到个消息,你家里还是好好的。"

"嗳嘿,说不定——"N苦笑着,随即又兴奋起来。"对啦,谁知道呢?我的父亲,知道他是死呢是活?是在做顺民呢,还是当了汉奸,或者也许干了游击队,把他的一点田产都分了,和哥哥弟弟,扛一支枪天天打游击!谁知道呢,反正他不知道我在哪里,我也不知道他在哪里!"

我见她太兴奋了,一时想不出话来,只紧紧捏住了她的手。"妹妹,要是我当真回家去,你也一同和我做个伴,够多么好呢!"终于我这样说,但自己也不敢相信这有可能,不过是无聊中的慰藉罢哩。

N似乎也同有此感。她瞥了我一眼,苦笑道:"这哪里成呢!当真要这么办,就怕连你也不能动了。"

"哦!"这才我感觉到N刚才那种骨突的情绪的起伏,不但是为了惜别。"这话怎么说的?有了什么新问题了罢,为什么你不早告诉我呢?"

"还不是那老把戏么!"N显得十分冷静。"反正我已有成竹在胸,——譬如敌机来轰炸,当头掉下一个炸弹。"

我不以为然地摇着头,轻轻挽住了她的腰,把我的脸靠着她的,正想劝她,可是她冷冷地笑着又接下去道:"果然不出你之所料,九头鸟造我的谣,让老俵拾了去,作为对我要挟的手段;而他却又借老俵对我的要挟,示好于我,打算让我落到他圈套里,拿他当恩人看!"

"九头鸟又造什么谣呢?"

"还不是那次他在你面前说过的那一套!可是在你面前,我可以说老实话;为什么我要昧了良心,跟着他们把是非颠倒,去欺骗同学呢!我消极是真的。不道他想拿这个来逼我上他的钩,那是太卑鄙无耻了。我还不是这样容易吓得软的!"

"不过,妹妹,你马上就要吃亏。怎么办呢,马上就会出乱子……"

"也许。我也觉到了。"N又冷冷地笑,然而声音有点变了。"这几天的情形,简直是黑暗透顶。谁也看不惯。不把人当人!"

突然,N把脸压在我肩上,紧紧抱住了我。一缕热的东西在我肩下沁开。我心里乱得很,不知道是愤怒呢,还是憎恨。N再抬起头来,泪光还是莹莹然,她咬着嘴唇,半晌,这才又说道:"我这班里,昨天是三十多个,今天只有十多个了!个个是半死不活的一脸悲苦,多凄惨!"

多年前看过的一个影片的惨厉的景象,在我眼前展开,可是我除了默默诅咒,一句话也说不出来。

N把头一摇,将她的秀发掀往后去,颓然放开了我,走到床前坐了,沉默了一会儿,然后毅然对我说道:"所以,我也就横了心了。我想,我的爹娘也跟人家的一样,我也不比人家高明多少罢,人家遭受的是什么,我凭什么权利去躲避?我等着它来罢!"

我知道这些是什么意思,我的心似乎缩紧了。慢慢地我走到床前,两手都放在N的肩上,我的脸几乎碰到她的脸,我轻声说:"不过,妹妹,你到我家里去,不好么?我只有一个六十多岁的父亲,他是喜欢女孩子的。"

N笑了笑,伸手捧住了我的脸:"这是可能的么?我自己还没有把握呢!要是有办法,那我也有个表兄,去年还通信,他就在——离你的家大约不远。"

"事在人为。"我沉吟了一会说。"可是我劝你,此时你还得忍耐,你只要设想你是在做戏,——要争取时间!"

二月二日深夜

最意外的变化在今天下午发生,现在还觉得毛骨耸然。街上寂静,只有风声呜呜,时作时歇。神经亢奋,一时也不想睡了。老是看表,那时针偏偏移动得这么慢。不知 N 此时到达了目的地不曾?有无更不幸的意外?

今天午后六时左右,F 忽然光顾,说是请我上馆子。真懒得去,但是又未便固拒。近来我觉得 F 这人在这里学得几分流氓气了。

还是到那"稳便第一"的所谓经济菜馆,拣了个近门的座儿。

"这里空气好些,"我笑着说,"里边简直像个热蒸笼。"

F 问我喝什么酒。我摇头。在这种地方,我知道,最好是点滴不入口。其实 F 也是不能喝的,不过最近他似乎学会了几杯强酒。

他要了半斤大曲,给我斟了满满一杯,怪样地笑着说:"这一点,你是不成问题的。谁都知道,你的酒量很可以。"

我抿嘴一笑,端起酒杯来,把舌尖去舐了一下,觉得这酒很有力量,便存了戒心。在交际场中,如何劝人喝而自己不沾唇,我还有相当经验,今儿得拿出手段来对付这个朋友。

主意既定,我就改取攻势,一变沉默寡言为嘻笑谑浪,先把 F 灌了一杯。馆子里这时候上座已到八成,我只觉得我背后不断有人走过,咻咻的气息,甚至波及我的颈脖。第三个菜上来了,我夹了一筷送到 F 跟前,抿着嘴对他一笑,端起了酒杯,可突然,F 的眼睛皮一跳,嘴唇牵动,作了个狞笑的姿势。同时我又看出他的眼光射在斜对面的一隅。一个颇为耳熟的老雄猫似的外省口音,在我身后送来。

"怎的,……"我轻声说,放下了酒杯。

然而不等到F开口,我就明白了是怎么一回事。女子的声音也听得了,那不是N还有谁?声音是冷冷的,猜想得到是捺住了火性,而且满脸冰霜,示人以不可侵犯似的。

我扭回头去瞥了一眼,果然是N和两个男的在斜对面一个座儿里。满脸油光八分酒意的一位,正在飂着N干杯。另一位,猴子脸的,不知在那里说些什么,听不真,但瞧那神气,他是拨火棒无疑。

我不明白N为什么会落在这两个人手里,也不知道他们是什么时候来的。

F敲着碟子喊道:"菜哪,快点儿!"声音相当粗暴。

这也许是"取瑟而歌"的意思。但也许是打算草草吃完,抽身走了,免惹是非,眼不见为净。

但是那边的反响立刻来了。老雄猫的声音:"到底喝不喝?"

没有回答。猴子脸的高声冷笑道:"老俵,你赶快打退堂鼓罢,别丢脸了。你不瞧瞧斜对面,人家在这里,她怎么肯喝你的酒!"

"你话要说明白些!"这是N的怒声。"喝不喝,在我自己,谁也不能干涉我,谁也不能强迫我!"

"好!我就要强迫你喝这一杯!"老雄猫嘎声嚷着。当啷,一个酒杯掉在地上的声音。我是背向着他们的,然而从F的突然变了的脸色,也就猜到了那边的几分情形。我急转身,正看见那老俵扭住了N的臂膊,N在挣扎,脸色跟一张白纸似的。

"太不成话了,你不能坐视。"我对F说。"咱们过去劝一劝罢!"

不等F回答,我拉了他就走过去。猴子脸的先看见,就推着老俵道:"人家来了。"又做一个鬼脸。"居然出场来干涉,好威风呀!倒要问问他,凭什么资格来管咱们的事?——哦,还带了个女的?"

显然这几句话是火上添油,所谓老俵者,霍地站了起来,两臂撑在腰间,横着身子,将N挡在里面,虎起了脸,对F喝道:"不要脸的,你算是什么?"

"没有什么。"F倒还镇静。"打算跟你说一句话。"

老俵冷笑一声,看见F那样不慌不忙,不亢不卑,似乎倒没了主意,便斜着眼对猴子脸的看了一下。

F接着说:"同志,这里是公共场所,观瞻所系,咱们应当自己检束检束,别让人看了笑话;上头知道了,要是问我的时候,我说不在场罢,是扯谎,扯谎是严重的错误,我说在场罢,可又要责备我干么不及时纠正,我的责任还是卸不了。我要对你说的,就是这几句话!"

老佽无言可答,只是虎起了脸冷笑。不料那猴子脸的却冷冷地说道:"呵,呵,好一番训话,谁敢反抗哪。可是,我们到底干了什么不法的事,需要检束呢? 和一个女同志来吃馆子,也是不行的么? 那一个女的,又是和谁一块儿来的呀? 别扯淡了,谁又是好货,有资格来打官腔!"

"对! 妈的,你凭什么资格来教训我!"老佽怪声大叫。

这时候,我们身后已经围立着好一些人了,N打算乘这机会就突出老佽的势力范围,然而老佽一手将她推回原处去。

F也不能再忍耐,厉声回答道:"我凭训育员的资格,可以对你下警告!"几秒钟的静寂。F又说:"现在我们可以问那位女同志,她……"

拍的一声,把F的话打断。原来是老佽从裤袋掏出手枪来扔在桌上。

"不要脸的!"老佽破口大骂。"你是她的什么人? 你有权力干涉她的行动么? 看老子偏不答应!"

我一看事情怕要弄僵,就上前排解道:"自家人有话好讲,何必动武器呢! 要是来了宪兵,大家没脸。"

那老佽还没作声,猴子脸的却先涎脸笑着,昂首说:"哪来个女同志,倒真个漂亮呢!"接着又转脸对我:"你是什么人?……"

我立即截住了他的话道:"你没有知道的必要!"

"哈哈,原来是你!"老佽忽然狂笑,张牙舞爪向我扑来。"那天晚上,哦,那晚上,要不是我喝多了酒,你也跑不了;好,今天自己来了……"

我急忙往后退一步。可是看热闹的人挤满在身后。老佽已经拉住了我,一面狂笑道:"怕什么?你和九头鸟喝酒,……"我猛力一挣,却不防身子一侧,失了平衡,就往前一撞,那老俵乘势就拦腰抱住了我。只听得四面打雷似的一阵哄笑。突然 Pia! 一声枪响。老俵松了手。接着又是一响!我瞥见 N 脸色跟纸一样白,眼光射住了我,枪在她手里,还没放下。立时整个菜馆,像油锅里泼进了水去。我看见老俵大吼一声,直前抓住了 F,两个就扭作一团。乘这机会,我转身便跑。

但是离开我寓所约有二三十步,我脚下一绊,就仆倒了。我立即跳起来,可是作怪,两条腿就跟棉花似的,再也不能走了。

我坐在路旁暗处,手捧住头,一颗心还是别别的跳。

"这不是姊姊么!"——当这声音惊觉了我时,N 已经伛着身体蹲在我旁边了。我握住了她的手,却说不出一句话。

"没有伤罢?"N 轻声问。我摇了摇头。

"还是到你那里去。"N 又说,便扶我起来。这时我也觉得两腿已经不那么软了。这时,我们方才看见有两个宪兵匆匆跑过。

进了房,N 就像全身都软瘫了似的,一把抱住我,把脸埋在我怀里。我们都没有说话。远远似乎还有轰闹的声音。

我先开口:"老俵伤在哪里?有没有关系?"

N 抬起头来,惘然答道:"我也不知道呢。"

"那么,你出来的时候——"

"你刚走了,我也就脱身!只看见人们乱作一团。"

过了一会儿,我又说:"你放第二枪时,那猴子脸的一定看见;明儿他们要卸责,一定牺牲了你。这件事,怎么办呢?"

"随他们去!"N 低声说,又把我抱得紧紧的。

我忽然感动得落眼泪。轻轻抚摸着她的头发,我把嘴凑在她耳边说道:"妹妹,三十六计,走为上计!你赶快跳出这圈子!"

N 慢慢抬起头来,凝眸望住我好一会儿,摇了摇头,又叹一口气。

"你一定得走。"我偎着她的脸说。"怎样走,我代你布置。"

"但是叫我走到哪里去呢?"

211

"到我父亲那里去。再不然,就找你的表哥。"

N低了头,不作声。但是我感得她的心跳得很快。

"路费之类,"我又说,"你不必愁,全在我身上,……"

N的身子一震,她抬起头来,我不等她开口,就说道:"你不用跟我客气,——"N的头摇了一下,我拦住了她,急又说,"你叫我什么的?你再不听我的话,我就不认你是妹妹!"

N笑了笑:"可是你不也要回家去么?"

"你不用管,我的办法多得很呢!"

N叹了口气,点头,于是我们就商量首先应该怎么办。我看表,还只七点光景,连夜进城,也还来得及,但是只好坐人力车了。我们约定:N到城里就住B旅馆,用C的假名。第二天我再进城找她,布置第二步。我叫她把自己的衣服脱下,换了我的。

"咱们布一个疑阵,"我把我的计划说了以后又补充道,"为的是万全之计。这都交给我去办。你只管走你的!"

N一切全依我。当最后看见我披上一件不男不女的旧棉大衣的时候,她忽然笑道:"姊姊,这又是哪里来的?"

"这有历史,"我一面把N的衣服包好,带在身上,一面回答。"你不知道么,我在队伍里混过一个时期。现在,我把这个当毯子用的。"

"姊姊,"N又笑了,"你这些本事,又是怎样学来的呢?"

"那就说来话长了,"我挽着她走,"将来再告诉你。"

我们悄悄地走出屋子,到了街上。没有雾,也不怎样冷。我送N上了人力车。然后又去布置那所谓"疑阵"。

八点半钟我又回到寓处了,但是兴奋过度,毫无睡意。

我不知道N此时到了城里没有?但我相信她是一路平安的。

二月三日

　　我做了一个梦:在原野中,我和 N 手挽着手,一步快一步慢地走着。四野茫茫,寂无声息;这地方,我们似乎熟悉,又似乎陌生。泥地上满布着兽蹄鸟爪的印痕,但也有人的足迹,我们小心辨认着人的足迹,向前走。远处有一个声音,抑扬顿挫,可又不是唱歌,好像是劳作的人们在"邪许",……忽然,迎面闪出两个人来,分明一个是 K,一个是萍,对我大声叫道:"还不快走,追捕你们的人来了!"我急回头看,寒雾迷蒙,看不清有没有追兵;再找 K 和萍,可又不见,我着急问道:"N,他们往哪里去了?"没有回答。我一看,和我手挽着手的,却又不是 N 而是小昭,我惊喜道:"原来你没有……"话没完,小昭忽把衣襟拉开,——我大叫一声,原来衣襟里面不是一个肉身却是一副髑髅,但有一个红而且大的心,热气腾腾地在森森的肋骨里边突突地跳……

　　可就在这时候,我醒了:耳畔仍听得那"心"的跳声:笃!笃!

　　窗纸已经发白,可是我不知道是什么时候。

　　笃笃的声音又响了,这时我方辨明它来的方向:有人在叩门呢。

　　"这又是谁呢?老清早来打搅。"我一面想,一面就起身,披了衣服,刚拔了闩,外面那人就急不及待地塞进来了,原来是 F。

　　劈头第一句是:"难道昨晚上你没有睡么?"

　　"少见你这样的人,"我一面扣衣服,一面回答,"老清早就——"

　　"十点多了,还说老清早!"朝屋里看一眼,就去坐在书桌前。"昨晚上对不起,累你受了惊了!真是糟糕。"

　　我笑了笑,坐在床上穿袜子,心里却猜度 F 此来有什么事,一面

213

又随口应答道:"唔,你可是特来慰劳么?我——倒无所谓。"我自己觉得心跳的不大成话,便故意将穿好的袜子剥掉,在褥子底下另找一双慢慢穿上,又说道:"不过,你的贵相知,——你太对不起她了,你应该去好好地安慰她……"

"嗳!你还说什么——贵相知,"F的声音像闷在坛子里似的,"这,简直,简直是糟糕!"

我抬起头来,这才看见F的脸上有好几处青肿,想来是昨天晚上打出来的,我忍住了笑,又问道:"什么糟糕?打过了不就完了么?"

"哪里就能完!事情可闹大了!"F异样地苦笑。

我心里一跳,同时满腹疑云,不由我不把F此来的用意往极坏的地方去猜度。难道N中途被人截住了么?再不然,就是他们怀疑到我,来找寻线索了。……我一面忖量,一面却故意笑道:"什么闹大!为了个把女孩子打一架,还不是稀松平常?"

"嘿,你还没知道么?"F很严重地说,却又转了口气:"哦,也许——自然——你还没知道。"

我更犯了疑,便接口道:"到底是什么事呀!是不是那个——那个什么老俵的,昨晚上那两枪将他打死了?"

"不是!这家伙汗毛也没掉一根……"

"哦,这可便宜了他!"我故意这么说,同时,更进一步,反攻他一下。"可是,F,你的枪法怎么这样坏?要是我的话,哼,我至少要那老俵躺这么一个星期。"

"什么,什么?"F急得口舌也不大灵便了。"是我开的枪?……"

我打断了他的话道:"不是你还有谁?"又抿着嘴一笑。

"啊哟!可当真不是我!在场有人证明。"他似乎松了一口气。"喂,赵同志,这不是开玩笑的。事情严重,可不能开玩笑。"

"那么,又是谁呢?"我又故意问,心里却十二分的瞧不起F,并且以为他此来的目的无非为要稳住我,洗刷他的嫌疑罢了。

"实实在在是N!"他庄容回答。

我凝神瞅着F,心想:"话儿来了!且看他还有什么话。"可是等了一会儿,竟没有下文,于是我就故意再说:"恐怕不是罢!"

"是的!"F坚决地说。"有物证,昨晚我没带枪,而射击了两响的那枝手枪却是老俵的东西——不是老俵先拔出来,扔在桌子上的么……"

"哦,——这样的么!"我故意轻轻一笑。"嘿,可怜,没伤着别人一根汗毛,自己倒要受处分了。不过,F,你总得帮忙她一下。"

F不作声,却皱了眉头,老是一眼一眼向我瞧。

到底他要的是什么鬼计?我越来越感不安了。当下我略一盘算,就站起来道:"她在学校里罢?我想去瞧瞧。你们男子都是自私的。"

"要是还在学校里,事情倒简单了!"F叹了一口气说。

"哦!那么已经禁闭起来了么?"我心里暗暗着急,断定N一定是被抓住了,并且F是来侦察我的。

F搓着手,口张目动,似乎有话说却又决不定怎样说。我故意当作不见,就去找大衣,一面自言自语道:"我得去看望她……"

"哎——"F这才半死不活地说,"你找不到她了。……"

我故意吃惊地转身问道:"干么?"

"干么?"F像回音似的叫了一声,旋又苦笑着:"此人业已失踪。"

现在我断定N已经出了事。"失踪"本是双关语。我心里乱得很,暗自发恨道,——糟了,每次我打算帮人家的忙,结果总是不但不成功,还祸延自身!现今事已至此,我的当先急务在于扑灭那烧近我身来的火。然而事情究竟如何,我还毫无头绪,又不好从正面探问。心里一急,我倒得了个计较,便佯笑摇头道:"我不信。——如果别人找不到N,那你一定知道N在什么地方。我只问你要人!"

这可把F斗急了,他没口价分辩道:"啊哟,啊哟,怎么你也一口咬定了是我——干么我要把她藏起来?实实在在是不见了!"

"嗯——"我心里暗笑,看定了他,等他说下去。

"昨晚上闹昏了,没工夫去找她,"F想了一想,似乎在斟酌怎样说。"今天一早,才知道她昨晚不曾回校,她的几个熟人那里,也问过

215

了,都没有。可是——九点光景,一位警察同志却拿了件衣服来,——是她的衣服,钮扣上还挂着她的证章!"

"这可怪了!"我摆出满脸的惊异表情。"难道是……"

"衣服是在××地方检得的,那正是去江边的路。"

我们四目对射了一下,F的目光有点昏朦。过一会儿,我故作沉吟地说:"不见得是自杀罢?可不是,何必自杀?"

"难说!"F摇着头,眉尖也皱起来了。"我知道这个人的个性,——倔强,固执!昨晚上饭馆里她的举动就有点神经反常。喝醉了酒胡闹罢哩,没什么不了,可是她开枪射击——两响,幸而没人受伤。"

我定睛瞧着F,暂时不作声;一面盘算以后的事。

"有人猜想她昨晚上发疯似的在野地里跑了大半夜,"F又接着说,"后来到了江边,这才起了自杀的念头的。"

我只微微颔首,不置可否。看见F再没有话了,我就突然反问道:"想来你们已经往上报了罢?如果上头要查问昨晚的事,我愿意作证。"

F看了我一眼,没精打采地答道:"还没往上报。"

"怎么不报?"我故意吃惊地说。"一定要赶快报告!"

"中间还有问题,所以要考虑,"F迟疑了一会儿,这才低声说,"学生们,这几天全像一捆一捆的干柴,我们是睡在这些干柴上面;要是这件事一闹大,他们还不借题发挥?那我们的威信完了。"

"哦——"我随口应了一声,心里却想道:鬼话!谁来相信你?还不是你们自己中间还没撕罗开,该怎么报的措词还没商量好,所以要压一下。我早就料到他们要卸责,就会牺牲N,现在被我小施妙计,他们可着了慌了,——当下我笑了笑,强调道:"不过照我看来,还是要赶快报告。你去密报,上头也密查,学生们怎么能够知道?"

F急口说道:"不,不;你还没知道这里的复杂情形。往往一点小事,就成为互相攻击排挤的工具,何况这件事关系一条人命!"

我不大相信似的"嗯"了一声,却抿着嘴笑。

F迟疑地望望我,又望望空中,终于站起来,低声恳求我道:"赵同志,赵同志,请你千万帮忙,别声张!"

"不过,要是上头问起我来,"笑了笑,我故意刁难他,"难道我也能不回答么?你能担保,没有人去献殷勤么?"

"决没有,决不会,"F咬定了说。"至少在这三两天内。"

我笑了一笑,半真半假地说:"好罢,咱们是要好的姊弟,哪有个不帮自己的。可是你别过了河,就把我忘掉了。"

F走后,我就赶快梳洗打扮。N在城里还得我去替她布置呢。

但是那个梦却时时使我心神不定……

二月六日

  可以说,一切按照预定计划进行。N 这小鬼头,似乎有点福气。三号傍晚,我把 N 从旅馆护送到我那开什么百货商店的老乡家里去的时候,她快活得什么似的,我却有几分妒意;我嗔着她道:"你别太高兴,问题还多着呢!"可是我又忍不住扑嗤一笑道:"你瞧,人家对待爱人,也不过如此!"
  明天我得捣一个鬼,再往城里去看她去。虽然我的行动也还有多少不便,可是我不放心她在那里相处得如何。老乡一家都相信 N 是我的表妹,因为失业,打算到我父亲那里,父亲刚死了姨太太,家里没人,也需要一个亲戚去招呼一下;老乡对这一切,都深信不疑。
  什么都还像顺利。只有一个钱的问题。据说路费要七八百呢!
  然而我总得设法对付过去,难道现在还能中途撒手?
  父亲的回信还是没有。要不要打电报去呢?
  有许多事情,本来可以和 N 商量;然而这些事或多或少都和钱发生关系,要是和 N 一商量,她没有钱,我是知道的,她见我为难,一定又要回到她的老主意,——硬挺,挺不下时,有一个死。……
  我决定一切由自己去解决,让 N 满心乐观,早点走。
  明天我"得"生什么病,然后进城医病,探视 N,然后……

二月八日

好大的雾！我好像全身都发了霉。走进 N 的卧室,她还睡着,脸红得很。我把门轻轻掩上,她也就醒了。

"我估量着你会来了,"她笑着说。"可是,姊姊,你多来也不好。"

"不放心你在这里过得怎样……"我坐在她床边。

"很好。他们待我跟自己人一样。"N 伸手挽住了我的手。"呵,怎么你的手这样凉?"

"我从医院里来——可是,你放心,我其实没有病……"

N 抬起身来,把脸偎在我的前额,又低头听我的心脏的跳动,这才抱怨地说:"假病会引出真病来的……"却又格格地笑道,"姊姊,昨晚上他们邀我打牌,我可是赢了! 你瞧……"

一边说着,N 就跳起来,跑到桌子边取出一叠钞票来,兴高采烈地:"我先暗中祷告,要是姊姊和我都能顺利回去,我就赢钱;现在你瞧,我不是赢了么?"

"别太高兴,"我一面取衣替她披上,一面逗着她玩,"听说老俵发誓,要不找到你呀,他就不是……"

N 的脸色立刻变了,但还是嘴硬:"你又是骗我的,我才不相信呢!"

"骗你干么?"我板起了脸说。

N 睁大了眼睛,异常扫兴似的,可是突又笑着说:"谁也找我不到。因为我已经变成了赵二小姐的表妹,住在正当商人王老板的府上。"

"你居然那么乐观,"我也笑了,"那就算了罢,老俵大概也无可如何了。不过还有个九头鸟呢……"

"九头鸟怎样？"N 的脸色又变了。

"也没怎的。——可是，你先穿了衣，回头冻出一场病来，……"

"不，你先说。我抱住了你，就不冷。"

"九头鸟也没什么。只是，前天我从他的话里看出来，他们竟想报个失足落水，打算私和人命呢！这个，我可不依！"

N 先是憪然，随即吃吃笑了起来，像一根湿绳子似的，纠缠住我的身子，一面低声说道："好，看你不依，看你不依！"

我摆脱了她的纠缠，掠着头发，也笑着说："关于一个女学生 N 的人命，我自然不依。可是，关于赵二小姐的表妹的事情，那又当别论。报告二小姐的表妹：刚才王老板通知，车票快就得了，两星期内的事。"

突然 N 脸上那种憨态一下里没有了，她很敏捷地穿起衣服来，一面穿衣，一面低头像在寻思；当披上旗袍的当儿，来不及扣钮子，她就走到我面前，两手搭在我肩上，悄悄地问道："那么，姊姊，你呢？"

"我怎的？"

"你几时走呢？"N 的脸凑近来，她的鼻尖几乎碰到了我的。

"我么——你不用管罢。也许一个月，也许还要多些。最大的问题，我先得请准了假呢。你瞧，这不是捏在人家手里！"

N 似乎一怔，但接着就把脸偎着我的脸，声音低到几乎听不见地说道："我等你。我和姊姊一路走。"

我不禁失声笑了："你等我么？没有这必要，别孩子气！"

"一定要等！"N 的声音响了一点，腰一扭就坐在我身上。"我不走，难道你叫人来把我捆上车去？我不让你独个儿留在这里！"

我微笑着摇头，伸手把她的脸转过来，却见她两个眼睛一闪一闪，似乎就要掉眼泪。我叹了口气，柔声说道："妹妹，不过你总是早走一天好些。万一我们的把戏被人家看破了，那怎么办呢？"

"我也想过了。可是，姊姊，你想，我也得两星期才能够走，"她忽然高声笑起来。"然而，商人们说的话，总有些折扣。说两星期，恐怕实在要三星期四星期。你赶快点儿,不是刚好,咱们还是一路的。"

"嗯,"——我只这么含糊应一声,没有话说。她那么乐观,我也不忍扫她的兴。她——又固执,又会撒娇,我一点办法也没有。但我也还有我的主意,到时不怕她当真赖着不走。我抿着嘴笑,催她赶快穿好衣服。

N可高兴极了,她蹑着脚尖纵纵跳跳走着,又不时回眸对我微笑。

忽然她目光一敛,轻轻走来挽了我往窗前走去,一面说:"姊姊,你家里除了父亲,还有什么人呢?"

"好像还有个弟弟。"我随口回答。

她笑了:"有就有,怎么是'好像'的呢?"

"因为我记不真,我从没见过。……是父亲的姨太太生的。"

她低了头,脚步也慢了,又问道:"姨太太跟你还说得来罢?"

"可是她已经死了,……"

"弟弟几岁了呢?"这时N已经站住了,仍旧挽住了我的腰。

"顶多十来岁罢。"我沉吟一下。"仿佛也不在了,……"我看见N的眼光老盯住我,这眼光是如此温柔,我不禁笑了笑说道:"妹妹,你打听得这么仔细,倒好像到我家里去做媳妇似的,可惜我……"

她惘然接口问道:"可惜什么呢?"

"可惜我没有年纪大些的弟弟。"

N摇了摇头说:"也不见得。但是我倒可惜我不是个男的!"

我笑了;想起她初次见我时曾对我开玩笑自命是个男孩子,我又笑得更响了。N似乎不懂我为什么笑,惊异地朝我看。

"不怕羞么,"我止住了笑说,"老想讨人家的便宜。"

"哦,——"N却不笑,"既然你觉得做男的便宜些,就让你做男的。反正不论谁做,我和你要是一辈子在一处,够多么好呢!"

说完,她又叹了口气。我也觉得有点黯然。

我们默默地走到窗前,挤坐在一张椅子里,偎抱着,忘记了说话。

忽然N捧住了我的面孔,凝眸看住我,轻声问道:"姊姊,你猜一猜,我此时心里想些什么事?"

我抿着嘴笑着,也把手抚摸她的秀发,答道:"想怎样才可以变做一个男孩子……"

"不是!"N立刻打断了我的话,"我在想你。……"

"想我能不能变成个男的?"

"也不是!"N得意地笑了。"我在想,你有些地方太像一个男人,可是有些地方又比女人还要女性些……"

我不禁失声笑了:"又来胡扯了。哪有什么比女人更女性的?比女人更其女性些的,又是什么东西呢?"

"那就是双料的女人!那就是做了母亲的女人!"

我又笑了,但是猛可地种种旧事都凑上心来,我的笑声不大自然,我叹了口气。N也觉得我的神情有异,而且似乎也懂得其中的原故,她不作声,只把脸温柔地偎着我的。过一会儿,她又轻声说:"姊姊,昨晚上我做一个梦。我们走在半路,忽然来了个男人,说是姊姊的爱人,硬把你拖走,——我哭着叫着,可就醒了,还是眼泪汪汪的。"

我听得怔了,勉强笑着说:"你又在捣鬼,我不信真有这梦。"

"可是,姊姊,这样的梦,迟早会有的……"

"那么你呢?你比我年青,比我美,比我聪明……"

还没说完,N早已捂住了我的嘴道:"得了,得了,姊姊,你再说,我就不依!对啦,我什么都比你好,我还比你淘气些!"

我把她的手轻轻拉了下来,放在我手掌中轻轻搓着,微喟说道:"不过我说的也是真话呢!"

N不作声,只定睛惘然看着窗外漫漫的晓雾。忽然她自笑起来,急转脸对我说道:"姊姊,要是你有了孩子,我来给你做保姆,我——不,咱们俩,把这孩子喂得白白胖胖的,成为天下第一个可爱的小宝贝。"

这可把我简直怔住了。我不懂N为什么有这些想头。然而我那"小昭"的影子也在我眼前出现了,我勉强忍住了眼泪,低了头。

N惶惑地也低头来看我,着急地抚摸着我的手。我勉强笑了笑道:"没有什么。不过,妹妹,你想得太好了,太多了。……"

"不应该么?"N口气里带点辩白的意味。"在我们面前,是一个新天地,我们要从新做人了;自然,也还有困难,但新天地总是新天地。"

我抬起头来,叹了一口气,诚恳地对N道:"你说得对,我也何尝不这么想呢。可是我经过的甜酸苦辣太多了,不敢再有太乐观的念头,——并且……"我顿住了,勉强笑了笑,把N的手贴在我脸上。

"并且什么?姊姊,并且怎的?"

我笑了笑,勉强答道:"并且,我跟你不同,我不能跟你比。"

N愕然看定了我。虽然夹着衣服,我觉得出她的心在别别的跳。

我不言语,只把她的手移来按在我的胸口。一会儿,我这才颓然说:"这里有一颗带满了伤痕的心……"

"姊姊!"N只叫了这一声,便把脸藏在我怀里,似乎她要看看我这带满伤痕的心。这时有一种又痛快又辛酸的感觉,贯注了我的全身,我喃喃地好像对自己说道:"女人们常用一种棉花球儿来插大小不等的缝衣针。我的大姊有过一个,那是心形的。我的心,也就是那么一个用旧了的针插罢哩!"

N忽然抬起头来,两眼闪闪的,牙齿咬着嘴唇。我知道她在替我不平了。但她这样的爱我,更引起我的伤心。我声音带点哽咽说道:"妹妹,你还没有知道我的身世哩。我有过一个爱人,值得我牺牲了一切去爱他的一个人,……可是,那时我年青,糊涂,……后来有一个机会让我赎罪,我比从前百倍千倍地爱他了,可是万恶的环境又不许……"

"现在他在哪里?"N突然插进了这一句。

"我不知道——"我低了头,簌簌地掉下几点眼泪,"有人对我说,他——这世界上已经没有了他!"

"不会的!"N坚决地说,用劲地抱住了我。"姊姊,他们骗你;骗了你,好让你死心,服服贴贴的听他们摆布。我知道他们老用这一手。姊姊,我替你找去,走遍天涯地角,好歹找他出来还给你!"

"好的——"我说了这两字,便又说不下去。我凝眸对她看,她是这么天真,热情,乐观,人间世的酸辛丑恶,她还只尝到一点儿。我要是老在她心头浇冷水,那不是一种罪过?我决定结束了这谈话,便笑了笑,推她起来道:"好的。可是事在人为,我还有许多事要赶快去办呢。只是,妹妹,你爱我,信任我,就得听我的话,乖乖的。……"

"听你,什么都听你!"她急口说。"但是有一点……"

我不让她说下去,就笑了笑道:"要跟我一路走,是么?好,咱们瞧着办罢!"我飞给她一吻,转身佯笑着就走了。……

我立刻找到我那老乡,请他无论如何,在五六天之内弄到一张票子。

老乡搔着头皮,一会儿才说:"一张么,也许还有法子。不过,那是要去挖打的,总得多花几个钱……"

"钱不成问题,"我接口说。"可是你不要告诉我表妹。听说要多花钱,她也许不愿意。您替我算算,一共要多少?还差多少,我好去准备……"

"成!包在我身上,再过五天就让你表妹走。有一架商车,我认识,让她搭这车就得了。车倒也是半新的。"

"商车靠得住么?我那表妹没有出过远门……"

"你放心好了。车上也还有女客,我一个同行的家眷也是这车子走的。"

我谢了老乡,心里一块石头放下:N 这小鬼头,当真有福气!

二月九日深夜

昨天刚从城里赶回来,就听得不利的消息,今天午后这才证实;他妈的,这又是什么鬼!

N 的事情果然闹穿了。F 已经撤职,据说他有"庇护"N 的嫌疑。老俵之类,依然无恙,活见鬼!

似乎他们还没怀疑到 N 的"自杀",——至少在此时。这是不幸中之大幸。可是我真急了,我又不便三日两头进城去;老乡答应了的票,究竟如何,钱又还差多少,怎样筹措,这都不是在这里乡下办得了的。

并且,事情也许会发展到我身上。

F 不是常来我这里么?人家自然会觉得我和他之关系不是泛泛的。

N 也常来我这里,F 是知道的,人家知不知道,无从揣度。但即使从前没有人注意,现在可就不同,人家一打听,那不就……

老俵之类依然无恙,那我不但出门有遇强暴之百分之百的可能,谁敢担保坐在家里就平安了呢?持枪强逼,可不是我已经目睹了的?

我越想越怕起来。而且,N 的事倘若失败,我应该负责;要不是我想出那么些"办法",她坐以待变,倒也没有什么大不了,而现在呢,万一弄巧成拙,我就害了她了,——自然,又害到我自己。

真是活见鬼!好像一切的一切,都联合起来跟我作对!

二月十日

我不能不有点"行动"。我还不能不相信"事在人为"。

我犯了什么涨天大罪？我知道没有。我只要救出一个可爱的可怜的无告者,我只想从老虎的馋吻下抢出一只羔羊,我又打算拔出一个同样的无告者——我自己！这就是我的罪状！我愿我这罪状公布出去,告诉普天下的善男信女！

我要用我的"行动"来挺直我自己：如果得直,那是人间还有公道,如果事之不济,那就是把我的"罪状"公布出去,让普天下的善男信女下一个断语！

我定下了"行动"的步骤：从今起,我要求立即离开这恶疫横行的"文化区"；我有"病",想来没有不许人生病的。

老乡允许我五天。从今天算起,还有八十多小时,够不够我办事呢？我不敢说绝对够,然而我只知道一点：N非在八十多小时以后上路不可！我们决定要这么办,就一定能够,条件已经具备。

末了,剩我自己。——哼,我已经熬得这么久,什么魑魅魍魉也都见过了,难道我还怕多熬一些时候？我准备着三个月六个月乃至一年之计！……

这么想定了以后,我好比已经把家眷和后事都安排停当了的战士,一身轻松地踏上我的长期苦斗。

这一切,都要瞒过N,甚至我的走不动也要在最后五分钟才告诉她。先给她知道了,不会有一点好处,反而会节外生枝；她说我有时太像一个男人,——对了,此时此际,我非拿出像一个男人似的手腕和面目,是不行的。

后　　记[*]

《腐蚀》开始写作于一九四一年孟夏,是在邹韬奋主编的《大众生活》(香港出版)上连续发表的。

《大众生活》筹备出版之时,编辑委员会同人以为须有一长篇小说连载,而且为的要赶在刊物的创刊号上登出来,故而又必须于一星期内交第一批稿;当时既无现成的稿子,而仓卒间也找不到适当的人来担负这一工作,于是只好由我承乏,勉为其难。这结果就是《腐蚀》。《大众生活》是周刊,每期留给《腐蚀》的篇幅是三千到五千字,但既开始登载了,就不能中断,——中断了会引起读者的责难,因此我又只能边写边发表。

虽然是边写边发表,但在我写本书第一段的时候,也不是全然没有总的结构计划的。原来的计划是:写到小昭被害,本书就结束。但是,正当我打算照原定计划开始"结束"的时候,来了意料外的要求。这要求来自两方面。从读者方面来的要求是:作者打算给赵惠明(书中女主角)一个怎样的结局?读者们要求给她一条自新之路。《大众生活》编辑部接到这样的读者的来信一天多似一天,以致编辑部终于向我提出,要求我予以考虑。另一方面的要求是从《大众生活》的发行部来的。发行部要求我多"拖"几期,具体说,即拖到第二十六期(?)结束此连载的小说。理由是:二十六期的刊物将合为一个合订本,如果我不多拖几期,则下一个长篇连载(夏衍的《春寒》)将有一个头登在此合订本上,而本身则在下一合订本,这对于读者是很不便

---

[*] 本篇原刊于一九五四年七月人民文学出版社版《腐蚀》。

的。(而这,对于预定刊物半年者亦不利,因为从第二十七期起订阅的读者将看不到《春寒》的头。)

我不能不接受这两方面提出的对于我的要求。结果是在原定结构上再生枝节,而且给了赵惠明一条自新之路。

一九四一年的读者为什么要求给予赵惠明以一条自新之路呢?是不是为了同情于赵惠明的"遭遇"? 就我所知,因同情于赵惠明而要求给她以自新之路的读者,只是很少数;极大多数要求给以自新之路的读者倒是看清了赵惠明这个人物的本质的,——她虽然聪明能干,然而虚荣心很重,"不明大义"(就是敌我界限不明),虽然也反抗着高级特务对于她的压迫和侮辱,然而她的反抗动机是个人主义的,就是以个人的利害为权衡的,而且一到紧要关头,她又常常是软下来的;但是,一九四一年的极大多数的读者既然看清了赵惠明这个人物的本质,而又要求给以自新之路,则是因为他们考虑到:(一)既然《腐蚀》是通过了赵惠明这个人物暴露了一九四一年顷国民党特务之残酷、卑劣与无耻,暴露了国民党特务组织只是日本特务组织的"蒋记派出所"(在当时,社会上还有不少人受了欺骗,以为国民党特务组织虽然反共,却也是反日的),暴露了国民党特务组织中的不少青年分子是受骗、被迫,一旦陷入而无以自拔的,那么,(二)为了分化、瓦解这些胁从者(尽管这些胁从者手上也是染了血的),而给《腐蚀》中的赵惠明以自新之路,在当时的宣传策略上看来,似亦未始不可。这种种,是当时的很大一部分读者提出他们的要求的论据,而作者的我,也是在这样的论据上接受了他们的要求的。(当然,这样做了,是否曾发生预期的作用,那是另一回事。)

以上,简略地述说了《腐蚀》写作的经过,说明了以小昭之被害作为赵惠明生活的转折点,其实不是原定的计划,而是迫于要求,将就地"拖"出来的。

但也因为这一"拖",今天的有些读者或者无条件地对于赵惠明抱同情,或者认为这样一个满手血污的特务(尽管是小特务)不该给她以自新之路,而第三种说法则认为:正由于读者会对赵惠明抱同情,也就是对于特务抱同情,因而就会发生严重的后果,即松懈了对于特务的警惕。

　　这些意见之所以分歧,恐怕是因为对于赵惠明这个人物的认识有偏差。《腐蚀》是采用日记体裁的,日记的主人就是书中的主角。日记中赵惠明的自讼,自解嘲,自己的辩护等等,如果太老实地从正面去理解,那就会对于赵惠明发生无条件的同情;反之,如果考虑到日记体裁的小说的特殊性,而对于赵惠明的自讼,自解嘲,自己辩护等等不作正面的理解,那么,便能看到这些自讼,自解嘲,自己辩护等等正是暴露了赵惠明的矛盾,个人主义,"不明大义"和缺乏节操了;在这一点上,我觉得一九四一年向作者提出要求的大多数读者是看清了赵惠明的本质的。

　　人民文学出版社将重排《腐蚀》,问我对原书有无修改。我在考虑了这几年来我所听到的关于《腐蚀》的几种意见(略如上举)以后,终于不作任何修改。我想,如果我现在要把蒋匪帮特务在今天的罪恶活动作为题材而写小说,我将不用日记体,将不写赵惠明那样的人,——当然书名也决定不会是《腐蚀》一类的词儿了;但《腐蚀》既是在当时的历史条件下写成的,那么,如果我再按照今天的要求来修改,恐怕不但是大可不必,而且反会弄成进退失据罢?

　　可是,鉴于这二、三年来颇有些天真的读者写信来问我:《腐蚀》当真是你从防空洞中得到的一册日记么?赵惠明何以如此粗心竟把日记遗失在防空洞?赵惠明后来下落如何?——等等疑问,不一而足;因此,我又愿借此机会,写这一篇后记,聊以代替答复。

　　　　茅　盾　一九五四年七月二十九日于北京。